元世祖忽必烈像——現藏臺灣故宮博物院。

劉貫道「元世祖出獵圖」──劉貫道，元初畫家，元貞年間替忽必烈繪肖像，忽必烈很是喜歡，賞他做「衣局使」的官，圖中的忽必烈相貌相信畫得很像。圖中一人正彎弓射鵰，圖頂雙鵰隱約可見。

「元世祖出獵圖」部分——忽必烈身材矮胖，他喜歡的也是肥胖女子。

元世祖皇后徹伯爾像——這位皇后極有才幹而賢慧。蒙古大汗蒙哥攻南宋時死於戰陣，蒙哥之弟阿里不哥自立，徹伯爾阻止部屬擁戴阿里不哥，派遣急使請忽必烈北歸，發兵與弟爭位。忽必烈接位後，蒙古大官主張劃京城以外之地為牧場，忽必烈已予批准，因徹伯爾皇后力諫而罷。《新元史》說她「貌甚美，最有寵，生皇太子真金。」她是忽必烈第二斡兒朵的皇后。

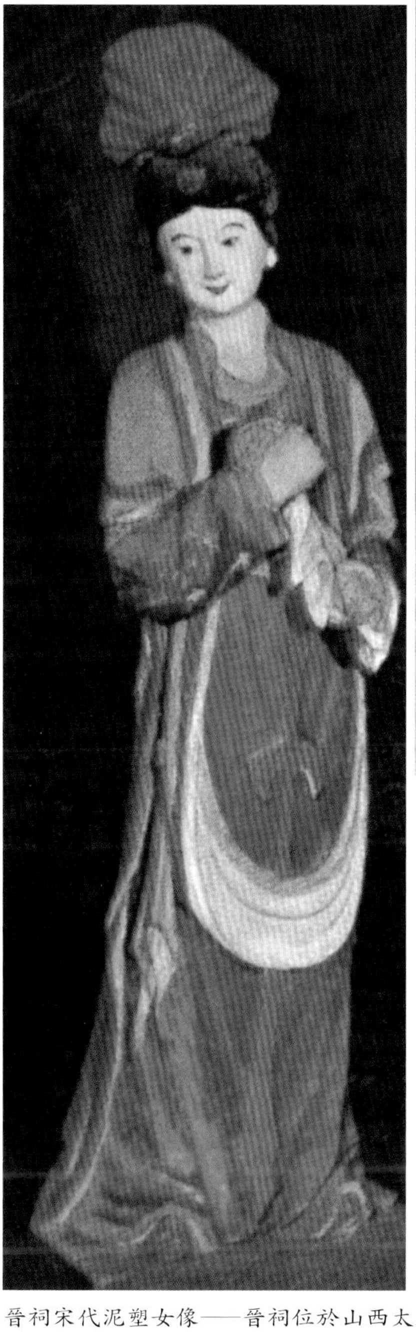

晉祠宋代泥塑女像——晉祠位於山西太原，其中有「聖母殿」，舊名「女郎祠」，建造於宋徽宗崇寧元年（公元一一〇二年），殿有彩塑四十四身，神態生動，表情豐富，由此可見到宋代女子的衣飾與形象。

晉祠宋代女像之二。

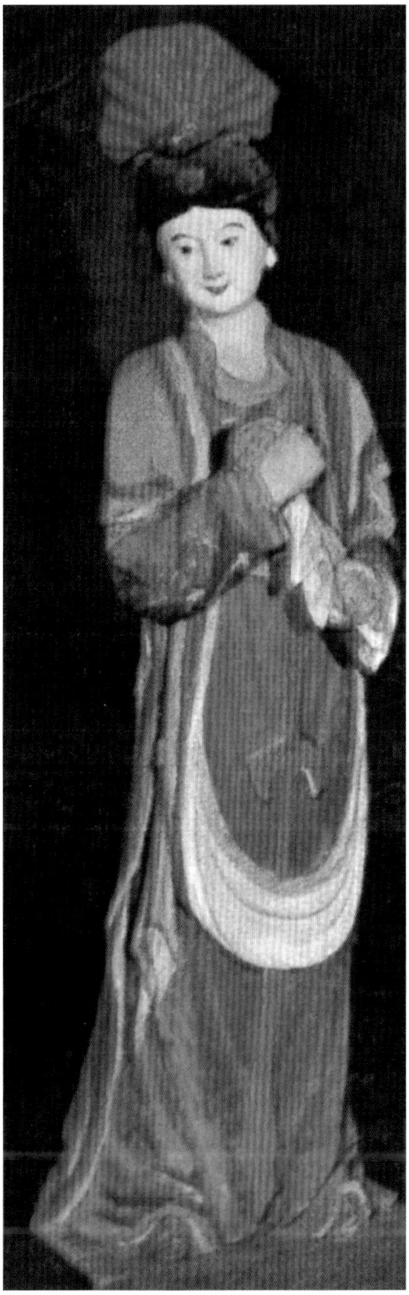

晉祠宋代泥塑女像——晉祠位於山西太原，其中有「聖母殿」，舊名「女郎祠」，建造於宋徽宗崇寧元年（公元一一〇二年），殿有彩塑四十四身，神態生動，表情豐富，由此可見到宋代女子的衣飾與形象。

晉祠宋代女像之二。

晉祠宋代女像之三。

晉祠宋代女像之四。

神鵰俠侶

大字版

⑤手足情仇

金庸

大字版金庸作品集㉑
神鵰俠侶 (5)手足情仇 「公元2003年金庸新修版」
The Giant Eagle and Its Companion, Vol. 5

作　者／金　庸

封面設計／唐壽南　內頁插畫／姜雲行

發 行 人／王 榮 文
出版・發行／遠流出版事業股份有限公司
臺北市中山北路一段11號13樓
電話／2571-0297　傳真／2571-0197　郵撥／0189456-1

□2004年2月16日　初版一刷
□2023年8月1日　二版六刷

大字版　每冊380元（本作品全八冊，共3040元）
〔另有典藏版共36冊（不分售），平裝版共36冊，新修版共36冊，新修文庫版共72冊〕

ISBN　978-957-32-8094-1（套：大字版）
ISBN　978-957-32-8090-3（第五冊：大字版）
Printed in Taiwan

YLib 遠流博識網
http://www.ylib.com　E-mail:ylib@ylib.com

目錄

郭靖左足在城牆上一點，身子斗然拔高丈餘，右足跟著在城牆上一點，再升高了丈餘。霎時間城上城下寂然無聲，數萬道目光盡皆注視在他身上。

第二十一回　襄陽鏖兵

楊過正想拔出匕首，忽聽得窗外有人輕輕彈了三下，忙閉目不動。

郭靖便即驚醒，坐起身來，問道：「蓉兒麼？可有緊急軍情？」窗外卻再無聲音。郭靖見楊過睡得鼻息調勻，心想他好容易睡著了，別再驚醒了他，輕輕下床，推門出房，只見黃蓉站在天井中招手。郭靖走近身去，低聲問道：「甚麼事？」

黃蓉不答，拉著他手走到後院，四下瞧了瞧，這才說道：「你和過兒的對答，我在窗外都聽見啦。他不懷好意，你知道麼？」郭靖吃了一驚，問道：「甚麼不懷好意？」黃蓉道：「我聽他言中之意，早在疑心咱倆害死了他爹爹。」郭靖道：「他或許確有疑心，但我已答允將他父親逝世的情由詳細說給他知道。」黃蓉道：「你真要毫不隱瞞的跟他說？」郭靖道：「他父親死得這麼慘，我心中一直自責。楊康兄弟誤入歧途，但咱們也沒好好規勸他，沒盡全力想法子挽救。」黃蓉哼了一聲，道：「這樣的人又有甚麼可救的？我只恨殺他不早，否則你那幾位師父又何致命喪桃花島上？」郭靖想到這樁恨事，不禁長長嘆了口氣。

黃蓉道：「朱大哥叫芙兒來跟我說，這次過兒來到襄陽，神氣中很透著點兒古怪，又說你和他同榻而眠。我擔心有何意外，一直守在你窗下。我瞧還是別跟他睡在一房的好，須知人心難測，而他父親……總是因為一掌拍在我肩頭，這才中毒而死。」郭靖道：「那可不能說是你害死他的啊。」黃蓉道：「既然你我均有殺他之心，結果他也因我而死，那麼是否咱們親自下手，也沒多大分別。」郭靖沉思半晌，道：「你說得對。那麼我還是不跟他明言的為是。蓉兒，你累了半夜，快回房休息罷。過了今晚，明日我搬到軍營中睡。」

他知愛妻識見智計勝己百倍，雖不信楊過對己懷有惡意，但她既如此說，也便遵依，伸手扶著她腰，慢慢走向內堂，說道：「過兒奮力奪回武林盟主之位，於國家大事上是非分明；兩次救你和芙兒，全不顧自身安危，這等俠義心腸，他父親如何能比？」黃蓉點頭道：「這樣的少年原本十分難得，但他心中有兩個死結難解，一是他父親的死因，二是跟他師父的私情。唉，我好容易說得龍姑娘離他而去，可是過兒神通廣大，不知怎地又找到了她。瞧他師徒倆的神情，此後萬萬分拆不開了。」郭靖默然半晌，忽道：「蓉兒，你比過兒更神通廣大，怎生想個法子，總之要救他不致誤入歧途。」

黃蓉嘆了口氣道：「別說過兒的事我沒法子，就連咱們大小姐，我也不知如何是好。靖哥哥，我心中只一個你，你心中也只一個我。可是咱們的姑娘卻不像爹娘，心裏同時有兩個少年郎君，對武家哥兒倆竟不分軒輊。這教做父母的可有多爲難。」

郭靖送黃蓉入房，等她上床睡好，給她蓋好了被，坐在床邊，握住她手，臉露微笑。近月來二人都爲軍國之事勞碌，夫妻間難得能如此安安靜靜的相聚片刻。二人相對不語，心中甚感安適。

黃蓉握著丈夫的手，將他手背輕輕在自己面頰上摩擦，低聲道：「靖哥哥，咱們這第二個孩子，你給取個名字。」郭靖笑道：「你明知我不成，又來取笑我啦。」黃蓉道：「你總是說自己不成。靖哥哥，普天下男子之中，眞沒第二個勝得過你呢。」這兩句話說得情意深摯，極是懇切。

郭靖俯下頭來，在愛妻臉上輕輕一吻，道：「若是男孩，咱們叫他作郭破虜，若是女孩呢？」想了一會，搖頭笑道：「我想不出，你給取個名字罷。」黃蓉道：「丘處機道長給你取這個『靖』字，是叫你不忘靖康之恥。現下金國方滅，蒙古鐵蹄又壓境而來，孩子是在襄陽生的，就讓她叫作郭襄，好使她日後記得，自己是生於這兵荒馬亂的圍城之中。」

郭靖道：「好啊，但盼這女孩兒將來別像她姐姐那麼淘氣，年紀這麼大了，還讓父母操心。」黃蓉微微一笑，道：「倘若操心得了，那也罷了，就只……」嘆了口氣，道：「我好生盼望是個男孩兒，好讓郭門有後。」郭靖撫摸她頭髮，說道：「男孩兒、女孩兒不都一樣？快睡罷，別再胡思亂想了。」給她攏了攏被窩，吹滅燭火，轉身回房，見楊過睡得兀自香甜，鼓交三更，上床又睡。

他夫妻倆在後院中這番對答，都讓楊過隱身在屏門之後聽了個清楚。郭靖黃蓉走入內堂，楊過仍站著出神，反來覆去的只是想著黃蓉那幾句話：「我只恨殺他不早……他父親一掌拍在我肩頭，這才中毒而死……你我均有殺他之心，結果他也因我而死……」心想：「我父因他二人而死，那是千眞萬確、再無可疑的了。這黃蓉好生奸滑，對我已然起疑，今晚我若不下手，只怕再無如此良機。」回房靜臥，等郭靖回來。

郭靖揭被蓋好，聽得楊過微微發出鼾聲，心道：「這孩子睡得眞好。」輕輕著枕，只怕驚醒了他。過了片刻，正要矇矓睡去，忽覺楊過緩緩翻了個身，但他翻身之際鼾聲依然。郭靖一怔：「任誰夢中翻身，必停打鼾。這孩子呼吸異常，難道他練內功時運逆了氣麼？這岔子可不小。」卻全沒想到楊過假裝睡熟。

楊過緩緩又翻了個身，見郭靖仍無知覺，繼續發出低微鼾聲，走下床來。初時他想在被窩中出手行刺，但覺相距過近，極是危險，若郭靖臨死之際反擊一掌，只恐自己難逃性命，便想坐起之後出刀，總是忌憚對方武功太強，決意先行下床，一刀刺中郭靖要害，立即破窗躍出，又怕自己鼾聲一停，讓郭靖在睡夢中感到有異，因此一面下床，一面假裝打鼾。

這麼一來，郭靖更給他弄得滿腔胡塗，心想：「這孩子莫非得了夢遊離魂之症？我若此時出聲，他一驚之下，氣息逆衝丹田，立時走火入魔。」一動也不敢動，側耳靜聽他動靜。楊過從懷中緩緩拔出匕首，右手平胸而握，一步步走到床前，突然舉臂運勁，挺刀正要刺出，只聽得郭靖說道：「過兒，你做甚麼惡夢了？」

楊過這一驚非同小可，雙足一點，反身破窗而出。他去得快，郭靖追得更快，他人未落地，只覺雙臂一緊，已給郭靖兩手抓住。楊過萬念俱灰，自知武功遠非其敵，抗拒無用，便閉目不語。

郭靖抱了他躍回房中，將他放在床上，搬他雙腿盤坐，兩手垂於丹田之前，正是玄門練氣的姿式。楊過又恨又怕：「不知他要用甚麼惡毒的法子折磨我？」突然間想起了小龍女，深吸一口氣，要待縱聲大呼：「姑姑，我已失手被擒，你快逃命。」

郭靖見他突然急速運氣，更誤會他是練內功岔了氣息，心想：「當此危急之際，只能緩緩呑吐，如此大呼大吸，大有危害。」忙出掌按住他小腹。

楊過丹田給郭靖運渾厚內勁按住，竟叫不出聲，掛念著小龍女的安危，只急得面紅耳赤，急想掙扎，苦於丹田遭按，全身受制，動彈不得。

郭靖緩緩的道：「過兒，你練功太急，這叫做欲速則不達，快別亂動，我來助你順氣歸源。」楊過一怔，不明他其意何指，但覺一團暖氣從他掌心漸漸傳入自己丹田，說不出的舒服受用，又聽郭靖道：「你緩緩吐氣，讓這股暖氣從水分到建里，經巨闕、鳩尾，到玉堂、華蓋，先通了任脈，不必去理會別的經脈。」

楊過聽了這幾句話，又覺到他正在以內功助己通脈，一轉念間已猜到了八九分，暗叫：「慚愧！原來他只道我練功走火入魔，以致行為狂悖。」當下暗運內息，故意四下衝走，橫奔直撞，似乎難以剋制。郭靖心中擔憂，掌心內力加強，將他四下遊走的亂息收束在一處。楊過索性力求逼眞，他此時內功造詣已自不淺，體中內息狂走之時，郭靖一時卻也不易對付，直花了半個時辰，才將他逆行的氣息盡數歸順。

這番衝盪，楊過固累得有氣無力，郭靖也極感疲困，二人一齊打坐，直到天明，方始復元。郭靖微笑道：「過兒，好了嗎？想不到你的內力已有如此造詣，險些連我也照護不了。」楊過知他為了救助自己，不惜大耗功力，不禁感動，說道：「多謝郭伯伯救護，姪兒昨晚險些鬧成了四肢殘廢。」

郭靖心道：「你昨晚昏亂之中，竟要提刀殺我，幸好你自己不知，否則寧不自愧？」

他只怕楊過知曉此事後過意不去，岔開話題說道：「你隨我到城外走走，瞧一下四城的防務。」楊過應道：「是！」

二人各乘一匹戰馬，並騎出城。郭靖道：「過兒，全眞派內功是天下內功正宗，進境雖慢，卻絕不出岔子。各家各派的武功你都可涉獵，但內功還是以專修玄門功夫爲宜。待敵兵退後，我再與你共同好好研習。」楊過道：「昨晚我走火之事，你可千萬別跟郭伯母說，她知道後定要笑我，說我學了龍姑姑旁門左道的功夫，以致累得郭伯伯辛苦一場。」郭靖道：「我自然不說。其實龍姑娘的功夫也非旁門左道，那是你自己胡思亂想，未得澄慮守一之故。」楊過料知此事只要給黃蓉獲悉，立時便識破眞相，聽郭靖答應不說，心中大安。

二人縱馬城西，見有一條小溪橫出山下。郭靖道：「這條溪水雖小，卻大大有名，名叫檀溪。」楊過「啊」了一聲，道：「我聽人說過三國故事，劉皇叔躍馬過檀溪，原來這溪水便在此處。」郭靖道：「劉備當年所乘之馬，名叫的盧，相馬者說能妨主，那知這的盧竟躍過溪水，逃脫追兵，救了劉皇叔的性命。」說到此處，不禁想起了楊過之父楊康，喟然歎道：「其實世人也均與這的盧馬一般，爲善即善，爲惡即惡，好人惡人又那裏有一定的？分別只在心中一念之差而已。」

楊過心下一凜，斜目望郭靖時，見他神色間殊有傷感之意，顯然不是出言譏刺自己，心想：「你這話雖然不錯，但甚麼是善？甚麼是惡？你夫妻倆暗中害死我父，難道也是善麼？當眞大言炎炎，不知羞慚。」他對郭靖事事佩服，但一想到父親死於他夫妻手下，總不自禁的胸間橫生惡念。

二人策馬行了一陣，到得一座小山之上，升崖遠眺，但見漢水浩浩南流，四郊遍野都是難民，拖男帶女的湧向襄陽。郭靖伸鞭指著難民人流，說道：「蒙古兵定是在四鄉加緊屠戮，令我百姓流離失所，實堪痛恨。」遙望漢水彼岸的樊城，幸虧倒尙安靖。

從山上望下去，見道旁有塊石碑，碑上刻著一行大字：「唐工部郎杜甫故里。」楊過道：「襄陽城眞了不起，原來這位大詩人的故鄉便在此處。」

郭靖揚鞭吟道：「大城鐵不如，小城萬丈餘……連雲列戰格，飛鳥不能踰。胡來但自守，豈復憂西都？……艱難奮長戟，萬古用一夫。」

楊過聽他吟得慷慨激昂，跟著唸道：「胡來但自守，豈復憂西都？艱難奮長戟，萬古用一夫。郭伯伯，這幾句詩眞好，是杜甫做的麼？」郭靖道：「是啊，前幾日你郭伯母和我談論襄陽城守，想到了杜甫這首詩。她寫了出來給我看。我很愛這詩，只是記心不好，讀了幾十遍，也只記下這幾句。你想中國文士人人都會做詩，但千古只推杜甫第一，自是因他憂國愛民之故。」楊過道：「你說『爲國爲民，俠之大者』，那麼文武雖然不同，道理卻是一般。」郭靖聽他體會到了這一節，很是歡喜，說道：「經書文章，我一點也不懂，但想人生在世，便做個販夫走卒，只要有爲國爲民之心，由此盡力，那就是眞好漢、眞豪傑了。」

楊過問道：「郭伯伯，你說襄陽守得住嗎？」郭靖沉吟良久，手指西方鬱鬱蒼蒼的丘陵樹木，說道：「襄陽古往今來最了不起的人物，自然是諸葛亮。此去以西二十里的隆中，便是他當年耕田隱居的地方。諸葛亮治國安民的才略，我們粗人也懂不了。他曾說只知道『鞠躬盡瘁，死而後已』，至於最後成功失敗，他也看不透了。我與你郭伯母談論襄陽守得住、守不住，談到後來，也總只是『鞠躬盡瘁，死而後已』這八個字。」

說話之間，忽見城門口的難民回頭奔跑，但後面的人流還是繼續前湧，一時之間，襄陽城外大哭小叫，亂成一團。郭靖吃了一驚，道：「幹麼守兵不開城門，放百姓進城？」忙縱馬急奔而前，一口氣馳到城外，只見一排守兵彎弓搭箭，指著難民。郭靖大叫：「你們幹甚麼？快開城門。」守將見是郭靖，忙打開城門，放他與楊過進城。郭靖道：「衆百姓慘受蒙古兵屠戮，怎不讓他們進來？」守將道：「呂大帥說難民中混有蒙古奸細，千萬不能放進城來，否則爲禍不小。」

郭靖大聲喝道：「便有一兩個奸細，豈能因此誤了數千百姓的性命？快快開城。」郭靖守城已久，屢立奇功，威望早著，雖無官職，但他的號令守將不敢不從，只得開

城，同時命人飛報安撫使呂文煥。（注）

眾百姓扶老攜幼，湧入城來，堪堪將完，突見遠處塵頭大起，蒙古軍自北來攻。宋兵分別散開，隱身城垛之後守禦。只見城下敵軍之前，當先一大羣人衣衫襤褸，手執棍棒，並無一件眞正軍器，亂糟糟不成行列，齊聲叫道：「城上不要放箭，我們都是大宋百姓！」蒙古精兵鐵騎卻列在眾百姓之後。

自成吉思汗以來，蒙古軍攻城，向來驅趕敵國百姓先行，守兵只要手軟罷射，蒙古兵隨即跟上。此法既能屠戮敵國百姓，又可動搖敵兵軍心，可說一舉兩得，殘暴毒辣，往往得收奇效。郭靖久在蒙古軍中，自然深知其法，但要破解，卻苦無良策。只見蒙古精兵持槍執刀，驅逼宋民上城。眾百姓越行越近，最先頭的已爬上雲梯。

襄陽安撫使呂文煥騎了一匹青馬，四城巡視，眼見情勢危急，下令道：「守城要緊，放箭！」眾兵箭如雨下，慘叫聲中，眾百姓紛紛中箭跌倒，其餘的百姓回頭便走。蒙古兵一刀砍去個首級，一槍刺出個窟窿，逼著眾百姓攻城。

楊過站在郭靖身旁，見到這般慘狀，氣憤難當，只聽呂文煥叫道：「放箭！」又是一排羽箭射了下去。郭靖大叫：「使不得，莫錯殺了好人！」呂文煥道：「如此危急，便是好人，也只得錯殺了。」郭靖叫道：「不，好人怎能錯殺？」

楊過心中一動，暗唸：「莫錯殺了好人！好人怎能錯殺？」

郭靖叫道：「丐幫兄弟和各位武林朋友，大家跟我來！」說著奔下城頭。楊過跟了下來。郭靖道：「你昨晚練氣傷身，今日千萬不能用力，在城頭上給我掠陣罷。」楊過見蒙古兵屠戮漢人，當他們豬狗不如，本想隨郭靖下去大殺一陣，聽了他這話，心中一怔，又不能直說昨晚其實並非練功走火，只得回上城頭。

郭靖率領衆人，大開西門，衝了出去，迂迴攻向蒙古軍側翼。在衆百姓之後押隊的蒙古軍當即分兵來敵。郭靖所率領的大半是丐幫好手，另有一小半是各地來投效的忠義之士，齊聲吶喊，奮勇當先，兩軍相交，即有百餘名蒙古兵給砍下馬來。眼見這隊蒙古千人隊抵擋不住，斜刺裏又衝到一個千人隊，揮動長刀，衝刺劈殺。蒙古軍是百戰之師，猛勇剽悍，郭靖所率壯士雖身有武藝，一時間卻也不易取勝。被逼攻城的衆百姓見蒙古軍專心廝殺，不再逼攻，發一聲喊，四下逃散。

只聽得東邊號角聲響，馬蹄奔騰，兩個蒙古千人隊疾衝而至，接著西邊又有兩個千人隊馳來，將郭靖等一羣人圍在垓心。

呂文煥在城頭見到蒙古兵這等威勢，只嚇得心膽俱裂，那敢分兵去救？

楊過站在城頭觀戰，心中反覆念著郭靖那兩句話：「莫錯殺了好人！好人怎能錯殺？」眼見他身陷重圍，心想：「城頭本來只須不斷放箭，射死一些百姓，蒙古兵便沒法攻上。郭伯伯眼下身遭危難，全是爲了不肯錯殺好人而起。這些百姓與他素不相識，絕無淵源，他尚且捨命相救，他又何以要害死我爹爹？」

眼望著城下的慘烈廝殺，心中的念頭卻只是繞著這個難解之謎打轉：「他和我爹爹義結金蘭，交情自不尋常，但終於下手害他，難道我爹爹眞是個十惡不赦的壞人麼？」他自小想像父親仁俠慷慨，勇武仗義，乃天下一等一的好男兒，突然要他承認父親是個壞人，委實萬萬不能。可是在他內心深處，早已隱約覺得父親遠遠不及郭伯伯，只是以前每當甫動此念，立即強自壓抑，此刻卻不由得他不想此節了。

這時城下喊聲動天地，郭靖一干人左衝右突，始終殺不出重圍。朱子柳率領一隊人馬，武氏兄弟與郭芙另行率領一隊人馬，均欲出城接應，只聽得號角聲急，蒙古又有四個千人隊衝到城門之前。忽必烈用兵果然非同尋常，只待城中開門接應，四隊精兵便一擁而入。呂文煥瞧得心驚肉跳，大聲傳令：「不許開城！」又命兩百名刀斧手嚴守城門之旁，有敢開啓城門者立斬。大將王堅領弓弩手在城頭不住放箭。

城內城外亂成一團，楊過心中也是諸般念頭互相交戰，一時盼望郭靖就此陷沒在亂軍之中，一時又望他殺退敵軍。突見蒙古軍陣勢亂了，數千騎兵如潮水般向兩旁潰退，郭靖手持長矛，縱馬馳出，身後壯漢結成方陣，衝殺而前。這方陣甚是嚴整，片刻間已衝到城門口，郭靖回轉馬頭，親自殿後，長矛起處，接連把七八名蒙古將官挑下馬來。蒙古兵將一時不敢逼近。

呂文煥對郭靖倚若長城，見他脫險，心中大喜，忙叫：「開城！只可小開，千萬不能大開！」當下城門開了三四尺，僅容一騎，衆壯漢陸續奔進城來。蒙古中軍黃旗招動，兩隊軍馬分自左右衝到。呂文煥大叫：「郭大俠，快進城！咱們不等旁人了。」郭靖見部屬未曾盡數脫險，那肯先行入城，反而回馬上前，刺殺了兩名衝得最近的蒙古勇士。

但大軍既動，猶如潮水一般，郭靖雖武藝精深，一人之力，又怎抵擋得了大軍衝擊？朱子柳在城頭見情勢危急，忙垂下一根長索，叫道：「郭兄弟，抓住了。」郭靖一回頭，見最後一名丐幫兄弟已經入城，卻有十餘名蒙古兵跟著衝進城門。城門旁的刀斧手一面抵敵，一面用力關門，兩尺厚的鐵門緩緩合攏。郭靖大喝一聲，挺矛刺死了一名蒙古十夫長，縱身躍起，拉住了長索。朱子柳奮力拉扯，郭靖登時向上升了丈許。

蒙古軍督戰的萬夫長大喝：「放箭！」霎時之間千弩齊發。郭靖上躍之際早已防到此著，扯下長袍下襟，右手拉索，左手將袍子在身前舞得猶如一塊大盾牌，勁力貫袍，將羽箭盡皆擋開，只是他所乘的坐騎卻在城門前連中數百枝長箭，竟如刺蝟一般。朱子柳雙手交替，將郭靖越拉越高。

眼見他身子離城頭尚有二丈，蒙古軍中突然轉出一個高瘦和尙，身披黃色袈裟，正是金輪國師。他從一名蒙古軍官手中接過鐵弓長箭，拉滿了弦，搭上狼牙鵰翎，心知郭靖與朱子柳都武藝深湛，倘若射向人身，定給擋開，左手移弓轉的，右手一鬆，羽箭離弦，向長索中節射去。這一招甚是毒辣，羽箭離郭朱二人均有一丈上下，二人無法相擋。金輪國師尙怕二人突出奇法破解，一箭既出，又分向朱子柳與郭靖各射一箭。第一箭啪的一聲，將長索斷成兩截，第二第三箭勢挾勁風，續向朱郭二人射到。

長索既斷，郭靖身子一沉，那第三箭自射他不著。朱子柳但覺手上一輕，叫聲：「不好！」羽箭已到面門。這一箭勁急異常，發射者顯然內力深厚，此刻城頭上站滿了人，朱子柳心知若是低頭閃避，這箭定然傷了身後之人，左手伸二指看準長箭來勢，在箭桿上一撥，那箭斜斜的落下城頭去了。

郭靖一覺繩索斷截，暗暗吃驚，跌下城去雖不致受傷，但在這千軍萬馬包圍之中，如何殺得出去？此時敵軍逼近城門，我軍若開城接應，敵軍定然乘機搶門。危急中不及細想，左足在城牆上一點，身子斗然拔高丈餘，右足跟著在城牆上一點，再升高了丈餘。這路「上天梯」的高深武功當世會者極少，即令有人練就，每一步也只上升得二三尺而已。郭靖少年之時，曾隨馬鈺練「金雁功」，以輕身功夫攀上蒙古懸崖，後來練「上天梯」功夫，因有「金雁功」根柢，基礎更爲紮實，他這般在光溜溜的城牆上踏步而上，一步便躍上丈許，武功之高，的是驚世駭俗。霎時之間，城上城下寂靜無聲，數萬道目光盡皆注視在他身上。

金輪國師暗暗駭異，知道這「上天梯」功夫全憑提一口氣躍上，只消中間略有打岔，令他一口氣鬆了，第三步便不能再次竄上。彎弓搭箭，又一箭向郭靖背心射去。

箭去如風，城上城下衆軍齊叫：「休得放箭！」兩軍見郭靖武功驚人，個個欽服，均盼他就此縱上城頭。蒙古人向來崇敬英雄好漢，雖是敵軍，見有人暗箭加害，無不憤慨。郭靖聽得背後長箭來勢凌厲，暗叫：「罷了！」只得回手將箭撥開。兩軍數萬人見他背後猶似生了眼睛一般，這一箭偷襲竟傷他不得，齊聲喝采。但就在震天響的采聲之中，郭靖身子已微微向下一沉，距城頭雖只數尺，卻再也竄不上去了。

當兩軍激戰之際，楊過心中也似有兩軍交戰一般，見郭靖身遭危難，他上升下降，再上再落，這兩下起伏只片刻間之事，楊過心中卻已轉了幾次念頭：「他是我殺父仇人，我殺他不殺？救他不救？」當郭靖使「上天梯」功夫將上城頭之際，楊過便想凌空發掌擊落，郭靖在半空無所借力，定須身受重傷，墮下城去。他稍一遲疑，郭靖已爲國師發箭阻撓，無法縱上。楊過心中亂成一團，突然間左手拉住朱子柳手中半截繩索，撲下城去，右手已抓住了郭靖手臂。

這一下奇變陡生，朱子柳隨機應變，快捷異常，當即雙臂使勁，先將繩索向下微微一沉，隨即勁運雙臂，急甩過頂。楊過與郭靖二人在半空中劃了個圓圈，就如兩頭大鳥般飛在半空。城上城下兵將數萬，無不瞧得張大了口合不攏來。

郭靖身在半空，心想連受這番僧襲擊，未能還手，豈非輸於他了？望見金輪國師又一箭射來，左足一踏上城頭，立即從守軍手中搶過弓箭，猿臂伸屈，長箭飛出，對準金輪國師發來的那箭射去，半空中雙箭相交，將來箭劈為兩截。國師剛凜然一呆，突然疾風勁急，錚的一響，手中硬弓又已斷折。國師與郭靖的武功在伯仲之間，但郭靖自幼在蒙古受神箭手哲別傳授，再加上精湛內力，弓箭之技，天下無雙，國師自瞠乎其後。郭靖連珠三箭，第一箭劈箭，第二箭斷弓，第三箭卻對準了忽必烈的大纛射去。

這大纛迎風招展，在千軍萬馬之中顯得十分威武，猛地裏一箭飛來，旗索斷絕，忽必烈的王旗立時滑落。城上城下兩軍又齊聲發喊。

忽必烈見郭靖如此威武，己軍士氣已沮，傳令退軍。

郭靖站在城頭，見蒙古軍軍形整肅，後退時井然有序，先行者不躁，殿後者不懼，不禁嘆了一口長氣，心想：「蒙古精兵，實非我積弱之宋軍可敵。」想起國事，不由得憂從中來，濃眉雙蹙。朱子柳、楊過等見他揚威於敵陣之中，耀武於萬衆之前，竟沒半點驕色，無不深佩。

忽必烈退軍數十里，途中默思破城之策，心想有郭靖在彼，襄陽果是難克。國師道：「殿下親眼所見，若非楊過那小子出手救援，郭靖今日性命不保。那楊過武功了得，誰知竟會反覆無常。」忽必烈道：「不然！料那楊過是要手刃郭靖，為父報仇，不願假手於人。我瞧他爲人飛揚勇決，並非奸猾險詐的小人。」國師不以爲然，但不敢反駁，只道：「但願如殿下所料。」

蒙古兵退，襄陽城轉危爲安。安撫使呂文煥與高采烈，又在元帥府大張筵席慶功，這一次楊過也受邀爲席中上賓。衆人對他飛身相救郭靖時出手迅捷、奮不顧身，無不交口大讚。武氏兄弟坐在另席旁座，見楊過一到立時建功，不免心生妒意，又怕經此一役，郭靖感他相救之德，更要將女兒許配於他。兩兄弟一言不發，只喝悶酒。

筵席過後，一行人回到郭靖府中。黃蓉請楊過到內堂相見，溫言嘉讚。楊過遜謝。郭靖道：「過兒，適才你使力強猛，胸口可有隱隱作痛麼？」他擔心楊過昨晚走火之餘，今日城頭使力狠了，只恐傷了內臟。

楊過怕黃蓉追問情由，瞧出破綻，忙道：「沒事，沒事。」隨即岔開話題，道：「郭伯伯，你這飛躍上城的功夫，那眞是獨步武林了。」郭靖微笑道：「這功夫我擱下已久，數年沒練了，不免生疏，這才出了亂子。」其實昨晚他若非運用眞力助楊過意守丹田，以致大耗元氣，那麼使「上天梯」功夫之際，即使有國師發箭阻撓，也難爲不了他。但他於此節自然不提，只道：「當年丹陽子馬道長在蒙古傳我『金雁功』，那是『上天梯』的根基，你若喜歡，這功夫過幾天我便傳你。」

黃蓉見楊過神情恍惚，說話之際每每若有所思，他今日奮身相救郭靖乃萬目共睹，自無可疑，但終究放心不下，說道：「靖哥哥，今晚我不大舒服，你在這兒照看一下。」郭靖點頭答應，向楊過說道：「過兒，今日累了，你早些回去休息罷。」

楊過辭別兩人，獨自回房，耳聽得更樓上鼓交二更，坐在桌前，望著忽明忽暗的燭火，心中雜念叢生，忽聽得門上剝啄一聲，一個女子聲音在門外說道：「沒睡麼？」正是小龍女的聲音。楊過大喜，一躍而起，打開了房門，見小龍女穿著淡綠色衫子，俏生生的站在門外。楊過道：「姑姑，有甚麼事？」小龍女笑道：「我想來瞧瞧你。」楊過握住了她手，柔聲道：「我也正想著你呢。」

兩人並肩慢慢走向花園。園中花木扶疏，幽香撲鼻。小龍女望了望天上半邊月亮，道：「你非親手殺他不可麼？時日無多了呢。」楊過忙在她耳邊低聲道：「此間耳目眾多，別提此事。」小龍女痴痴的望著他，說道：「等到月亮圓了，那便是十八日之期的盡頭。」

楊過矍然而驚，屈指一算，與裘千尺別來已有九日，若不在一二日內殺了郭靖夫婦，毒發之前便不能趕回絕情谷了。他幽幽嘆了口氣，與小龍女並坐在一塊太湖石上。兩人相對無語，柔情漸濃，靈犀互通，渾忘了仇殺戰陣之事。

過了良久，忽聽假山外傳來腳步之聲，有兩個人隔著花叢走近。

一個少女的聲音說道：「你再逼我，乾脆拿劍在我脖子上一抹，也就是了，免得我零碎受苦。」一個男人聲音氣憤憤的道：「哼，你三心兩意，我就不知道麼？這姓楊的小子一到襄陽，便在人前大大露臉。你從前說過的話，又怎還放在心上？」聽聲音正是郭芙和武修文。小龍女向楊過裝個鬼臉，意謂你到處惹下情絲，害得不少姑娘爲你煩惱。楊過一笑，拉她靠近自己，微微搖手，叫她不可作聲，且聽他二人說些甚麼。

郭芙聽武修文這麼說，登時大怒，提高了聲音道：「既是如此，咱們從前的話就算白說。我一個人走得遠遠地，永遠不見楊過，咱們也永遠別見面了。」只聽衣衫噗的一響，想是武修文拉住了郭芙的衣袖，而她用力一摔。她話中怒意更增，說道：「你拉拉扯扯的幹甚麼？人家露臉不露臉，干我甚麼事？我爹娘便將我終身許配於他，我寧可死了，也決不從。爹爹倘若眞迫得我緊，我便逃得遠遠地。楊過這小子自小就飛揚跋扈，自以爲了不起，我偏就沒瞧在眼裏。爹爹當他是寶貝，哼，我看他就不是好人。」武修文忙道：「是啊，是啊。先前算我瞎疑心，芙妹你千萬別生氣。以後我再這樣，教我不得好死，來生變個烏龜大王八。」語音中喜氣洋溢。郭芙噗哧一笑。

楊過與小龍女相視一笑，一個意思說：「你瞧，人家將我損得這樣。」另一個意思說：「原來我先前想錯了，我心中喜歡你，旁人卻情有別鍾。」聽郭芙語意，對武修文雖一時呵責，一時使小性兒，將他播弄得俯頭帖耳、顚三倒四，但心中對他實大有柔情。

只聽武修文道：「師母是最疼你的，你日也求，夜也求，纏著她不放。只要師母答應你不嫁那姓楊的，師父決沒話說。」郭芙道：「哼，你知道甚麼？爹雖肯聽媽的話，但遇上大事，媽是從不違拗爹爹的。」武修文嘆道：「你對我也這般，那就好了。」

但聽得啪的一響，武修文「啊」的一聲叫痛，急道：「怎麼又動手打人？」郭芙道：「誰叫你說便宜話？我不嫁楊過，可也不能嫁你這小猴兒。」武修文道：「好啊，你今晚終於吐露了心事，你不肯做我媳婦，卻肯做我嫂子。我跟你說，我跟你說……」氣急敗壞，下面的話說不出來了。

郭芙語聲忽轉溫柔，說道：「小武哥哥，你對我好，已說了一千遍一萬遍，我自早知道你是眞心。你哥哥雖一遍也沒說過，可我也知他對我是一片痴情。不管我許了誰，你哥兒倆總有一個要傷心的。你體貼我，愛惜我，你便不知我心中可有多爲難麼？」

武敦儒、武修文自小沒爹娘照顧，兄弟倆向來友愛甚篤，但近年來兩人都痴戀郭芙，不由得互相有了心病。武修文心中一急，竟自掉下淚來。郭芙取出手帕，擲了給他，嘆道：「小武哥哥，咱們自小一塊兒長大，我敬重你哥哥，可是跟你說話卻更加投緣些。對你哥兒倆，我實在沒半點偏心。你今日定要逼我淸淸楚楚說一句，倘若你做了我，該怎麼說呢？」武修文道：「我不知道。我只跟你說，倘若你嫁了旁人，我便不能活了。」

郭芙道：「好啦，今晚別再說了。爹爹今日跟敵人性命相搏，咱們卻在園子中說這些沒要緊的話，要是給爹爹聽到了，大家都討個沒趣。小武哥哥，我跟你說，你想要討我爹娘歡心，幹麼不多立戰功？整日價纏在我身旁，豈不讓我爹娘看輕了？」武修文跳了起來，大聲道：「對，我去刺殺忽必烈，解了襄陽之圍，那時你許不許我？」郭芙嫣然笑道：「你立了這等大功，我便想不許你，只怕也不能呢。但忽必烈身旁有多少護衛？單是一個金輪國師，就連爹爹也未必勝得了。快別胡思亂想了，乖乖的去睡罷。」

武修文向著郭芙俊俏的臉孔戀戀不捨的望了幾眼，說道：「好，那你也早些睡罷。」他轉身走了幾步，忽又停步回頭，問道：「芙妹，你今晚做夢不做？」郭芙笑道：「我怎知道？」武修文道：「倘若做夢，你猜會夢到甚麼？」郭芙微笑道：「我多半會夢見一隻小猴兒。」武修文大喜，跳跳蹦蹦的去了。

小龍女與楊過在花叢後聽他二人情話綿綿，相對微笑，均想他二人一個痴戀苦纏，一個心意不定，比起自己兩人的一往情深、死而無悔，心中的滿足喜樂自必遠遠不及。

武修文去後，郭芙獨自坐在石櫈上，望著月亮呆呆出神，隔了良久，長嘆了一聲。忽然對面假山後轉出一人，說道：「芙妹，你嘆甚麼氣？」正是武敦儒。楊過與小龍女都微微一驚，想是武修文和郭芙來到花園，他一直悄悄跟在後面。

郭芙微嗔道：「你就總是這麼陰陽怪氣的。我跟你弟弟說的話，你全都聽見了，是不是？」武敦儒點點頭，站在郭芙對面，和她離得遠遠的，但眼光中卻充滿了眷戀之情。兩人相對不語，過了好一陣，郭芙道：「你要跟我說甚麼？」武敦儒道：「沒甚麼。我不說你也知道。」說著慢慢轉身，緩緩走開。

郭芙望著武敦儒的背影，見他在假山之後走遠，竟一次也沒回頭，心想：「不論是大武還是小武，世間倘若只有一人，豈不是好？」深深嘆了口氣，獨自回房。

楊過待她走遠，笑問：「倘若你是她，便嫁那一個？」小龍女側頭想了一陣，道：「嫁你。」楊過笑道：「我不算。郭姑娘半點也不喜歡我。我說倘若你是她，二武兄弟之中你嫁那一個？」小龍女「嗯」了一聲，心中拿二武來相互比較，終於又道：「我還是嫁你。」楊過又好笑，又感激，伸臂將她摟在懷裏，柔聲道：「旁人那麼三心二意，我的姑姑卻只愛我一人。」

二人相倚相偎，滿心愉樂的直坐到天明。

眼見朝暾東升，二人仍不願分開。忽見一名家丁匆匆走來，向二人請了個安，說道：「郭爺請楊大爺快去，有要事相商。」

楊過見他神情緊急，心知必有要事，當即與小龍女別過，隨那僕人走向內堂。那僕人道：「我到處都找過了，原來楊爺在園子裏賞花。」楊過道：「郭大爺等了我很久麼？」那僕人低聲道：「兩位武少爺忽然不知去了那裏，郭大爺和郭夫人都著急得很，郭姑娘已哭了幾次啦！」楊過一怔，已知其理：「武家哥兒倆爲了爭娶師妹，均想建立奇功，定是出城行刺忽必烈去了。」匆匆來到內堂，見黃蓉穿著寬衫，坐在一旁，容色憔悴，郭靖不停的來回走動，郭芙紅著雙目，泫然欲泣。桌上放著兩柄長劍。

郭靖一見楊過，忙道：「過兒，你可知武家兄弟倆到敵營去幹甚麼？」楊過向郭芙望了一眼，道：「兩位武兄到敵營去了麼？」郭靖道：「不錯，你們小兄弟之間無話不說，你事先可曾瞧出一些端倪？」楊過道：「小姪沒曾留心。兩位武兄也沒跟我說過甚麼。料來兩位武兄定是見城圍難解，心中憂急，想到敵營去刺殺蒙古大將，如能得手，倒是奇功一件。」郭靖嘆了口氣，指著桌上的兩把劍，道：「便算存心不錯，可是太過不自量力，兵刃都給人家繳下，送了回來啦。」

這一著頗出楊過意料之外，他早猜到武氏兄弟此去必難得逞，以他二人的武功智慧，焉能在國師、尹克西、瀟湘子等人手下討得了好去？卻想不到只幾個時辰之間，二人的兵器也給送了回來。郭靖拿起壓在雙劍之下的一封書信，交給楊過，與黃蓉對望一眼，兩人都搖了搖頭。楊過打開書信，見信上寫道：

「大蒙古國第一護國法師金輪大喇嘛書奉襄陽城郭大俠尊前：昨宵夜獵，邂逅賢徒武氏昆仲，常言名門必出高弟，誠不我欺。老衲久慕大俠風采，神馳想像，蓋有年矣。

日前大勝關英雄宴上一會，匆匆未及深談。茲特移書，謹邀大駕。軍營促膝，杯酒共歡，得聆教益，洵足樂也。尊駕一至，即令賢徒歸報平安如何？」

信中語氣謙謹，似乎只是請郭靖過去談談，但其意顯是以武氏兄弟為質，要等郭靖到來方能放人。郭靖等他看完了信，道：「如何？」

楊過早已算到：「郭伯母智謀勝我十倍，我若有妙策，她豈能不知？她邀我來此相商，唯一用意，便是要我和姑姑伴同郭伯伯前去敵營。郭伯伯到得蒙古軍營，國師、瀟湘子等合力縱能敗他，但要殺他擒他，卻也未必能夠。有我和姑姑二人相助，他自能設法脫身。」隨即想到：「但如我和姑姑突然倒戈，一來出其不意，二來強弱之勢更加懸殊，那時要傷他易如反掌。我即令不忍親手加害，假手於國師諸人取他性命，豈不大妙？」微微一笑，說道：「郭伯伯，我和師父陪你同去便是。郭伯母見過我和師父聯劍打敗金輪國師，三人同去，敵人未必留得下咱們。」郭靖大喜，笑道：「你的聰明伶俐，除了你郭伯母之外，旁人再也難及。你郭伯母之意也正如此。」

楊過心道：「黃蓉啊黃蓉，你聰明一世，今日也要在我手下栽個觔斗。」說道：「事不宜遲，咱們便去。我和師父扮作你的隨身僮兒，更顯得你單刀赴會的英雄氣概。」

郭靖道：「好！」轉頭向黃蓉道：「蓉兒，你不用擔心，有過兒和龍姑娘相伴，便龍潭虎穴，我們三人也能平安歸來。」他一整衣衫，說道：「相請龍姑娘。」

黃蓉搖頭道：「不，我意思只要過兒一人和你同去。龍姑娘是個花朵般的閨女，咱們不能讓她涉險，我要留她在這兒相陪。」

楊過一怔，立即會意：「郭伯母果有防我之心，她要留姑姑在此為質，好教我不敢有甚異動。我如定要姑姑同往，只有更增其疑。」尋思：「你們想扣住姑姑，未必能夠。襄陽城中郭伯伯既然不在，又有誰能勝得了我的媳婦兒？」當下並不言語。

郭靖卻道：「龍姑娘劍術精妙，倘能同行，大得臂助。」黃蓉懶懶的道：「你的破虜、襄兒，就快出世啦，有龍姑娘守著，我好放心些。」郭靖忙道：「是，是，我真胡塗了。過兒，咱們走罷。」楊過道：「讓我跟姑姑說一聲。」黃蓉道：「回頭我告知她便是，你爺兒倆去敵營走一趟，半天即回，又不是甚麼大事。」

楊過心想與黃蓉鬥智，處處落於下風，但郭靖誠樸老實，決不是自己對手，同去蒙古軍中後對付了他，再回來與小龍女會合不遲，於是略一結束，隨同郭靖出城。

郭靖騎的是汗血寶馬，楊過乘了黃毛瘦馬，兩匹馬腳力均快，不到半個時辰，已抵達蒙古大營。

忽必烈聽報郭靖竟然來到，又驚又喜，忙叫請進帳來。

郭靖走進大帳，見一位青年王爺居中而坐，方面大耳，兩目深陷，不由得一怔：

「此人竟與他父親拖雷一模一樣。」想起少年時與拖雷情深義重，此時卻已陰陽相隔，不禁眼眶一紅，險些兒掉下淚來。

忽必烈下座相迎，一揖到地，說道：「先王在日，時常言及郭靖叔叔英雄大義，小姪仰慕無已，日來得睹尊顏，實慰生平之願。」郭靖還了一揖，說道：「拖雷安答和我情逾骨肉，我幼時母子倆托庇成吉思汗麾下，極仗令尊照拂。令尊英年，如日方中，不意忽爾謝世，令人思之神傷。」說著不禁淚下。忽必烈見他言辭懇摯，動了真情，也不由得傷感，便與瀟湘子、尹克西等一一引見，請郭靖上座。

楊過侍立在郭靖身後，假裝與諸人不識。國師等不知他此番隨來是何用意，見他不理睬各人，也均不與他說話。麻光佐卻大聲道：「楊兄……」下面一個「弟」字還未出口，尹克西在他大腿上狠狠捏了一把。麻光佐「啊喲」一聲，叫道：「幹甚麼？」尹克西轉過了頭不理。麻光佐不知是誰捏他，口中嘮嘮叨叨罵人，便忘了與楊過招呼。

郭靖坐下後飲了一杯馬乳酒，不見武氏兄弟，正要動問，忽必烈已向左右吩咐：「快請兩位武爺。」左右衛士應命而出，推了武敦儒、武修文進帳。兩人手足都給牛筋繩綁得結結實實，雙足之間的牛筋長不逾尺，邁不開步子，只能慢慢的挨著過來。二武見到師父，滿臉羞慚，叫了一聲：「師父！」都低下了頭不敢抬起。

他兄弟倆貪功冒進，不告而行，闖出這樣一個大亂子，郭靖本十分惱怒，但見他二人衣衫凌亂，身有血污，顯是經過一番劇鬥才失手被擒，又見二人給綁得如此狼狽，不禁由怒轉憐，心想他二人雖然冒失，卻也是一片爲國爲民之心，溫言說道：「武學之士，一生之中必受無數折磨、不少挫敗，那也算不了甚麼。」

忽必烈假意怪責左右，斥道：「我命你們好好款待兩位武爺，怎地竟如此無禮？快快鬆綁。」左右連聲稱是，伸手去解二人綁縛。但那牛筋綁縛之後，再澆水淋濕，深陷肌膚，一時解不下來。郭靖走下座去，拉住武敦儒胸前的牛筋兩端，輕輕往外一分，波的一響，牛筋登時崩斷，跟著又扯斷了武修文身上的綁縛。這一手功夫瞧來輕描淡寫，殊不足道，其實卻非極深厚的內功莫辦。國師、瀟湘子、尼摩星、尹克西等相互望了一眼，均暗讚他武功了得。忽必烈道：「快取酒來，給兩位武爺賠罪。」

郭靖心下盤算：今日此行，決不能善罷，少時定有一番惡戰，二武若不早走，不免要分心照顧。向衆人作了個四方揖，朗聲道：「小徒冒昧無狀，承王爺及各位教誨，兄弟這裏謝過了。」轉頭向武氏兄弟道：「你們先回去告知師母，說我會見故人之子，略叙契闊，稍待即歸。」武修文道：「師父，你……」他昨晚行刺不成，爲瀟湘子所擒，知道敵營中果然高手如雲，不由得擔心郭靖的安危。郭靖將手一揮，道：「快些走罷！你們稟報呂安撫，請他嚴守城關，不論有何變故，總之不可開城，以防敵軍偷襲。」這幾句話說得神威凜然，要叫忽必烈等人知道，即令自己有何不測，襄陽城決不降敵。

武氏兄弟見師父親自涉險相救，又是感激，又是自悔，當下不敢多言，拜別師父，自行回城。

忽必烈笑道：「兩位賢徒前來行刺小姪，郭叔父諒必不知。」郭靖點頭道：「我事先未及知悉，小兒輩不知天高地厚，胡鬧得緊。」忽必烈道：「是啊，想我與郭叔父相交三世，郭叔父念及故人之情，必不出此。」郭靖正色道：「那卻不然，公義當前，私交爲輕。昔日拖雷安答領軍來攻青州，我曾起意行刺義兄，以退敵軍，適逢成吉思汗病重，蒙古軍退，這才全了我金蘭之義。古人大義滅親，親尙可滅，何況友朋？」

這幾句話侃侃而言，國師、尹克西等均相顧變色。楊過胸口一震，心道：「是了，刺殺義兄義弟，原是他的拿手好戲，不知我父當年有何失誤，致遭他毒手。郭靖啊郭靖，豈難道你一生之中，從沒做過甚麼錯事麼？」想到此處，一股怨毒又在胸中漸漸升起。

忽必烈卻全無慍色，含笑道：「既然如此，郭叔父何以又說兩位賢徒胡鬧？」郭靖道：「想他二人學藝未成，不自量力，貿然行刺，豈能成功？他二人失陷不打緊，卻教你多了一層防備之心，後人再來行刺，便更加不易了。」忽必烈哈哈大笑，心想：「久聞郭靖忠厚質樸，口齒遲鈍，那知他辭鋒竟極爲銳利。」其實郭靖只是心中想到甚麼，口中便說甚麼，只因心中想得通達，言辭便顯凌厲。國師等見他孤身一人，不攜兵刃，赤手空拳而入蒙古千軍萬馬之中，竟毫無懼色，這股氣概便非己所能及，無不欽服。

忽必烈見郭靖器宇軒昂，不自禁的喜愛，心想若能將此人羅致麾下，勝於得了十座襄陽城，說道：「郭叔父，趙宋無道，君昏民困，奸佞當朝，忠良含冤，我這話可不錯罷！」郭靖道：「不錯，淳祐皇帝乃無道昏君，宰相賈似道是個大大的奸臣。」眾人又都一怔，萬料不到他竟會公然直言指斥本朝君臣。忽必烈道：「是啊，郭叔父是當世大大的英雄好漢，卻又何苦為昏君奸臣賣命？」

郭靖站起身來，朗聲道：「郭某縱然不肖，豈能為昏君奸臣所用？只是心憤蒙古殘暴，侵我疆土，殺我同胞，郭某滿腔熱血，是要為我神州千萬老百姓而灑。」

忽必烈伸手在案上一拍，道：「這話說得好，大家敬郭叔父一碗。」說著舉起碗來，將馬乳酒一飲而盡。隨侍眾人暗暗焦急，均怕忽必烈顧念先世交情，又為郭靖言辭打動，竟將他放歸，再要擒他可就難了，但見忽必烈舉碗，也只得各自陪飲了一碗。左右衛士在各人碗中又斟滿了酒。

忽必烈道：「貴邦有一位老夫子曾道：民為貴，社稷次之，君為輕。這話當真有理。想天下者，天下人之天下也，唯有德者居之。我大蒙古朝政清平，百姓安居樂業，各得其所。我大汗不忍見南朝子民陷身於水深火熱之中，無人能解其倒懸，這才弔民伐罪，揮軍南征，不憚煩勞。這番心意與郭叔父全無二致，可說是英雄所見略同了。來，咱們再來乾一碗。」說著又舉碗飲乾。

國師等舉碗放到口邊。郭靖大袖一揮，勁風過去，嗆啷啷一陣響處，衆人的酒碗盡數摔在地下，跌得粉碎。郭靖大聲說道：「王爺，你說『民爲貴』，眞正半點兒不錯。你蒙古兵侵宋以來，殘民以逞，白骨爲墟，血流成河。我大宋百姓家破人亡，不知有多少性命送在你蒙古兵刀槍之下，說甚麼弔民伐罪，解民倒懸？」

這一下拂袖雖然來得突兀，大出衆人意料之外，但國師等人人身負絕藝，竟讓他打落酒碗，均覺臉上無光，一齊站起，只待忽必烈發作，立時上前動手。

忽必烈仰天長笑，說道：「郭叔父英雄無敵，我蒙古兵將提及，無不欽仰，今日親眼得見，果眞名下無虛。小王不才，不敢傷了先父之義，今日只敘舊情，不談國事如何？」郭靖拱手道：「拖雷有子，氣度寬宏，蒙古諸王無一能及，他日必膺國家重任。我有良言奉告，不知能蒙垂聽否？」忽必烈道：「願聽叔父教誨。」

郭靖叉手說道：「我南朝地廣人多，崇尚氣節，俊彥之士，所在多有，自古以來，從不屈膝異族。蒙古縱然一時疆埸逞快，日後定遭逐回漠北，不免元氣大傷，悔之無及，願王爺三思。」忽必烈笑道：「多謝明教。」郭靖聽他這四字說得言不由衷，說道：「就此別過，後會有期。」忽必烈將手一拱，說道：「送客。」

國師等相顧愕然，一齊望著忽必烈，均想：「好容易魚兒入網，豈能縱虎歸山？」

但忽必烈客客氣氣的送郭靖出帳，衆人也不便動手。

郭靖大踏步出帳，心中暗想：「這忽必烈舉措不凡，果是勁敵。」向楊過使個眼色，加快腳步，走向坐騎之旁。

突然旁邊搶出八名蒙古大漢，當先一人說道：「你是郭靖麼？你在襄陽城頭傷了我不少兄弟，今日竟到我蒙古軍營來耀武揚威。王爺放你走，我們卻容你不得。」一聲吆喝，八名大漢同時擁上，各使蒙古摔跤手法，十六隻手抓向郭靖。原來忽必烈不願親自下令捉拿郭靖，傷了故人情誼，但在帳外伏有兵馬，待和他告別後這才擒拿。

摔跤之術，蒙古人原是天下無雙，這八名大漢更是蒙古軍中一等一的好手，忽必烈特地埋伏在帳外擒拿郭靖。但郭靖幼時在蒙古長大，騎射摔跤自小精熟，眼見八人抓到，雙手連伸，右腿勾掃，霎時之間，四名大漢給他抓住摔出丈餘，另四人給他勾掃倒地。他使的正是蒙古人正宗摔跤之術，只是有了上乘武功爲底，手腳上勁力大得異乎尋常，那八名大漢如何能敵？忽必烈王帳外駐著一個親兵千人隊，一千名官兵個個精擅摔跤，見郭靖手法利落，以蒙古人慣用手法一舉將八名軍中好手同時摔倒，快速無倫，神技從所未見，不約而同的齊聲喝采。

郭靖向衆軍一抱拳，除下帽子轉了個圈子。這是蒙古人摔角獲勝後向觀衆答謝的禮節，衆官兵更加歡聲雷動。那八名大漢爬起身來，望著郭靖呆呆發怔，不知該縱身又上呢，還是就此罷手？

郭靖向楊過道：「走罷！」只聽得號角聲此起彼和，四下裏千人隊來往奔馳，原來忽必烈調動軍馬，已將郭楊二人團團圍困。郭靖暗暗吃驚，心想：「我二人縱有通天本領，怎能逃出這軍馬重圍？想不到忽必烈對付我一人，竟如此興師動衆。」他怕楊過膽怯，臉上神色自如，說道：「我二人馬快，只管疾衝，先過去奪兩面盾牌來，以防敵軍亂箭射馬。」又在他耳邊低聲道：「先向南衝，隨即回馬向北。」

楊過一怔：「襄陽在南，何以向北？」隨即會意：「啊，是了，忽必烈軍馬必集於南，防他逃歸襄陽，北邊定然空虛。先南後北，衝他一個出其不意，措手不及，便可乘機突圍。我當如何阻住他才好？」

楊過心念甫動，只見忽必烈王帳中竄出幾條人影，幾個起落，已攔住去路，跟著嗚嗚之聲大作，一個銅輪一個鐵輪往兩匹坐騎飛到，正是國師出手阻擋二人脫身。郭靖見雙輪飛來之勢極爲剛猛，不敢伸手去接，頭一低，雙手在兩匹坐騎的頸中一按，兩匹馬前足跪下，銅鐵雙輪剛好在馬頭上掠過，在空中打了一個轉，回入國師手中。就這樣微一躭擱，尼摩星與尹克西已奔到二人身前，國師與瀟湘子跟著趕到，四人團團圍住。

金輪國師、瀟湘子等均是一流高手，與人動手，決不肯自墮身分，倚多爲勝，但郭靖武功實在太強，每人又均想得那「蒙古第一勇士」的封號，只怕給旁人搶了頭籌，但見白刃閃動，黃光耀眼，四人手中均已執了兵刃。尹克西手執一條鑲珠嵌玉的黃金軟鞭，瀟湘子拿著一條哭喪棒模樣的桿棒，尼摩星的兵刃最怪，是一條鐵鑄的靈蛇短鞭，在他手臂上盤旋吞吐，上下滾動，宛似一條活蛇。國師所持是個金輪，他的金輪在大勝關英雄大會中爲楊過所奪，自覺少了金輪，與自己名號不符，於是命高手匠人重鑄一個，形狀重量，與前無異。

郭靖眼看四人奔跑身形和取兵刃的手法，四人中似以尹克西較弱，當即雙掌拍出，擊向瀟湘子面門。瀟湘子桿棒一立，棒端向他掌心點來。郭靖見桿棒上白索纏繞，棒頭拖著一條麻繩，便如是孝子手中所執的哭喪棒，心想此人武功深湛，所用兵刃怪模怪樣，必有特異之處，當下右手回轉，一招「神龍擺尾」，已抓住了尹克西的金鞭。尹克西待要抖鞭回擊，鞭梢已入敵手，當即順著對方一扯之勢，和身向郭靖撲去，左手中已多了一柄明晃晃的匕首。這一招以攻爲守，乃從十八式小擒拿手中化出來的絕招。

郭靖叫道：「好！」雙手同施擒拿，右手仍抓住金鞭不放，左手逕來奪他匕首。這時右手奪他右手兵刃，左手奪他左手兵刃，雙手已成交叉之勢。尹克西滿擬這一匕首刺出，敵人非放脫金鞭而閃避匕首不可，豈知他能雙手分擊，連匕首也要一併奪去。

就在這時，國師的金輪和瀟湘子的桿棒已同時攻到。郭靖一扯金龍鞭不下，大喝一聲，一股罡氣自金鞭上傳了過去。尹克西胸口猶如給大鐵鎚重重一擊，眼前金星亂舞，哇的一聲，噴出一口鮮血。郭靖已放脫金鞭，回手招架。尹克西自知受傷不輕，慢慢退開，在地下盤膝而坐，氣運丹田，忍住鮮血不再噴出。國師與瀟湘子、尼摩星三人不敢冒進，嚴密守住門戶。

郭靖見招拆招，察看瀟湘子和尼摩星的兩件奇特兵刃。那哭喪棒顯是精鋼打就，但除沉重堅實之外，一時之間也瞧不出異處。尼摩星的蛇形兵器卻甚古怪，活脫是條頭呈三角的毒蛇，蛇身柔軟屈折，當是無數細小鐵球鑲成，蛇頭蛇尾均具鋒銳尖刺，最厲害的是捉摸不定蛇身何時彎曲，蛇頭蛇尾指向何方，但見那鐵蛇短鞭在尼摩星手中忽而上躍飛舞，忽而盤旋打滾，變幻百端，靈動萬狀。

四人拆得數招，突聽一人虎吼連連，大踏步而至，魁梧奇偉，宛似一座肉山，正是麻光佐到了。他手挺一根又粗又長的熟銅棍，在尼摩星身後往郭靖頭頂砸了下去。四位高手激鬥正酣，各人嚴守門戶，絕無半點空隙，郭靖的掌風、國師的金輪、瀟湘子的桿棒、尼摩星的鐵蛇來往交錯，織成了一道力網，麻光佐這一棍砸將下去，給四人合組的力網一撞，熟銅棍猛地反彈上來。他一覺不對，大喝一聲，勁貫雙臂，硬生生將銅棍在半空止住，饒是如此，雙手虎口已震得鮮血長流。他高聲大叫：「邪門，邪門！」手上加力，更運剛勁，猛擊而下。

楊過在側瞧得明白，他愛這渾人心地質樸，又曾數次迴護自己，眼見他這一棍擊下，定然遭殃，大叫：「麻光佐，看劍！」君子劍出手，往他後心刺去。麻光佐一呆，銅棍停在半空，愕然道：「楊兄弟，你幹麼跟我動手？」楊過罵道：「你這渾人，在這兒瞎攪甚麼？快給我回去！」長劍顫動，連刺數劍，只刺得麻光佐手忙腳亂，不住倒退。楊過長劍急刺，迫得他一步步退後。麻光佐腿長腳大，一步足足抵得常人二步，退得十餘步，已離郭靖等甚遠。他見眼前劍光閃爍，全力抵禦都有所不及，更無餘暇去想楊過何以忽然對己施展辣手。

楊過等他又退數步，收劍指地，低聲道：「麻大哥，我救了你一命，你知不知道？」麻光佐大聲道：「甚麼？」楊過低聲道：「你說話小聲些，別讓他們聽見了。」麻光佐瞪眼道：「為甚麼？我不怕這個郭靖。」這兩句話仍是聲音響亮，於他不過是平常語氣，在常人卻已似叫喊一般。楊過道：「好，那你別說話，只聽我說。」麻光佐倒真聽話，點了點頭。楊過道：「那郭靖會使妖法，口中一唸咒語，便能取人首級，你還是走得遠遠的好。」麻光佐睜大了銅鈴般的眼睛，將信將疑。

楊過有心要救他性命，心知若說郭靖武功了得，他必不肯服輸，但說他會使妖法，這渾人多半會信，又道：「你一棍打他的頭，棍子沒撞上甚麼，卻反彈上來，這豈不古怪？那賣珠寶的胡人武功很厲害，怎麼一上手便給他傷了？」麻光佐信了七八成，又點了點頭，卻向國師、瀟湘子等望了一眼。

楊過猜到他心中想些甚麼，說道：「那大和尚會畫符，他送了給殭屍鬼和黑矮子，身上佩了這符，便不怕妖法。大和尚有沒給你？」麻光佐憤憤的道：「沒有啊。」楊過道：「是啊，這賊禿不夠朋友，也沒給我，回頭咱們跟他算帳。」麻光佐大聲道：「不錯，那咱們怎麼辦？」楊過道：「咱們袖手旁觀，離開得越遠越好。」麻光佐道：「楊兄弟你是好人，多虧你跟我說。」收起熟銅棍，遙望郭靖等四人相鬥。

郭靖此時所施展的正是武林絕學「降龍十八掌」。國師等三人緊緊圍住，心想他內力便再深厚，掌力如此凌厲，必難持久。豈知郭靖近二十年來勤練「九陰眞經」，初時眞力還不顯露，數十招後，降龍十八掌的勁力忽強忽弱，忽呑忽吐，從至剛之中生出至柔的妙用，以此抵擋三大高手的兵刃，非但絲毫不落下風，而且乘隙反撲，越鬥越揮洒自如。

楊過在旁觀鬥，驚佩無已，他也曾在古墓中練過「九陰眞經」，只乏人指點，不知眞經的神奇竟至於斯。他以眞經功訣印證郭靖掌法，登時悟到了不少深奧拳理，默默記習，一時忘了身上負著血海深仇，立意要將郭靖置於死地。

金輪國師的武功與郭靖本在伯仲之間，郭靖雖然屢得奇遇，但國師比他大了二十歲年紀，也即多了二十年的功力，二人若是單打獨鬥，非到千招之外，難分勝敗，再加上瀟湘子和尼摩星兩個一流好手相助，國師本來不難取勝，只是郭靖的降龍十八掌實在威力太強，兼之他在掌法之中雜以全眞教天罡北斗陣的陣法，鬥到分際，身形穿插來去，一個人竟似化身為七人一般；又因他一上來便將尹克西打傷，這一下先聲奪人，敵對的三人先求自保，不敢放手攻擊，是以雖然以三敵一，也只打了個平手。

又拆數十招，國師的金輪漸漸顯出威力，尼摩星的鐵蛇也攻勢漸盛。郭靖暗感焦躁：「如此纏鬥下去，我終究要抵敵不住。過兒和那大個兒到那邊相鬥，那大個兒武功平平，這會兒該當已料理了他。須得儘快跟過兒會合，共謀脫身。」四人全力拚搏，目光不敢有瞬息旁顧，楊過與麻光佐在十餘丈外觀鬥，郭靖等四人均無暇顧及。

忽聽得怪嘯一聲，瀟湘子雙腳僵直，一竄數尺，從半空中將哭喪棒點將下來。郭靖側身避過，突覺眼前一暗，哭喪棒的棒端噴出一股黑煙，鼻中微聞腥臭之氣，頭腦微微一暈。他暗叫不好，知道棒中藏有毒物，忙拔步倒退。瀟湘子見他明明已聞到自己棒中的劇毒，竟不昏倒，不禁大異，二次竄起，又揮毒砂棒臨空點落。

當年瀟湘子在湖南荒山中練功，曾見一隻蟾蜍躲在破棺之後口噴毒砂，將一條大蟒蛇毒倒，心有所悟，捕捉蟾蜍，取其毒液，煉製而成毒砂，藏於哭喪棒中。棒尾裝有機刮，手指一按，毒砂便激噴而出，發射時縱躍竄高，毒砂威力更增。這毒砂棒在遇到巨蟒猛獸時曾經用過，當者立暈，豈知郭靖內力深厚，竟能強抗劇毒。

國師與尼摩星便在郭靖之側，雖非首當其衝，但聞到少些，也已胸口煩惡欲嘔，忙竄躍遠離。瀟湘子鼻中早已塞有解藥，在黑氣中直穿而前，揮棒追擊。郭靖一掌「見龍在田」往他僵直的膝蓋上擊去。瀟湘子收棒擋格，未及發毒，身子已被掌力推得飄開五尺。

郭靖斜過身子，卻見尼摩星的鐵蛇遞近身來，當下一掌「潛龍勿用」擊出。尼摩星忙橫過鐵蛇，右手握蛇尾，左手執蛇頭，在胸口一擋，豈知郭靖這一掌之力卻是在出掌之處的四周，掌心雖對準他的胸口，他胸口竟是毫不受力，尼摩星一擋擋了個空，情知不妙，面門與小腹上已感到掌力，總算他身子矮小，行動敏捷，急忙往地下一撲，隨即幾個小觔斗，就似個大皮球般滾了開去。

郭靖見有隙可乘，叫道：「過兒，咱們去罷！」向空曠處躍出數步。金輪國師見他脫出包圍，飛竄趕來。郭靖身後與蒙古兵將相距已不過數丈，十餘枝長矛指向他背心。郭靖雙臂一振，架開長矛，反手抓住兩名軍士向國師投去，叫道：「接住了！」國師倘若伸手接住，這麼一延緩，勢必給郭靖走得更遠，當即側過左肩一撞，兩名軍士飛出丈餘，金輪猛往郭靖背上砸去。

郭靖情知只要還得一招，立時給他纏住，數招一過，尼摩星與瀟湘子又跟著攻上，再想脫身又得大費周章，當即奪過兩枝長矛向後戳出。他腳下竟沒片刻停留，背上又如長了眼睛一般，一矛刺向國師右肩，一矛刺向他胸口，準頭勁力，絕無分毫減色。國師暗暗喝采，金輪橫砸，喀喀兩聲，雙矛齊斷，看郭靖時，卻已鑽入了蒙古軍陣中。

郭靖藏身軍馬之中，猶如入了密林，反比曠地上更易脫身。他幾個起伏，奔到一個百夫長馬前，伸手將他拉扯下馬，躍上馬背，在衆軍中東衝西突，繞出陣後，放馬急奔，口中長哨。那汗血寶馬站在遠處，聽得主人招呼，如風馳至。

楊過遠立觀望，突見汗血寶馬疾馳而前，奔向郭靖，暗叫：「不妙！」心想郭靖只要一乘上寶馬，忽必烈便盡集天下精兵也追他不上了。情急之下，猛地大叫：「啊喲，痛死我了！」搖搖晃晃的似欲摔跌，隨即低聲向麻光佐道：「別說話，快走開！越遠越好。」他那一聲大叫運了丹田之氣，雖在衆軍雜亂之中，郭靖必能聽見，料得他聽見後定然來救，麻光佐倘若在旁，說不定給他一掌送了性命。麻光佐很肯聽楊過的話，雖不明白他用意，還是撒開長腿，向王帳狂奔。

郭靖聽得楊過的叫聲，果然大爲憂急，不等紅馬奔到，立刻回過馬頭，又衝入陣，向楊過站立之處馳來。國師念頭一轉，已明楊過用意，讓郭靖在身邊掠過，不加阻攔，卻回身擋住了他退路。

郭靖馳到楊過身前，急叫：「過兒，怎麼啦！」楊過假意搖晃身子，說道：「那大漢不是我敵手，但不知怎的，我一運眞力，一股氣走逆了，丹田中痛如刀絞。」這番謊話全無破綻，麻光佐武功平常，只出手砸了一棍，郭靖已然看出，楊過如說給麻光佐打傷，不免令他生疑，但說運力出了岔子，外表上卻決計瞧不出。何況前一晚郭靖誤認楊過練功走火，此時激鬥之下舊傷復發，事極平常。郭靖眼見他左手按住小腹，額上全是大汗，傷勢不輕，忙道：「你伏在我背上，我負你出去。」楊過假意道：「郭伯伯你快走！小姪性命無足輕重，你卻是襄陽的干城。合郡軍民，盡皆寄望於你。」郭靖道：「你爲我而來，豈能撇下你不顧？快快伏上。」

楊過猶自遲疑，郭靖雙腿蹲下，將他拉著伏在自己背上。就在此時，搶來的那匹馬接連中箭，長聲哀鳴，倒斃於地。郭靖一生經歷過無數凶險，情勢越危急，越加鼓足勇氣，沉著應付，說道：「過兒，別怕，咱們定須衝殺出去。」長身站起，逕往北衝。

此時國師、尼摩星、瀟湘子又已攻到身前，郭靖眼瞧四周軍馬雲集，比適才圍得更加緊了。王帳前大纛之下，忽必烈手持酒碗，與一個和尙站著指指點點的觀戰，勝算在握，神情極是得意。

郭靖大喝一聲，負著楊過向忽必烈撲去，只三四個起伏，已竄到他身前。左右衛護親兵大驚，十餘人挺著長刀長矛上前阻攔。郭靖掌風虎虎，當者披靡，一名親兵給他掌力掃得向外跌開，只須再搶前數步，掌力便可及忽必烈之身。衆親兵捨命來擋，又怎敵得住郭靖的神勇？國師眼見危急，金輪飛出，往郭靖頭頂撞去。郭靖低頭讓過，腳下絲毫不停。

楊過心想：「倘若他拿住了忽必烈，蒙古人投鼠忌器，勢必放他脫身。我再不下手，更待何時？」稍一遲疑，百忙中陡然想起答允過程英的話，又問一句：「郭伯伯，我爹爹當眞罪大惡極，你非殺他不可麼？」郭靖一怔，此時那裏有餘暇細想，順口答道：「他認賊作父，叛國害民，人人得而誅之。」

楊過這一下問得淸淸楚楚，更無絲毫懷疑，提起君子劍，便要往他後頸揷落。其時郭靖正全力奔跑，楊過只感到他背上熱氣一陣陣傳到自己小腹胸口，立時便想到前晚他大耗眞元，以內力爲自己調氣順息的原意，而此刻他明明已可乘小紅馬脫出重圍，只因聽得自己一聲呼叫，便不顧性命的衝過來相救。楊過從來沒有父親，遇到危難之時，內心總盼有個愛護自己、能保護自己的父親，此刻身在郭靖背上，情不自禁的生出一股孺慕之情，只覺得郭靖便是自己所盼望的父親，他可放棄自己一切來維護自己。至於親生之父，只不過是一個虛無渺茫的意念，既從來沒見過他面，也不知他是否愛惜自己，爲了「報殺父之仇」這五個空泛字眼，是不是該當將這個將自己背負在身、拚命救護、猶如父親之人一劍殺死？

白影閃動，瀟湘子揮哭喪棒擊向郭靖後腦，郭靖正以掌法與國師的金輪、尼摩星的鐵蛇兩般兵刃周旋。楊過自然而然的挺劍格開哭喪棒。兩人棒劍相交，拆了數招，郭靖叫道：「小心，他棒頭會放毒！」瀟湘子轉到楊過身後，挺棒疾點他後心要穴，這時他身在郭靖背上，既難迴劍招架，又不易閃避。郭靖左掌「神龍擺尾」向後擊出，砰的一聲，正中桿棒，只震得瀟湘子全身發燒，一張白森森的臉登時通紅。

便在此時，尼摩星著地滾進，鐵蛇挺上，蛇頭已觸到郭靖左脅。郭靖全身內勁有七成正在對付金輪國師，三成震開瀟湘子的桿棒，全無餘力抵禦鐵蛇，危急中左脅斗然向後縮了半尺，總算避過了敵招最厲害的鋒芒，但鐵蛇蛇頭還是刺入他脅下數寸。

郭靖一運氣，肌肉迴彈，鐵蛇進勢受阻，難再深入，跟著飛起左腿，將尼摩星踢了個觔斗。尼摩星眼見鐵蛇刺中要害，這一招定然送了郭靖性命，「蒙古第一勇士」的榮號已經到手，大喜之下，萬料不到敵人竟有敗中求勝的厲害功夫，這一腿正中胸口，喀喇一響，三根肋骨齊斷。

金輪國師乘虛而入，掌力疾催。郭靖左脅氣門已破，再也抵擋不住，只覺一股大力排山倒海般壓至，再行硬拚，非命喪當場不可，只得卸去掌力，以本身二十餘年上乘內功強接了這一招，身子連晃，哇的一聲，噴出一口鮮血。他命雖垂危，還是顧念楊過，叫道：「過兒，快去搶馬，我給你擋住敵人。」

楊過眼見他拚命救護自己，胸口熱血上湧，那裏還念舊惡？心想郭伯伯義薄雲天，我若不以一命報他一命，眞是枉在人世了。當即從他背上躍下，將君子劍舞成一團劍花，護住了郭靖，勢如瘋虎，招招都是拚命。郭靖道：「過兒快別理我，自己逃命要緊。」楊過只道：「郭伯伯，今日我和你死在一起。」劍光霍霍，只護著郭靖，全然不顧自身。

國師與瀟湘子提起兵刃，一齊攻向郭靖身前。楊過劍招靈動，逼得二人近不了身。蒙古數千軍馬四下裏圍住，呼聲震動天地，眼望著三人激鬥。

郭靖連聲催楊過快逃，卻見他一味維護自己，又是焦心，又是感激，觸動內傷，再也支持不住，雙膝一軟，坐倒在地。

尼摩星斷了三根肋骨，強忍疼痛，提著鐵蛇慢慢走近，要來刺殺郭靖。楊過狂刺數劍，俯身將郭靖負在背上，向外猛衝。他武功本就不及國師，這時負著郭靖，怎能支持？又鬥數合，嗤的一聲，左臂給金輪劃破了一道長長的口子。

注：鎮守襄陽城之安撫使原爲呂文德，因守城有功，升爲宋朝樞密副使（相當於軍事委員會副委員長），受宰相賈似道拉攏，與其結黨，襄陽改由其弟呂文煥任安撫使。

背後嗚嗚聲響，金輪急飛而至，聲音近地，竟是來削馬足。楊過只得迴劍去擋，明知自己氣力耗盡，絕難擋架得住，眼見輪子距馬足已不過兩尺，嗚嗚之聲，響得驚心動魄。

第二十二回　危城女嬰

郭靖與楊過眼見無倖，蒙古軍馬忽地紛紛散開，一個年老跛子左手撐著鐵拐，右手舞動一個燒紅了的鐵錘，衝殺進來，叫道：「楊公子快向外闖，我給你斷後。」楊過百忙中一瞥，認得是桃花島弟子鐵匠馮默風，甚覺詫異，激鬥之際，也無暇去細想這人如何會突然到來。

原來馮默風爲蒙古兵徵入軍中，打造修整兵器，已暗中刺殺了蒙古兵一名千夫長、一名百夫長。他下手隱秘，未給發覺。這日聽得吶喊聲響，在高處望見郭靖、楊過受困，當下將大鐵錘放入冶鐵爐中燒紅，殺入解救。他將大鐵錘舞得風聲呼呼，蒙古兵將見到這個燒紅了的大鐵錘飛舞而來，盡皆遠遠逃開，不敢阻攔，登時給他殺出一條血路。

楊過心中一喜，揮劍搶出，但國師金輪轉動，將他劍招和馮默風的鐵錘同時接過，只有當瀟湘子哭喪棒向郭靖背上遞去之時，國師才放鬆楊過，讓他迴劍相救。但若他的輪子砸向郭靖，瀟湘子也必運桿棒架開。他二人均不欲對方殺了郭靖，搶得「蒙古第一勇士」的稱號，若非他二人爭功，楊過雖捨命死戰，郭靖亦已不免喪命。忽必烈當日許下「蒙古第一勇士」的榮號，本盼人人奮勇，豈知各人互相牽制，竟收反效，這也是他始料所不及的了。

郭靖性命雖保於一時，蒙古軍卻已在四周布得猶如銅牆鐵壁一般。國師與瀟湘子著著爭先。尼摩星咬牙忍痛，也尋瑕抵隙，東一下西一下的使著陰毒招數。

這時郭靖與楊過在萬軍之中已鬥了大半個時辰，日光微偏，國師舞動金輪，招數突變，噹的一下，與楊過長劍相交。君子劍削鐵如泥，金輪登時給削出了一道缺口。國師並不在意，仍向前急推，輪子隨伴著一股極強的勁風壓將過來。楊過只怕傷到郭靖，不敢側身閃避，迴劍相擋，金輪微斜，嗤的一聲輕響，右手下臂又給輪口劃傷，傷口雖不深，但劃破了血脈，鮮血迸流，數招之間，只覺腿臂漸漸發軟，力氣漸弱，敵人攻勢正急，那能緩出手來裹傷止血？瀟湘子見有便宜可撿，揮棒將尼摩星鐵蛇震開，猛地躍起，桿棒向郭靖當頭點下，便要施放毒砂。

楊過大驚，危急中左手長出，抓住了桿棒棒頭，右手中長劍順勢刺出。此時他全身門戶大開，國師只要輕輕一輪，立時便可送了他性命，但國師有意要借他之手逐開瀟湘子，揮掌逼開馮默風，伸手便向郭靖背上抓去，要將他生擒活捉，立下奇功。瀟湘子沒料想楊過竟會拚命胡來，身未落地，桿棒已給抓住，半空中使不出力氣，眼前烏光閃動，劍尖已刺到了胸口，只得撒手放棒，身向後仰，保住了性命。

馮默風鍾拐齊施，往國師背心急砸。國師回輪擋開，噹噹兩響，震得馮默風雙手虎口齊裂。國師左掌往郭靖背心抓去。馮默風虎吼一聲，揮鐵鍾砸向國師背心。國師左掌回拍，這一拍中使上了內勁，料得要將這怪人震得嘔血身亡。不料嗤嗤聲響，左掌劇痛，手掌竟黏在燒紅了的大鐵鍾上。國師急忙縮手，左掌心肉已燒得焦爛。馮默風見對方連連揮手，後心露出空隙，雙手自國師背後伸前，牢牢抱住了他身子，兩人翻倒在地。

本來兩人武功相差甚遠，但金輪國師一掌拍上了燒紅的大鐵鍾，掌心燒焦，痛入心肺，馮默風又不顧自身，與他拚命，國師竟給他抱住了脫身不得。國師手掌既痛，又失了捉拿郭靖的良機，而阻撓自己的卻又是個武功低微的老人，如何不怒？左手成拳，擊在馮默風肩頭，只震得他五臟六腑猶如倒翻一般。馮默風在軍中眼見蒙古軍殘忍暴虐、驅民攻打襄陽，又眼見郭靖奮力死戰，擊退敵軍，他與郭靖素不相識，更不知他是師門快婿，但知此人一死，襄陽難保，是以立定了主意，寧教自己身受千刀之苦，亦要救郭靖出險。國師出掌快捷無倫，啪啪啪幾下，打得馮默風筋折骨斷，內臟重傷，但他雙手始終不放，十指深深陷入國師胸口肌肉。

蒙古衆兵將本來圍著觀鬥，只道國師等定能成功，是以均不插手，突見國師倒地，瀟湘子退開，便即一擁而上。楊過暗嘆：「罷了，罷了！」揮動瀟湘子的桿棒亂砸亂打，無意中觸動機括，波的一聲輕響，棒端噴出一股黑煙，身前十餘名蒙古兵將給毒煙一薰，登時摔倒。

楊過微微一怔，立時省悟，負著郭靖大踏步往前，見蒙古兵將如潮水般湧至，他一按機括，黑煙噴出，又是十餘名軍卒中毒倒地。蒙古兵將雖然善戰，但人人奉神信妖，見他桿棒一揮，黑煙噴出，即有十餘人倒地昏暈，齊聲發喊：「他棒上有妖法，快快躲避！」忽必烈的近衛親兵勇悍絕倫，念著王爺軍令如山，雖見危險，還是撲上擒拿。楊過桿棒一點，黑煙噴出，又毒倒了十餘人。

他撮唇作哨，黃馬邁開長腿，飛馳而至。楊過奮力將郭靖擁上馬背，只感手足酸軟，再也無力上馬，只得伸手在馬臀上輕輕一拍，叫道：「馬兒，馬兒，快快走罷！」黃馬甚有靈性，見主人無力上馬，只仰頭長嘶，不肯發足。楊過見蒙古軍又從四下裏漸漸逼至，心想桿棒上毒砂雖然厲害，總有放盡之時，提起劍來要往馬臀上一刺催其急走，總是不忍，大叫：「馬兒快走！」伸桿棒往馬臀戳去。他戰得脫力，桿棒伸出去準頭偏了，這一下竟戳在郭靖腿上。郭靖本已昏昏沉沉，突然給桿棒一戳，睜開眼來，俯身拉住楊過胸口，將他提上馬背。黃馬長聲歡嘶，縱蹄疾馳。

但聽得號角急鳴，此起彼落，郭靖縱聲低嘯，汗血寶馬跟著奔來，大隊蒙古軍馬也急衝追至。紅馬奔在黃馬之旁，不住往郭靖身上挨擦。楊過知黃馬雖是駿物，畢竟不如紅馬遠甚，猛吸一口氣，抱住郭靖，一齊躍上紅馬。就在此時，背後嗚嗚聲響，金輪急飛而至。楊過心中一痛：「馮鐵匠死在國師手下了。」心念甫動，金輪越響越近，楊過低伏馬背，只盼金輪從背上掠過，但聽聲音近地，竟是來削紅馬馬足。

原來國師將馮默風打死，站起身來，見郭靖與楊過已縱身上馬，追之不及，當即擲出金輪，準頭定得甚低。他見楊過在郭靖身後，算到便以金輪打死楊過，紅馬仍會負了郭靖逃走，只有削斷馬足，方能建功。

楊過聽得金輪漸漸追近，只得迴劍去擋，明知自己氣力耗盡，這一劍絕難擋架得住，但實迫處此，也只得盡力而爲，眼見輪子距馬足已不過兩尺，嗚嗚之聲，響得驚心動魄，他垂劍護住馬腿，豈知紅馬一發了性，越奔越快，過得瞬息，金輪與馬足相距仍有兩尺，並未飛近。楊過大喜，知道金輪來勢只有漸漸減弱，果然一剎那間，輪子距馬足已有三尺，接著四尺、五尺，越離越遠，終於噹的一聲，掉在地下。

楊過正自大喜，猛聽得身後一聲哀嘶，只見黃馬肚腹中箭，跪倒在地，雙眼望著主人，不盡戀戀之意。楊過心中一酸，不禁掉下淚來。

紅馬追風逐電、迅如流星，片刻間已將追兵遠遠拋在後面。楊過抱住郭靖，問道：「郭伯伯，你怎樣？」郭靖「嗯」了一聲。楊過探他鼻息，覺得呼吸粗重，知一時無礙，心頭一寬，再也支持不住，便昏昏沉沉的伏身馬背，任由紅馬奔馳。突見前面又有無數軍馬來擒郭靖，當即揮動長劍，大叫：「莫傷了我郭伯伯！」左右亂刺亂削，眼前一團模糊，只見東一張臉，西一個人，舞了一陣劍，撞下馬來。他還在大叫：「殺了我，殺了我，是我不好，別傷了郭伯伯。」驀地裏天旋地轉，人事不省。

也不知過了多少時候，這才悠悠醒轉，他大叫：「郭伯伯，郭伯伯，你怎樣？別傷了郭伯伯！」身旁一人柔聲道：「過兒，你放心，郭伯伯將養一會兒便好。」楊過回過頭來，見是黃蓉，臉上滿是感激神色。她身後一人淚光瑩瑩，愛憐橫溢的凝視著他，卻是小龍女。楊過驚叫：「姑姑，你怎麼來了？你也給蒙古人擒住了？快走，快走，別理我。」小龍女低聲道：「過兒，你回來啦，別怕。咱們都平平安安的在襄陽。」

楊過嘆了口長氣，但覺四肢百骸軟洋洋的一無所依，又閉上了眼。黃蓉道：「他已醒轉，不礙事了，你在這兒陪著他。」小龍女答應了，雙眼始終望著楊過。

黃蓉站起身來，正要走出房門，突聽屋頂上喀的一聲輕響，臉色微變，左掌一揮，滅了燭火。楊過眼前驀地一黑，一驚坐起。他受的只是外傷，流血多了，兼之惡戰脫力，是以暈去，但此刻已將養了半日，黃蓉給他服了療傷靈藥九花玉露丸，他年輕體健，已好了大半，驚覺屋頂有警，立時振奮，便要起身禦敵。小龍女擋在他身前，抽出懸在床頭的君子劍，低聲道：「別動，我在這兒守著。」

屋頂上有人哈哈一笑，朗聲道：「小可前來下書，豈難道南朝禮節是暗中接見賓客麼？倘若有何見不得人之事，小可少待再來如何？」聽口音卻是國師的弟子霍都。黃蓉道：「南朝禮節，因人而施，於光天化日之時，接待光明正大的貴客；於燭滅星沉之夜，會晤鬼鬼祟祟的惡客。」霍都登時語塞，輕輕躍下庭中，說道：「書信一通，送呈郭靖郭大俠。」黃蓉打開房門，說道：「請進來罷。」

霍都見房內黑沉沉地，不敢舉步便進，站在房門外道：「書信在此，便請取去。」黃蓉道：「自稱賓客，何不進屋？」霍都冷笑道：「君子不處危地，須防暗箭傷人。」黃蓉道：「世間豈有君子而以小人之心度人？」霍都臉上一熱，心想這黃幫主口齒好生厲害，與她舌戰定難得佔上風，不如藏拙，一言不發，雙目凝視房門，雙手遞出書信。

黃蓉揮出竹棒，倏地點向他的面門。霍都嚇了一跳，忙向後躍開數尺，但覺手中已空，那通書信不知去向。原來黃蓉將棒端在信上一搭，乘他後躍之時，已使黏勁將信黏了過來。她分娩在即，肚腹隆起，不願再見外客，是以始終不與敵人朝相。霍都一驚之下，大為氣餒，入城的一番銳氣登時消折了八九分，大聲道：「信已送到，明晚再見罷！」黃蓉心想：「這襄陽城由得你直進直出，豈非輕視我城中無人？」順手拿起桌上茶壺，向外一抖，一壺新泡的熱茶自壺嘴中如一條線般射了出去。

霍都早自全神戒備，只怕房中發出暗器，但這茶水射出去時無聲無息，不似一般暗器先有風聲，待得警覺，頸中、胸口、右手都已濺到茶水，只覺熱辣辣的燙人，一驚之下，「啊喲」一聲叫，忙向旁閃避。黃蓉站在門邊，乘他立足未定，竹棒伸出，施展打狗棒法的「絆」字訣，騰的一下，將他絆了一交。霍都縱身上躍，但那「絆」字棒法乃一棒快似一棒，第一棒若能避過，立時躲開，方能設法擋架第二棒，現下一棒即遭絆倒，爬起身來想要避過第二棒，卻談何容易？腳下猶如陷入了泥沼，又似纏在無數籐枝之中，一交摔倒，爬起來又一交摔倒。

霍都的武功原本不弱，若與黃蓉正式動手，雖終須輸她一籌，亦不致一上手便給摔得如此狼狽，只因身上斗然遭潑熱茶，只道是中了極厲害的劇毒藥水，只怕性命難保，稍停毒水發作起來，不知肌膚將爛得如何慘法，正當驚魂不定之際，黃蓉突然襲擊，第一棒既已受挫，第二棒更無還手餘地，黑暗中只摔得鼻青目腫。

這時武氏兄弟已聞聲趕至。黃蓉喝道：「將這小賊擒下了！」

霍都情急智生，知道只要縱身站起，定是接著又給絆倒，「哎喲」一聲大叫，假裝摔得甚重，躺在地下，不再爬起。武氏兄弟雙雙撲下，去按他身子。霍都的鐵骨摺扇忽地伸出，嗤嗤兩下，已點了兩人腿上穴道，將二人身子同時推出，擋住黃蓉竹棒，飛身躍起，上了牆頭，雙手一拱，叫道：「黃幫主，好厲害的棒法，好膿包的徒弟！」

黃蓉笑道：「你身上既中毒水，旁人豈能再伸手碰你？」霍都一聽，只嚇得心膽俱裂：「這毒水燙人肌膚，又帶著一股茶葉之氣，不知是何等厲害古怪的藥物？」黃蓉猜度他的心意，說道：「你中了劇毒，可是連毒水的名兒也不知道，死得不明不白，諒來難以瞑目。好罷，說給你聽那也不妨，這毒水叫作子午見骨茶。」

霍都喃喃的道：「子午見骨茶？」黃蓉道：「不錯，只要肌膚上中了一滴，全身潰爛見骨，子不過午，午不過子，你還有六個時辰可活，快快回去罷。」

霍都素知丐幫黃幫主武功既強，智謀計策更人所難測，她父親黃藥師所學淵博之極，名字中有個「藥」字，何況再加一個「師」字，自是精於藥理，以她聰明才智與家傳之學，調製這子午見骨藥茶自是易如反掌，一時呆在牆頭，不知該當回去挨命，還是低頭求她賜予解藥。

黃蓉知霍都實非蠢人，毒水之說，只能愚他一時，時刻長了，必能瞧出破綻，說道：「我與你本來無冤無仇，你若非言語無禮，也不致枉送了性命。」霍都聽出一線生機，再也顧不得甚麼身分骨氣，躍下牆頭，一躬到地，說道：「小人無禮，求黃幫主恕罪。」黃蓉隱身門後，手指輕彈，彈出一顆九花玉露丸，說道：「急速服下罷。」霍都伸手接過，這是救命的仙丹，那敢怠慢，急忙送入口中，只覺一股清香直透入丹田，全身說不出的舒服受用，又是一躬，說道：「謝黃幫主賜藥！」這時他氣燄全消，緩緩倒退，直至牆邊，這才翻牆而出，急速出城去了。

黃蓉見他遠離，微微嘆息，解開武氏兄弟穴道，想起霍都那兩句話：「好厲害的棒法，好膿包的徒弟。」雖以計挫敵，心中殊無得意之情，她以打狗棒法絆跌霍都，使的固是巧勁，也已牽得腹中隱隱作痛，坐在椅上，調息半晌。

小龍女點亮燭火。黃蓉打開來信，只見信上寫道：

「蒙古第一護國法師金輪大喇嘛致候郭大俠足下：適才枉顧，得仰風采，實慰平生。原期秉燭夜談，豈料青眼難屈，何老衲之不足承教若斯，竟來去之匆匆也？古人言有白頭如新，傾蓋如故，悠悠我心，思君良深。明日回拜，祈勿拒人於千里之外也。」

黃蓉吃了一驚，將信交給楊過與小龍女看了，說道：「襄陽城牆雖堅，卻擋不住武林高手，你郭伯伯身受重傷，我又使不出力氣，眼見敵人大舉來襲，這便如何是好？」

楊過道：「郭伯伯……」小龍女向他橫了一眼，目光中大有責備之意。楊過知她怪自己不顧性命相救郭靖，登時住口不言。黃蓉心中起疑，又問：「龍姑娘，過兒身子亦未痊愈，咱們只能依靠你與朱子柳大哥拒敵了。」小龍女自來不會作偽，想到甚麼，便說甚麼，淡淡的道：「我只護著過兒一人，旁人死活可不和我相干。」

黃蓉更感奇怪，不便多說甚麼，向楊過道：「郭伯伯言道，此番全仗你出力。」楊過想起自己曾立心要害郭靖，心中慚愧，道：「小姪無能，致累郭伯伯重傷。」黃蓉道：「你好好休息罷，敵人來攻之時，咱們如不能力敵，即用智取。」轉頭向小龍女說道：「龍姑娘，你來，我跟你說句話。」

小龍女躊躇道：「他……」自楊過回進襄陽之後，小龍女守在他床前一直寸步不離，聽黃蓉叫她出去，生怕楊過又受損傷。黃蓉道：「敵人既說明日來攻，今晚定然無事。我跟你說的話，與過兒有關。」小龍女點點頭，低聲囑咐楊過小心提防，才跟黃蓉出房。

黃蓉帶她到自己臥室，掩上了門，說道：「龍姑娘，你想殺我夫婦，是不是？」

小龍女雖生性真純，卻絕非傻子，她立意要殺郭靖夫婦以救楊過性命，黃蓉若用言語盤套，她焉能吐露實情，但黃蓉摸準了她性格，竟爾單刀直入的問了出來。小龍女一怔，支支吾吾的道：「我……我……你們待我這樣好，我幹麼……幹麼要殺你們？」黃蓉見她臉生紅暈，神情忸怩，更料得準了，說道：「你不用瞞我，我早知道啦。過兒說我夫婦害死了他爹爹，要殺我夫婦二人報仇。你心愛過兒，便要助他完成這番心願。」

小龍女給她說中，無法謊言欺騙，又道楊過已露了口風，半晌不語，嘆了口氣道：

「我便是不懂。」黃蓉道：「不懂甚麼？」小龍女道：「過兒今日卻又何以捨命救郭大爺回來？他和金輪國師他們約好，要一齊下手殺死郭大爺。」黃蓉聽了大驚，她雖猜到楊過心存歹念，卻絕未料到他竟致與蒙古人勾結，不動聲色，裝作早已明白一切，道：「想是他見郭大爺對他情義深重，到得臨頭，不忍下手。」

小龍女點點頭，淒然道：「事到如今，也沒甚麼可說了。他寧可不要自己性命，也只由得他。我早知道他是世上最好的好人，甘願自己死了，也不肯傷害仇人。」

黃蓉於倏忽之間，腦中轉了幾個念頭，卻推詳不出她這幾句話是何用意，但見她神色之間甚是淒苦，順口慰道：「過兒的殺父之仇，中間另有曲折，咱們日後慢慢跟他說明。他受傷不重，將養幾日，也便好了，你不用難過。」

小龍女向她怔怔的望了一會兒，突然兩串眼淚如珍珠斷線般滾下來，哽咽道：「他……他只有七日之命了，還……還說甚麼將養幾日？」

黃蓉一驚，忙問：「甚麼七日之命？你快說，咱們定有救他之法。」

小龍女緩緩搖頭，終於將絕情谷中之事說了出來，楊過怎樣中了情花之毒，裘千尺怎地給他只服半枚絕情丹，怎地限他在十八日中殺了他夫婦二人回報才給他服另半枚，又說那情花劇毒發作時如何痛楚，世間又如何只有那半枚絕情丹才能救得楊過性命。

黃蓉越聽越驚奇，萬想不到裘千丈兄弟竟還有一個妹子裘千尺，釀成了這等禍端。

小龍女述畢原委，說道：「他尚有七日之命，便今晚殺了你夫婦，也未必能趕回絕情谷了，我更要害你夫婦作甚？我只是要救過兒，至於他父仇甚麼的，全不放在心上。」

黃蓉初時只道楊過心藏禍胎，純是爲報父仇，豈知尚有這許多曲折，如此說來，他力護郭靖，實如自戕，這般捨己爲人的仁俠之心當眞萬分難得。她緩緩站起，在室中彷徨來去，饒是她智計絕倫，處此困境，苦無善策，想到再過幾個時辰，敵方高手便大舉來襲，自己雖安慰楊過說：「不能力敵，便當智取。」可是如何智取？如何智取？

小龍女全心全意只深愛楊過。黃蓉的心卻分作了兩半，一半給了丈夫，一半給了女兒，只想：「如何能教靖哥哥與芙兒平安。」陡地轉念：「過兒能捨身爲人，我豈便不能？」轉身慨然道：「龍姑娘，我有一策能救得過兒性命，你可肯依從麼？」

小龍女大喜之下，全身發顫，道：「我……我……便是要我死……唉，死又算得甚麼，便是比死再難十倍……我……我都……」黃蓉道：「好，此事只有你知我知，可千萬不能洩漏，連過兒也不能說給他知道，否則便不靈了。」小龍女連聲答應。黃蓉道：「明日你和過兒聯手保護郭大爺，待危機一過，我便將我首級給你，讓過兒騎了汗血寶馬，趕去換那絕情丹便是。」

小龍女一怔，奇道：「你說甚麼？」黃蓉柔聲道：「你愛過兒，勝於自己的性命，是不是？只要他平安無恙，你自己便死了也是快樂的，是不是？」小龍女點頭道：「是啊，你怎知道？」黃蓉淡淡一笑，道：「只因我愛自己丈夫也如你這般。你沒孩兒，不知做母親的心愛子女，不遜於夫妻情義。我只求你護我丈夫女兒平安，別的我還希罕甚麼？」小龍女沉吟不答。

黃蓉又道：「若非你與過兒聯手，便不能打退金輪國師。過兒曾數次捨命救我夫婦，難道我一次也救他不得？汗血寶馬日行千里，不到三日，便能趕到絕情谷。我跟你說，那裘千丈與過兒的父親全是我一人所傷，跟郭大爺絕無干係。裘千尺見了我的首級，縱然心猶未足，也不能不將解藥給了過兒。此後你們二人如能爲國出力，爲民禦敵，那自然最好，否則便在深山幽谷中避世隱居，我也一般感激。」

這番話說得明明白白，除此之外，確無第二條路可走。小龍女近日來一直在想如何殺了郭靖、黃蓉，好救楊過性命，但此時聽黃蓉親口說出這番話來，心中又覺萬分過意不去，如何答應得下，只不住搖頭，道：「那不成，那不成！」

黃蓉還待解釋，忽聽郭芙在門外叫道：「媽，媽，你在那兒？」語聲惶急。黃蓉吃了一驚，問道：「芙兒，甚麼事？」郭芙推門而進，也不理小龍女便在旁邊，當即撲在母親懷裏，叫道：「媽，大武哥哥和小武哥哥……」哇的一聲哭了出來。黃蓉皺眉道：「又怎麼啦？」郭芙哽咽道：「他……他哥兒倆，到城外打架去啦。」

黃蓉大怒，厲聲道：「打甚麼架？他兄弟倆自己打自己麼？」郭芙極少見母親如此發怒，不禁甚是害怕，顫聲道：「是啊，我叫他們別打，可是他們甚麼也不聽，說……說要拚個你死我活。他們……他們說只回來一個，輸了的就算不死，也不回來見……見我。」黃蓉越聽越怒，心想大敵當前，滿城軍民性命只在呼吸之間，這兄弟倆還爲了爭一個姑娘竟爾自相殘殺。她怒氣衝動胎息，登時痛得額頭見汗，低沉著聲音道：「定是你在中間搗亂，你跟我詳詳細細的說，不許隱瞞半點。」郭芙向小龍女瞧了一眼，臉上微微暈紅，叫了聲：「媽！」

小龍女記掛楊過，無心聽她述說二武相爭之事，轉身而出，又去陪伴楊過，一路心中默默琢磨黃蓉適才的言語。

郭芙等小龍女出房，說道：「媽，他們到蒙古軍營中行刺忽必烈，失手遭擒，累得爹爹身受重傷，全是女兒不好。這回事女兒再不跟你說，爹媽不是白疼我了麼？」於是將武氏兄弟如何同時向她討好、她如何教他們去立功殺敵以定取捨等情說了。黃蓉滿腔氣惱，卻又發作不出來，只向她恨恨的白了一眼。

郭芙道：「媽，你教我怎麼辦呢？他哥兒倆各有各的好處，我怎能說多喜歡誰一些兒？我教他們殺敵立功，那不正合了爹爹和你的心意麼？誰教他們這般沒用，一過去便讓人家拿住了？」黃蓉啐道：「二武的武功不強，你又不是不知道。」郭芙道：「那楊過呢？他又大不了他們幾歲，怎地又鬥國師又闖敵營，從來也不讓人家拿住？」

黃蓉知女兒自小給自己嬌縱慣了，她便明知錯了，也要強辭奪理的辯解，也不追問過去之事，說道：「放回來也就是了，幹麼又到城外去打架？」郭芙道：「媽，是你不好，只因你說他們是好膿包的徒弟。」黃蓉一怔，道：「我幾時說過了？」

郭芙道：「我聽大武哥哥和小武哥哥說，適才霍都來下戰書，你叫他們擒他，反給點了穴道，你便怪他們膿包。」黃蓉嘆了口氣，道：「藝不如人，那有甚麼法子？『好膿包的徒弟』這句話，是霍都說的。」郭芙道：「那便是了，你不跟霍都爭辯，就是默認。他兩兄弟憤憤不平，說啊說的，二人爭執起來，一個埋怨哥哥擒拿霍都時出手太慢，另一個說兄弟擋在身前，礙手礙腳。二人越吵越兇，終於拔劍動手。我說：『你們在襄陽城裏打架，給人瞧見了，成甚麼樣子？再說爹爹身上負傷，你們氣惱了他，我永世也不會再向你哥兒倆瞧上一眼。』他們就說：『好，咱們到城外打去。』」

黃蓉沉吟片刻，恨恨的道：「眼前千頭萬緒，這些事我也理不了。他們愛鬧，由得他們鬧去罷。」郭芙摟著她脖子道：「媽，要是二人中間有了損傷，那怎生是好？」黃蓉怒道：「他們若是殺敵受傷，咱們這才牽掛。他們同胞手足，自己打自己，死了才活該。」郭芙見母親神色嚴厲，與平時縱容自己的情狀大異，不敢多說，掩面奔出。

這時天將黎明，窗上已現白色。黃蓉獨處室中，雖惱怒武氏兄弟，但從小養育他們長大，總是懸念，想起來日大難，不禁掉下淚來，又記著郭靖的傷勢，到他房中探望。

只見郭靖盤膝坐在床上運功，臉色雖蒼白，氣息卻甚調勻，知道只要休養數日，便能痊愈，當此情景，不禁想起少年時兩人同在臨安府牛家村密室療傷的往事。

郭靖緩緩睜開眼來，見妻子臉有淚痕，嘴角邊卻帶著微笑，說道：「蓉兒，你知我的傷勢不礙事，又何必躭心？倒是你須得好好休息要緊。」黃蓉笑道：「是了。這幾天腹中動得厲害，你的郭破虜還是郭襄，就要見爹爹啦。」她怕郭靖擔心，絕口不提霍都下戰書與武氏兄弟出城之事。郭靖道：「你叫二武加緊巡視守城，敵人知我受傷，只怕乘機前來襲擊。」黃蓉點頭答應。郭靖又問：「過兒的傷勢怎樣啦？」

黃蓉還未回答，只聽得房外腳步聲響，楊過的聲音接口道：「郭伯伯，我不過一些外傷，服了郭伯母的九花玉露丸，全不當他一回事。」說著推門進來，說道：「我已到城頭上去瞧了一週，衆弟兄都鬥志高揚，只武家兄弟……」黃蓉一聲咳嗽，向他使個眼色，楊過當即會意，說道：「武家兄弟說，你爲他們身受重傷，敵人再來攻城，必當死戰，方能報答你老人家的恩德。」郭靖嘆道：「經此一役，他兄弟倆也該長了一智，別把天下事瞧得太過容易了。」楊過道：「郭伯母，姑姑沒跟你在一起麼？」黃蓉道：「我跟她說了一會子話，想是她回去睡啦。自你受傷之後，她還沒合過眼呢。」

楊過「嗯」了一聲，心想她與黃蓉說話之後，必來告知，只是她回來時，恰好自己到城頭巡視去了。他初進襄陽時，一心一意要刺殺郭靖夫婦，但一經共處數日，見他二人赤心爲國，事事奮不顧身，已大爲感動，待在蒙古營中一戰，郭靖捨命救護自己，這才死心塌地的將殺他之心盡數拋卻，反過來決意竭力以報。他自知再過七日，情花之毒便發，索性一切置之度外，在這七日之中做一兩件好事，也不枉了一世爲人。他也料得到郭靖既受重傷，敵軍必乘虛來攻，是以力氣稍復，即到城頭察看防務。

這時牽記著小龍女，正要去尋她，忽聽得十餘丈外屋頂上一人縱聲長笑，跟著錚錚兩聲大響，金鐵交鳴，正是金輪國師到了。

郭靖臉色微變，順手一拉黃蓉，想將她藏於自己身後。黃蓉低聲道：「靖哥哥，襄陽城要緊，還是你我的情愛要緊？是你身子要緊，還是我的身子要緊？」

郭靖放開了黃蓉的手，說道：「對，國事爲重！」黃蓉取出竹棒，攔在門口，心想自己適才與小龍女所說的那番話，她尚未轉告楊過，不知他要出手禦敵，還是要乘人之危，既報私仇、又取解藥？此人心性浮動，善惡難知，如眞反戈相向，那便大事去矣，雖橫棒守在門口，眼光卻望著楊過。

郭靖夫婦適才短短對答的兩句話，聽在楊過耳中，卻宛如轟天霹靂般驚心動魄。他決意相助郭靖，也只是爲他大仁大義所感，還是一死以報知己的想法，此時突聽到「國事爲重」四字，又記起郭靖日前在襄陽城外所說「爲國爲民，俠之大者」、「鞠躬盡瘁，死而後已」那幾句話，心胸間斗然開朗，眼見他夫妻倆相互情義深重，然而臨到危難之際，處處以國爲先，自己卻念念不忘父仇私怨、念念不忘與小龍女兩人的情愛，幾時有一分想到國家大事？有一分想到天下百姓的疾苦？相形之下，眞是卑下極了。

霎時之間，幼時黃蓉在桃花島上教他讀書，那些「殺身成仁、捨生取義」的語句，在腦海間變得淸晰異常，不由得既覺汗顏無地，又是志氣高昂。眼見強敵來襲，生死存亡繫乎一線，許多平時從來沒想到、從來不理會的念頭，這時突然間領悟得透徹無比。他心志一高，似乎全身都高大起來，臉上神采煥發，宛似換了一個人一般。

他心中所轉念頭雖多，其實只是一瞬間之事。黃蓉見他臉色自迷惘而羞愧，自激動而凝定，卻不知他所思何事，忽聽他低聲道：「你放心！」一聲淸嘯，拔出君子劍搶到門口。

金輪國師雙手各執一輪，站在屋頂邊上，笑道：「楊兄弟，你東歪西倒，朝三暮四，成了反覆小人，這滋味可好得很啊？」

若在昔日，楊過聽了此言定然大怒，但此時他思路澄澈，心境淸明，暗道：「你這話說得不錯，時至今日，我心意方堅。此後活到一百歲也好，再活一個時辰也好，我是永遠不會反覆的了。」笑道：「國師，你這話挺對，不知怎地鬼迷上了身，我竟助著郭靖逃了回來。他一到襄陽，便不知藏身何處，我再也找他不到了，正自後悔煩惱。你可知他在那裏麼？」說著躍上屋頂，站在他身前數尺之地。

國師斜眼相睨，心想這小子詭計多端，不知此言是真是假，笑道：「倘若找到了他，那便怎地？」楊過道：「我提手便是一劍。」國師道：「哼，你敢殺他？」楊過道：「誰說殺他？」國師愕然道：「那你殺誰？」

嗤的一響，君子劍勢挾勁風，向他左脅刺去，楊過同時笑道：「自然殺你！」他在笑談之際斗然刺出一劍，招數固極凌厲，又是出其不意的近身突襲，國師只要武功稍差，若與尼摩星、瀟湘子等人相仿，這一劍已送了他性命，總算他變招迅捷，危急中運勁左臂，向外疾掠，擋開了劍鋒。但君子劍何等銳利，他手臂上還是給劍刃劃了一道長長口子，深入近寸，鮮血長流。

國師雖知楊過狡黠，卻也萬料不到他竟會在此時突然出招，以致一入襄陽便即受傷，折了銳氣，不由得大怒，右手金輪呼呼兩響，連攻兩招，同時左手銀輪也遞了過去。楊過一步不退，敵來三招，他也還了三劍，笑道：「我在蒙古軍中受你金輪之傷，此刻才還得一劍。我這劍上有些古怪，你知不知道？」國師金銀雙輪連連搶攻，忍不住問道：「甚麼古怪？」楊過笑道：「這古怪須怪不得我。」國師道：「花言巧語，無恥狡童！甚麼怪不得你？」楊過洋洋得意，說道：「我這劍從絕情谷中得來。公孫止擅用毒藥，日後你若僥倖中毒不死，那便去找他算帳罷。」

國師暗暗吃驚，他親眼見到這口劍確是從絕情谷中取來，不知公孫老兒是否在劍鋒上餵了毒藥？驚疑不定，出招稍緩。其實劍上何嘗有毒？楊過想起黃蓉以熱茶嚇倒霍都，自知武功不是國師敵手，於是乘機以言語擾敵心神，眼見一言生效，當下凝神守禦，得空便還一招，總要使他緩不出手來裹傷。國師左臂傷勢雖不甚重，但血流不止，便算劍上無毒，時候一長，力氣也必大減，心想眼前情勢，利在速戰，催動雙輪，急攻猛打。

楊過知他心意，長劍守得嚴密異常。國師雙輪上的勁力越來越大，猛地裏金輪上擊，銀輪橫掃，楊過眼見抵擋不住，縱躍避開。國師撕下衣襟待要裹傷，楊過卻又挺劍急刺。如此來回數次，國師計上心來，待他遠躍避開之際，自己同時後躍，跟著銀輪擲出，教楊過不得不再向後退，如此兩人之間相距遠了，待得楊過再度攻上，他已乘這瞬間，將撕下的衣襟在左臂上一繞，包住傷處，又覺傷口只是疼痛，並無痲癢之感，似乎劍上無毒，心中一寬。

就在此時，只聽得東南角上嗆啷叮噹之聲急作，兵刃相互撞擊，楊過放眼望去，見小龍女手舞長劍，正自力戰瀟湘子與尼摩星兩人。瀟湘子的哭喪棒在蒙古戰陣中給楊過奪去，楊過昏迷中早不知抛在何處，此刻他手中又持一棒，形狀與先前所使的相同，只不知其中是否藏有毒砂。楊過心想郭靖夫婦就在下面房中，若爲國師發覺，爲禍不小，該當將他引得越遠越好，但此事必須不露絲毫痕跡，否則弄巧反拙，叫道：「姑姑莫慌，我來助你！」幾個縱躍，搶到尼摩星身後，挺劍向他刺去。

國師中了楊過暗算，極爲惱怒，但想此行的主旨是刺殺郭靖，這狡童一劍之仇日後再報不遲，縱聲大叫：「郭靖郭大俠，老衲來訪，你怎地不見客人？」他叫了幾聲，四下無人答應，只西北方傳來一陣陣吆喝呼鬥，正是他兩個弟子達爾巴和霍都在圍攻朱子柳。見楊過、小龍女與瀟湘子、尼摩星一時勝敗難分，屋下人聲漸雜，卻是守城的兵將得知有人進城偷襲，紛紛趕來捉拿奸細。

國師心想這些軍士不會高來高去，奈何不了自己，但人手一多，不免礙手礙腳，又高聲叫道：「郭靖啊郭靖，枉爲你一世英名，何以今日竟做了縮頭烏龜？」

他連聲叫陣，要激郭靖出來，到後來越罵越厲害，始終不見郭靖影蹤，心想：「襄陽數萬戶人家，怎知他躲在何處？此人甘心受辱，一等養好了傷，再要殺他便難了。」微一沉吟，毒計登生，躍下屋頂，尋到後院的柴草堆，取出火刀火石，縱起火來，東躍西竄，連點了四五處火頭，才回到屋頂，心想火勢一大，不怕你不從屋裏出來。

楊過雖與瀟湘子二人接戰，但眼光時時望向國師，突見他縱火燒屋，郭靖居室南北兩處都冒上了煙燄，心中一驚，險些給尼摩星的鐵蛇掃中胸口，急忙縮胸避開，尋思：「郭伯伯受傷沉重，郭伯母臨盆在即，這番大火一起，兩人若不出屋，必受火困，但如逃出屋來，正撞見金輪賊禿。」料想小龍女雖以一人而敵兩大高手，暫且無礙，向瀟湘子急刺兩劍，躍下屋頂，冒煙突火，來尋郭靖夫婦。

只見黃蓉坐在郭靖床邊，窗中一陣陣濃煙衝了進來。郭靖閉目運功，黃蓉雙眉微蹙，臉上卻神色自若，見楊過進來，只微微一笑。楊過見二人毫不驚慌，心下略定，一轉念間，已想到一計，低聲道：「我去引開敵人，你快扶郭伯伯去安穩所在暫避。」說著伸手輕輕揭下郭靖頭頂帽子，越窗而出。

黃蓉一怔，不知他搗甚麼鬼，見煙火漸漸逼近，伸手扶住郭靖，說道：「咱們換個地方。」手上剛欲用勁，突然間腹中一陣劇痛，不由得「哎唷」一聲，又坐回床邊，心中大恨：「小鬼頭兒，不遲不早，偏要在這當口出世，那不是存心來害爹娘的命？」她產期本來尚有數日，只因連日驚動胎息，竟催得孩子提前出生了。

楊過一出窗口，見四下裏兵卒高聲叫嚷，有的提桶救火，有的向屋頂放箭，有的在地下揮動長刀、雙腳亂跳的喝罵。他躍向一名灰衣小兵身後，伸手點了他穴道，將郭靖的帽子往他頭上一罩，隨即將他負在背上，提劍舞動劍花，躍上屋頂。

此時瀟湘子、尼摩星雙戰小龍女，達爾巴、霍都合鬥朱子柳，均已大佔上風。金輪國師卻將兩個輪子逼住了郭芙，雙輪利口不住在她臉邊劃來劃去，相距不過數寸，不住喝問她父母的所在。郭芙頭髮散亂，手中長劍的劍頭已給金輪砸斷，兀自咬緊牙關惡鬥，對國師的問話宛似不聞，心中惱怒異常：「大武小武若不去自相殘殺，此時我們三人聯手，何懼這賊禿？」忍不住脫口而出：「好，你們兩個只管爭去，不論是誰勝了，回來只見到我的屍首罷啦！」國師奇道：「你說甚麼？郭靖在那裏？」

他正在等郭芙回答，突見楊過負著一人向西北方急逃，他背上那人一動也不動，自是郭靖，當即撇下郭芙，發腳追去。瀟湘子、尼摩星、達爾巴、霍都四人見到，也都拋下對手，隨後趕去。朱子柳不敢怠慢，追去助楊過護衛郭靖。

楊過上屋之時，奔過小龍女身旁，向她使個眼色，微微一笑，神氣詭異。小龍女知他又在使詐，只猜不透他安排下甚麼計策，見敵人勢大，放心不下，便要一同追去相助，忽聽得屋下「哇哇」幾聲，傳出嬰兒啼哭之聲。郭芙喜道：「媽媽生了弟弟啦！」一躍下地。天下女子心理，若知有人生育，必問是男是女，小龍女好奇心不異常人，又想楊過智計多端，這一笑之中似顯佔上風，且去瞧瞧黃蓉的孩兒再說，跟著進屋。

金輪國師提氣急追，距楊過越來越近，心下大喜，暗想：「這一次瞧你還能逃出我的手掌？」見他背負那人頭上帽子正是郭靖昨日所戴，自是郭靖無疑。

楊過所學的古墓派輕功可說天下無雙，雖背上負人，但想到多走一步，郭伯伯便離危險遠一步。他沒命價狂奔，國師一時倒也追他不上。楊過在屋頂奔馳一陣，聽得背後腳步聲漸近，躍下地來，在小巷中東鑽西躲，大兜圈子，竟與國師捉起迷藏來。楊過的輕功雖稍勝國師一籌，畢竟背上負了人，若在平原曠野之間，早給趕上，但他儘揀陰暗曲折的里巷東躲西藏，國師始終追他不上。兩人兜得幾個圈子，瀟湘子、尼摩星與朱子柳三人也已先後到來。

國師向尼摩星道：「尼摩老兄，你守在這巷口，我進去趕那兔崽子出來。」尼摩星怪眼一翻，喝道：「和尚的話和尚自己聽的，尼摩星老兄大大不聽的。」國師心想這天竺矮子不可理喻，躍上牆頭，放眼四望，見楊過負著郭靖正縮在牆角喘氣。他心下大喜，悄悄從牆頭掩近，正要躍下擒拿，楊過突然大叫，跳起身來，鑽入了煙霧之中，登時失了影蹤。

國師縱火本是要逼郭靖逃出，但這時到處煙燄瀰漫，反而不易找人了，正自東張西望，忽聽達爾巴大叫：「在這裏啦！」國師尋聲跟去，只見達爾巴揮動黃金杵，正與楊過相鬥。國師縱身而前，先截住楊過的退路。楊過向前疾衝，晃身閃到了達爾巴身旁。便在此時，國師銀輪已然擲出。銀輪來勢如風，楊過不及閃避，嗤的一聲，已掠過郭靖肩頭，在他背上深深劃了一道口子。國師大喜，叫聲：「著！」那知楊過不理郭靖死活，仍放步急奔。

楊過衝出巷頭，只聽一個陰森森的聲音說道：「小子，投降了罷！」正是瀟湘子手執桿棒，攔在巷口。此時楊過前無退路，後有追兵，抬頭一望，牆頭上黑漆一團，卻是尼摩星站著。楊過縱身跳上牆頭，尼摩星怪蛇當頭擊下，要逼他回入巷中。楊過心想拖延已久，郭靖與黃蓉此時定已脫險，反手抓起背上那小兵往尼摩星手中一送，叫道：「郭靖給你！」

尼摩星驚喜交集，只道楊過反反覆覆，突又倒戈投降，卻將一件大功勞送到自己手中，當即伸手抱住。楊過飛腳狠踢，正中他臀部，將他踢下牆頭。尼摩星大聲歡叫：「我捉到了郭靖的，我是蒙古國第一大勇士的！」瀟湘子和達爾巴焉肯讓他獨佔功勞，前來爭奪。三人分別拉住那小兵的手足用力拉扯，三人全都力大異常，只這麼一扯，將那小兵拉成了三截。他頭上帽子落下，三人看清楚原來不是郭靖，呆在當地，做聲不得。

國師見楊過撇下郭靖而逃，早知其中必有蹊蹺，並不上前爭奪，見三人突然呆住，哼了一聲，罵道：「呆鳥！」逕自又去追趕楊過，心想今日便拿不到郭靖，只要殺了這反覆奸詐的小子，也就不枉了來襄陽一遭。

但此時楊過已逃得不知去向，卻又往何處追尋？國師微一沉吟，已自想到：「楊過這兔崽子背了個假郭靖，費這麼大的力氣奔逃，自是要引得我瞎追一場。郭靖卻必在我先前縱火之處附近。我不妨將計就計，引他過來。」逕往火頭最盛處奔去。

楊過躲在一家人家的屋簷下察看動靜，見國師又迅速奔回郭靖的住所。他不知郭靖是否已然逃遠，心中掛慮，悄悄跟隨。見國師奔到那大屋附近，向下躍落，叫道：「好郭靖，原來你在此處，快跟老和尚走罷！」楊過大驚，正要跟著躍下，只聽得乒乒乓乓的兵刃相交，又聽國師大喝：「郭靖，快快投降罷！」跟著金鐵撞擊之聲連續不絕。楊過眼珠子一滾，暗笑：「臭賊禿，險些上了你的鬼當，可笑你弄巧成拙，假裝甚麼兵器撞擊。郭伯伯傷成這個樣子，怎能用兵刃跟你過招？又怎能如此乒乒乓乓的打個不休？你想騙我出來，我偏躲在這兒瞧你搗鬼。」

忽聽得國師大聲叫道：「楊過，這次你總死了罷！」楊過一奇：「甚麼這次我死了？」隨即會意：「他引不出我，便想引得郭伯伯衝出來救我。」只聽國師哈哈笑道：「楊過啊楊過，你今日將小命送在我手裏，也算活該。」

他一言方畢，突然煙霧中白影晃動，一個少女竄了出來，挺劍向國師撲去。楊過叫道：「姑姑，我在這兒！」但國師已揮動輪子將小龍女截住。原來國師大叫大嚷，顯得楊過遭逢危難，小龍女聽到後情切關心，衝出來動手。楊過仗劍上前，和小龍女相對一笑，使出「玉女素心劍法」，將國師裹在劍光之中，國師暗暗叫苦：「這番惹禍上身，卻教他二人雙劍合璧。」四下裏熱氣蒸騰，火柱煙樑，紛紛跌落。

國師奮力揮輪擋開兩人雙劍，急往西北角上退卻。楊過叫道：「今日不容他再逃，務須誅了這個禍根。」長劍顫動，身隨劍起，刺向國師後心。

國師自上次在「玉女素心劍法」下鎩羽，潛心思索，鑽研了一套對付這劍法的武功，但想對方雙劍合璧，奧妙無方，兩人心靈合一，成為一個四腿四臂的武學高手，是否眞能破解，殊無把握，此時形勢危急，顧不得自己這套「五輪大轉」尚有許多漏洞，只得一試，於是探手懷中，嗆啷啷一陣響亮，空中飛起三隻輪子，手中卻仍各握一輪。這金銀銅鐵鉛五輪輕重不同，大小有異，他隨接隨擲，輪子出來時忽正忽歪。

楊過與小龍女登感眼花繚亂，心下暗驚。楊過向左刺出兩劍，身往右靠，小龍女立時會意，手中淑女劍向右連刺，腳步順勢移動，往楊過身側靠近。兩人見敵招太怪，不敢即攻，要先守緊門戶，瞧清楚敵人招術的路子，再謀反擊。

國師五輪運轉如飛，但見兩人劍氣縱橫，結成一道光網，五輪合起來的威力雖強，卻攻不進劍光之中，暗嘆：「瞧我這五輪齊施，還是奈何不了兩個小鬼的雙劍合璧。」正自氣餒，小龍女懷中突然「哇哇」兩聲，發出嬰兒的啼哭。這一來不但國師大吃一驚，連楊過也詫異無比，三人一呆之下，手下招數均自緩了。

小龍女左手在懷中輕拍，說道：「小寶寶莫哭，你瞧我打退老和尚。」那知嬰兒越哭越厲害。楊過低聲問：「郭伯母的？」小龍女點點頭，向國師刺了一劍。

國師橫金輪擋住，他沒聽清楚楊過的問話，一時想不透小龍女懷抱一個嬰兒作甚，但想她身上多了累贅，劍法勢必威力大減，當下催動金輪，猛向小龍女攻擊。

楊過連出數劍，將他的攻勢接了過去，側頭問道：「郭伯伯、郭伯母都好麼？」小龍女道：「黃幫主扶住郭大爺從火窟中逃走……」噹的一響，她架開國師左手銅輪，又道：「當時情勢危急，大樑快摔下來啦，我在床上搶了這女孩兒……」楊過向國師右腿橫削一劍，解開了他推向小龍女的鉛輪，說道：「是女孩兒？」他想郭靖已生了一個女兒，這次該生男孩，那知又是一個女兒，頗有點出乎意料之外。小龍女點頭道：「是女孩兒，你快接去……」說著左手伸到懷中，想把嬰孩取出交給楊過。

嬰兒哭叫聲中，國師攻勢漸猛，三個輪子在頭頂呼呼轉動，俟機下擊，手中雙輪更加凌厲。楊過竭盡全力也只勉強擋住，那裏還能緩手去接嬰兒？小龍女叫道：「你快抱了孩兒，騎汗血寶馬到……」噹噹兩響，國師雙輪攻得二人連遇凶險，小龍女一句話再也說不下去。這時他二人心中所想各自不同，玉女素心劍法的威力已施展不出。

楊過心想只有自己接過嬰兒，小龍女才不致分神失手，慢慢靠向她身旁。小龍女也正要將嬰兒交給楊過，二人心意合一，霎時間雙劍鋒芒陡長，國師給迫得退開兩步。小龍女左手將嬰兒送了過來，楊過正要伸手去接，倏地黑影閃動，鐵輪斜飛而至，砸向嬰兒。小龍女怕嬰兒受傷，左手鬆開嬰兒，手掌翻起，往鐵輪上抓去。那鐵輪來勢威猛，輪子邊緣鋒利逾於刀刃，但小龍女手上帶著金絲手套，手掌與鐵輪相接，立即順勢向外一推，再以斜勁消去輪子急轉之勢，向上微托，抓了下來，正是四兩撥千斤的妙用。

就在此時，楊過已將嬰兒接過，見小龍女抓住鐵輪，叫了聲：「好！」國師這輪子倘若向小龍女直砸，她原難抓住，只因準頭向著嬰兒，她才側拿得手。小龍女一拿到輪子，甚是高興，輕輕一笑，學著國師的招式，舉起鐵輪往敵人砸去，要來一個即以其人之道，還治其人之身。國師又驚又愧，五輪既失其一，這「五輪大轉」登時破了。他索性收回兩輪，手中只賸金銀二輪，橫砍直擊，威力又增。

楊過左手抱了孩子，道：「咱們先殺了這賊禿，其餘慢慢再說。」小龍女道：「好！」左手持鐵輪擋在胸口，與楊過雙劍齊攻。她手中多了一厲害武器，又少了嬰兒的拖累，本該威力倍增，豈知數招之下，與楊過的劍法格格不入，竟爾難以合璧。她越打越驚，不知何以如此。卻不知「玉女素心劍法」的妙詣，純在使劍者兩情歡悅，心中全無渣滓，此時雙劍之中多了一個鐵輪，就如一對情侶之間插進了第三者，波折橫生，如何再能意念相通？如何能化你心為我心？兩人一時之間均未悟到此節，又鬥數合，竟比兩人各自為戰尚要多了一番窒滯。小龍女大急，道：「今日鬥他不過了，你快抱嬰兒到絕情谷……」

楊過心念一動，已明白了她用意：此時若騎汗血寶馬出城，七日之內定能趕到絕情谷，他雖不能攜去郭靖、黃蓉的首級，但帶去了二人的女兒，對裘千尺說郭靖夫妻痛失愛女，定會找上絕情谷來，那時自可設法報仇。當此情境，裘千尺勢必心甘情願的交出半枚丹藥來。待得身上劇毒既解，可再奮力救此幼女出險。這緩兵之計，料想裘千尺不得不受。若在兩日之前，楊過對此舉自毫不遲疑，但他此時對郭靖赤心為國之心欽佩已極，實不願為了自己而使他女兒遭遇凶險，這時奪他幼女送往絕情谷，無論如何是乘人之危，非大丈夫所當為，微一沉吟，便道：「姑姑，這不成！」

小龍女急道：「你……你……」她只說了兩個「你」字，嗤的一響，左肩衣服已給國師金輪劃破。楊過道：「如此作為，我怎對得起郭伯伯？有何面目使這手中之劍？」說著將君子劍一舉。他心意忽變，小龍女原不知情，她全心全意只求解救楊過身上之毒，聽他說既要對得起殺父仇人，又要做一個有德君子，不禁錯愕異常。二人所思既左，手上劍法更難於相互呼應。國師乘勢踏上，手臂微曲，一記肘錘擊在楊過左肩。

楊過只覺半身一麻，抱著的嬰兒脫手落下。他三人在屋頂惡鬥，嬰兒一離楊過懷抱，逕往地下摔落。楊過與小龍女齊聲驚叫，想要躍落相救，那裏還來得及？

國師聽了二人斷斷續續的對答，已知這嬰兒是郭靖、黃蓉之女，心想雖拿不著郭靖，擄走他女兒為質，再逼他降服，豈不是奇功一件？眼見情勢危急，右手一揮，銀輪飛出，剛好托在嬰兒的襁褓之下。

銀輪將嬰兒托在輪上，離地五尺，平平飛去。三人齊從屋頂縱落，要去搶那輪子。

楊過站得最近，見銀輪越飛越低，不久便要落地，當即右足在地下一點，一個打滾，要墊身銀輪之下，連輪和人一併抱住，使嬰兒不受半點損傷。突見一隻手臂從旁伸過，抓住了銀輪，連著嬰兒抱了過去。那人隨即轉身便奔。

楊過翻身站起，國師與小龍女已搶到他身邊。小龍女叫道：「是我師姊。」

楊過見那人身披淡黃道袍，右手執著拂塵，正是李莫愁的背影，不知如何，此人竟會在這當口來到襄陽，心想此人生性乖張，出手毒辣無比，這幼女落在她手中，那裏還會有甚麼好下場？提氣疾追。

小龍女大叫：「師姊，師姊，這嬰兒大有干連，你抱去作甚？」李莫愁並不回頭，遙遙答道：「我古墓派代代都是處女，你卻連孩子也生下了，好不識羞！」小龍女道：「不是我的孩兒啊。你快還我。」她連叫數聲，中氣一鬆，登時落後十餘丈。眼見李莫愁等三人向北而去，當即追了下去。

這時城中兵馬來去，到處是呼號喝令之聲，或督率救火，或搜捕奸細。小龍女一概不聞不見，堪堪奔到城牆邊，只見魯有腳領著一批丐幫的幫眾正在北門巡視，以防敵人乘著城中火起前來攻城，他一見小龍女，忙問：「龍姑娘，黃幫主與郭大俠安好罷？」小龍女不答他的問話，反問道：「可見到楊公子和金輪國師？可見到一個抱著孩子的女人？」魯有腳向城外一指，道：「三人都跳下城頭去了。」

小龍女一怔，心想城牆如是之高，武功再強跳下去也得折手斷腳，怎麼三人都跳下了？瞥眼見一名丐幫弟子牽著郭靖的汗血寶馬正在刷毛，心中一凜：「過兒便算奪得嬰兒，若無這寶馬，怎能及時趕到絕情谷去？」搶上前去拉住了馬韁，轉頭向魯有腳道：「我有要事出城去，急需此馬一用。」

魯有腳只記掛著黃蓉與郭靖二人，又問：「黃幫主與郭大俠安好嗎？」小龍女翻身上馬，道：「他二人安好。黃幫主剛生的嬰兒卻給那女人搶了去，我非去奪回不可。」魯有腳一驚，忙喝令開城。

城門只開數尺，吊橋尚未放落，小龍女已縱馬出城。汗血寶馬神駿非凡，後腿一撐，已如騰雲駕霧般躍過了護城河。城頭眾兵將見了，齊聲喝采。

小龍女出得城來，只見兩名軍士血肉模糊的死在城牆角下，另有一匹戰馬也摔得腿斷頭裂，放眼遠望，但見蒼蒼羣山，莽莽平野，怎知這三人到了何處？她愁急無計，拍著寶馬的頸道：「馬兒啊馬兒，我是去救你幼主，快快帶我去罷！」那馬也不知是否眞懂她的言語，昂頭長嘶，放開四蹄，潑剌剌往東北方奔去。

原來楊過與國師追趕李莫愁，直追上了城頭，均想城牆極高，她已無退路，必可就此截住。那知李莫愁一上城頭，順手抓過一名軍士，便往城下擲去，跟著向下跳落。待那軍士與地面將觸未觸之際，她左足在軍士背上一點，已將下落的急勢消去，身子向前縱出，輕飄飄的著地，竟連懷中的嬰兒亦未震動，那軍士卻已頸折骨斷，哼都沒哼一聲，已然斃命。

國師暗罵：「好厲害的女人！」依樣葫蘆，也擲了一名軍士下城，跟著躍落。

楊過要以旁人來作自己的墊腳石，實有所不忍，見時機緊迫，心念一動，發掌將一匹戰馬推出城頭，不待戰馬落地，飛身躍在馬背，那馬摔得骨骼粉碎，他卻安然躍下，跟在國師之後追去。他先一日在蒙古軍營中大戰，爲國師的輪子割傷兩處，雖無大礙，但流血甚多，身子疲軟，這日又苦戰多時，實已支撐不住，然想到郭靖的幼女不論落在李莫愁或國師手中都凶多吉少，雖覺心跳漸劇，仍仗劍急追。

這三人本來腳程均快，但李莫愁手中多了個嬰兒，國師臂受劍傷，劍上到底是否有毒畢竟捉摸不準，時時擔心創口毒發，不敢發力，因此每人奔跑都已不及往時迅捷，待得奔出數里，襄陽城已遠遠抛在背後，三人仍分別相距十餘丈，國師追不上李莫愁，楊過也追不上國師。

李莫愁再奔得一陣，見前面丘陵起伏，再行數里便入叢山，加快腳步，只要入了山谷，便易於隱蔽脫身。她雖聽小龍女說這不是她的孩子，但見楊過捨命死追，料來定是他與小龍女的孽種無疑，只要挾持嬰兒在手，不怕她不拿師門秘傳《玉女心經》來換。

上次在古墓之中，小龍女將一本書拋入空棺，李莫愁待小龍女走開後入棺取來，卻是一本常見的道書《參同契》，失望之餘，對師傳的《玉女心經》更加熱中。

三人漸奔漸高，四下裏樹木深密，山道崎嶇。國師心想再不截住，只怕給她藏入叢林幽峽，那就難以找尋。他從未與李莫愁動過手，但見她輕功了得，實是個勁敵，自己五輪已失其二，原不想飛輪出手，但見情勢緊迫，不能再行猶豫遷延，大聲喝道：「兀那婆娘，快放下孩兒，饒你性命，再不聽話，可莫怪大和尚無情了。」李莫愁格格嬌笑，腳下卻更加快了。國師右臂揮動，呼呼風響，金輪捲成一道金虹，向她身後襲到。

李莫愁聽得敵輪來勢凌厲，不敢置之不理，只得轉身揮動拂塵，待要往輪上拂去，驀見輪子急轉，金光刺眼，拂塵搭上了只怕立即便斷，斜身閃躍，避開輪子正擊。國師搶上兩步，銅輪出手，這一次先向外飛，再以收勢向裏迴砸。李莫愁仍不敢硬接，倒退三步，纖腰一折，以上乘輕功避了開去。但這麼一進一退，與國師相距已不逾三丈。國師左手接過金輪，搶上幾步，右手鉛輪向她左肩砸下。

李莫愁拂塵斜揮，化作萬點金針，往國師眼中洒將下來。國師鉛輪上拋，擋開了她這一招，右手接住迴飛而至的銅輪，雙手互交，金銅兩輪碰撞，噹的一響，只震得山谷間回聲不絕，這時左手的金輪已交在右手，右手的銅輪交在左手，雙輪移位之際，殺著齊施。李莫愁斗逢大敵，精神一振，想不到這高瘦和尚膂力固然沉厚，出招尤爲迅捷，展開生平所學，奮力應戰。

兩人甫拆數招，楊過已然趕到，他站在圈外數丈之地旁觀，一面調勻呼吸，俟機搶奪嬰兒。見二人越鬥越快，三輪飛舞之中，一柄拂塵上下翻騰。

說到武功內力，國師均勝一籌，何況李莫愁手中又抱著一個嬰兒，按理不到百招，她已非敗不可。那知她初時護著嬰兒，生怕受國師利輪傷害，但每見輪子臨近嬰兒身子，他反急速收招，微一沉吟，已然省悟：「這賊禿要搶孩子，自不願傷她性命。」以她狠毒的心性，自然不顧旁人死活，既看破了國師的心思，每當他疾施殺著、自己不易抵擋之時，便即舉嬰兒擋護。這樣一來，嬰兒非但不是累贅，反成一面威力極大的盾牌，只須舉起嬰兒一擋，國師再兇再狠的絕招也即收回。

國師連攻數輪，都給李莫愁以嬰兒擋開，楊過瞧得大急，二人中那一個只要手上勁力稍大半分，這嬰兒那裏還有命在？正想上前搶奪，只見國師右手金輪倏地自外向內迴砸，左手銅輪跟著平推出去，這一來，兩輪勢成環抱，將李莫愁圍在雙臂之間。李莫愁臉上微微一紅，啐了一口，暗罵賊禿這一招不合出家人莊嚴身分，拂塵後揮，架開金輪，左手舉嬰兒護在胸前。國師當雙手環抱之時，早已算就了後著，左手鬆指，銅輪突然向上斜飛，砸向她面門。

這輪子和她相距不過尺許，忽地飛出，來勢又勁急異常，實不易招架，總算李莫愁一生縱橫江湖，大小數百戰，臨敵經歷實比國師豐富得多，危急中身子後仰，雙腳牢牢釘在地下，拂塵卻還攻敵肩。國師右肩疾縮，拂塵掠肩而過，仍有幾根帚絲拂中了肩頭。他左掌既空，順勢斬中了李莫愁左臂。李莫愁手臂登時酸麻無力，低呼一聲：「啊喲！」縱身躍起，但覺手中已空，嬰兒已讓國師搶去。

國師正自大喜，忽覺身旁風響，楊過和身撲上，已奪過了嬰兒，在地下一個打滾，長劍舞成一道光網，護住身後，跟著翻身站起，長劍一招「順水推舟」，阻住兩個敵人近身。原來他見嬰兒入了國師之手，心知只要遲得片刻，再要搶回便千難萬難，乘著他抱持未穩之際，不顧性命的以「夭矯空碧」撲上，一舉奏功。嬰兒在三人手中輪轉，只一瞬間之事。

李莫愁也會他這身法，見他使得靈動，喝采：「小楊過，這一手耍得可俊！」國師大怒，雙輪一擊，聲若龍吟，悠悠不絕，左手袍袖揮處，右手金輪向楊過遞出。楊過長劍虛刺，轉身欲逃，忽聽得身後風響，卻是李莫愁揮拂塵擋住了去路，笑道：「楊過別走！且鬥鬥這大和尚再說。」楊過眼見國師的金輪已遞到身前不逾半尺，只得還劍招架。

二人連日鏖戰，於對方功力招數，都已明明白白，一出手均是以快打快，但見二人身形晃動，三道光芒上下飛舞，轉瞬間拆了二十餘招。李莫愁暗暗驚異：「怎地相隔並無多日，這小子武功竟練到了如此地步？這惡和尚又恁地厲害？」

其實楊過武功固然頗有長進，一半也因自知性命不久，爲了報答郭靖養育之恩，決意死拚，遇到險招之時常不自救，卻以險招還險招，逼得國師只有變招。然楊過不顧自己性命，卻須顧到嬰兒安全，那肯如李莫愁這般以嬰兒掩蔽自己要害？雖見國師與李莫愁相鬥之時招數避開嬰兒，但想到這是郭靖之女，半點不敢冒險大意，只因處處護著嬰兒，時刻稍長，便給國師逼得險象環生。

國師見李莫愁不顧嬰兒，出招便盡力避開嬰兒身子，見楊過唯恐傷害嬰兒，兩輪便攻向嬰兒的多而攻向他本人的反少。這一來，楊過更加手忙腳亂，抵擋不住，大聲叫道：「李師伯，你快助我打退賊禿，別的慢慢再說。」

國師向李莫愁望了一眼，見她閒立微笑，竟是隔山觀虎鬥，兩不相助，心中大惑不解：「小龍女也叫他師姊，這女人的確是他師伯，何以又不出手相助？其中必有詭計？須得儘快傷了這小子，搶過嬰兒。」手上加勁，更逼得楊過左支右絀。李莫愁知國師不會傷害嬰兒，不管楊過如何大叫求助，只是不理，雙手負在背後，意態閒適。

又鬥一陣，楊過胸口隱隱生疼，知自己內力不及對方，如此蠻打無法持久，多時不聽到嬰兒哭泣，只怕有失，百忙中低頭向嬰兒望了一眼，只見她一張小臉眉清目秀，模樣甚是嬌美，正睜著兩隻黑漆漆的眼珠凝視自己。楊過素來與郭芙不睦，但對懷中這個幼女心頭忽起異樣之感：「我此刻爲她死拚，若天幸救得她性命，七日之後我便死了，日後她長到她姊姊那般年紀，不知可會記得我否？」心頭一酸，險些掉下淚來。

李莫愁在旁見他勢窮力竭，轉瞬間便要命喪雙輪之下，要待上前相助，隨即想到：「這小子武功大進，正好假手和尚除他，否則日後不可復制。」便仍袖手不動。

三人中國師武功最強，李莫愁最毒，但論到詭計多端，卻推楊過。他一陣傷心過了，隨即籌思脫身之策，心想：「郭伯母當年講三國故事，說道其時曹魏最強，蜀漢抗曹，須聯孫權。」李莫愁既不肯相助自己，只有自己去助李莫愁了，當下唰唰兩劍，擋住了國師，疾退兩步，突將嬰兒遞給李莫愁，說道：「給你！」

這一著大出李莫愁意料之外，一時不明他用意，順手將嬰兒接過。楊過叫道：「李師伯，快抱了孩子逃走，讓我擋住賊禿！」奮力刺出兩劍，教國師欺不近身來。李莫愁心道：「原來他想我總還顧念師門之誼，不致傷了孩子，危急中遞了給我，那眞再妙不過。」她那想到這是楊過嫁禍的惡計，剛提步要走，國師迴過手臂，金輪砸出，竟捨卻楊過，擊向她後心。這一招來得好快，她身形甫動，金輪已如影隨形的擊到。李莫愁無奈，只得回過拂塵擋架。楊過見計已售，登時鬆了口氣，他顧念嬰兒，卻不肯如李莫愁般袖手旁觀，以待二人鬥個兩敗俱傷，呼吸稍一調勻，立即提劍攻向國師。

這時紅日中天，密林中仍有片片陽光透射進來，楊過精神一振，長劍更使得得心應手，只聽噹的一響，銅輪給君子劍削去一片。國師暗暗心驚，出招越見凌厲。楊過心生一計，叫道：「李師伯，你小心和尙這個輪子，給我削破的口子上染有劇毒，莫給他掃上了。」李莫愁問道：「爲甚麼？」楊過道：「我這劍上所餵毒藥甚是厲害！」

適才國師爲楊過長劍刺傷，一直在擔心劍上有毒，但久戰之後，傷口上並無異感，也就放心，此時聽他一提，不由得心中一震：「公孫止爲人險詐，只怕劍上果然有毒。」登時氣便餒了。

李莫愁拂塵猛地揮出，叫道：「過兒，用毒劍刺這和尙。」伸手一揚，似有暗器射出。國師舞輪護住胸前，李莫愁這一下只虛張聲勢，她見國師如此武功，料想冰魄銀針也射他不中，只阻得他一阻，已脫出雙輪威力籠罩，轉身便奔。

金輪國師雖疑心楊過劍上有毒，但傷口既不麻癢，亦不腫脹，實不願此番徒勞往返，落得個負傷而歸，見李莫愁逃走，拔步急追。

楊過心想如此打打追追，不知如何了局，令這初生嬰兒在曠野中經受風寒，便算救回，只怕也難以養活，只有合二人之力先將國師擊退，再籌良策，大聲叫道：「李師伯，不用走啦！這賊禿身中劇毒，活不多久了。」叫聲甫畢，見李莫愁向前急竄，鑽進了山邊的一個洞中。

國師一呆，不敢便即闖入。楊過不知李莫愁搶那嬰兒何用，生怕她忽下毒手，他早已將自己生死置之度外，當即長劍護胸，衝了進去，眼見銀光閃動，揮劍將三枚冰魄銀針打落，叫道：「李師伯，是我！」洞中黑漆一團，但他雙目能暗中見物，見李莫愁左手抱著孩子，右手又扣著幾枚銀針，他爲顯得並無敵意，轉身向外，說道：「咱們聯手先退賊禿。」仗劍守在洞口。

國師料想二人一時不敢衝出，盤膝坐在洞側，解開衣衫，檢視傷口，見劍傷處血色殷紅，殊無中毒之象，伸手按去，傷口微微疼痛，再潛運內功一轉，四肢百骸沒半分窒滯，心中又喜又怒，喜的是楊過劍上無毒，怒的是竟爾受了這小子之騙，白白躭心半日。瞧那山洞時，見洞口長草掩映，入口處僅容一人，自己身軀高大，若貿然衝入，轉折不便，只怕受了洞內兩人暗算。

一時正無善策，忽聽得山坡後一人怪聲叫道：「大和尚，你在這裏幹甚麼的？」語聲正是天竺矮子尼摩星。國師仍瞧定洞口，說道：「三隻兔兒鑽進了洞裏，我要趕他們出來。」

尼摩星在襄陽城混鬧一場，無功而退，在回歸軍營途中，遠遠望見國師的金銅鉛三輪在空中飛旋，知他正與人動手，於是認明了方向過來，見國師全神貫注瞧著山洞，心中一喜，問道：「郭靖逃進了洞裏麼？」國師哼了一聲，說道：「一隻雄兔，一隻雌兔，還有隻小兔。」尼摩星更是歡喜，道：「啊，除了郭靖夫婦，還有楊過小子的。」

國師由得他自說自話，不予理睬，四下一瞧，已有計較，伸手拾些枯枝枯草堆在洞口，打火點燃。是時西南風正勁，一陣陣濃煙立時往洞中湧入。

當國師堆積枯柴之時，楊過已知其計，對李莫愁低聲道：「我去瞧瞧這山洞是否另有出口。」於是向內走去，走了七八丈，山洞已到盡頭，回過頭來低聲道：「李師伯，他們用煙薰，你說怎麼辦？」李莫愁心想硬衝決計擺脫不了國師，躲在這裏自然亦非了局，當眞不濟之時，只有丟下嬰兒獨自脫身，這和尙和自己無冤無仇，他志在嬰兒，自也不會苦纏，因此並不驚慌，只微微冷笑。

過不多時，山洞中濃煙越進越多，楊李二人閉住呼吸，一時尙可無礙，那嬰兒卻又哭又咳。李莫愁冷笑道：「你心疼麼？」楊過懷抱著這女嬰一番捨生忘死的惡鬥，心中已對她生了憐惜之情，聽她哭得厲害，道：「讓我抱抱！」伸出雙手，走近兩步。李莫愁拂塵唰的一下，向他的手臂揮去，喝道：「別走近我！你不怕冰魄銀針嗎？」

楊過向後躍開，聽了「冰魄銀針」四字，忽地生出一個念頭，想起幼時與她初次相遇，只將銀針在手中握了片刻，即已身中劇毒，當下撕一片衣襟包住右手，走到洞口拾起李莫愁適才射他的三枚銀針，針尾向下，將銀針插入土中，只餘一寸針尖留在土外，再洒上少些沙土，掩住針尖的光亮。此時洞口堆滿了柴草，再加濃煙瀰漫，他弓身插針，國師與尼摩星全未瞧見。

楊過布置已畢，退身回來，低聲道：「我已有退敵之計，你哄著孩子別哭。」大聲叫道：「好極了，山洞後面有出口，咱們快走！」聲音中充滿了歡喜之情。李莫愁一怔，還道山洞後面眞有出路。楊過將口俯到她耳畔低聲說道：「假的，我要叫賊禿上當。」

國師與尼摩星聽得楊過這般歡叫，一愕之下，但聽得洞中寂然無聲，嬰兒的哭喊也漸漸隱去，那想得到是楊過以袍袖蓋在嬰兒臉上，只道他眞的從洞後逸出。尼摩星不加細想，立即飛身繞到山坡之後去阻截。國師卻心思細密，凝神聽去，嬰兒的哭喊只低沉細微，卻非漸漸遠去，知是楊過使詐，想騙他到山坡之後，便抱了孩子從洞口衝出，不禁暗暗冷笑：「這小小的調虎離山之計，也想在老和尚面前行使。」躲在洞側，提起金銅兩輪，只待楊過出來。

楊過叫道：「李師伯，那賊禿走了，咱們並肩往外。」忽又低聲道：「咱們同時驚呼，誘他進洞。」李莫愁不明楊過要使何等詭計，但素知這小子狡猾，自己便曾吃過他不少虧，他既安排下妙策，諒必使得，好在嬰兒抱在自己手中，只要先驅退國師，不怕他不拿《玉女心經》來換孩子，便點了點頭。

兩人齊聲大叫「啊喲！」楊過假裝受傷甚重，大聲呻吟，叫道：「你……你如何對我下此毒手？」隨即低聲道：「你裝作性命不保。」李莫愁怒道：「好，我今日……雖然死在你手裏，卻教你這小賊……也活不成。」說到後來，語聲斷續，已上氣不接下氣。國師在洞口聽了大喜，心想這二人爲了爭奪嬰兒，還未出洞，已自相殘殺起來，看來已鬥得兩敗俱傷。他生怕嬰兒連帶送命，便不能挾制郭靖，當即撥開柴草，搶進洞去，只跨得兩步，突覺左腳底微微一痛。

他應變奇速，不待踏實，立即右足使勁，倒躍出洞，左足落地時小腿一麻，竟然險些摔倒。以他深厚內功，即令給人連砍數刀，縱躍時也不致站立不穩，心念一轉，已知足底心爲劇毒之物刺中，正要拉下鞋襪察看，尼摩星已從山坡轉回，叫道：「小子騙人的，山後出口沒有的，洞裏郭靖和老婆的還有的。」國師住手不再脫鞋，臉上不動聲色，說道：「你所料不錯，但洞內並無聲息，想來他們都給煙火薰得昏過去了。」

尼摩星大喜，心想這番生擒郭靖之功終於落在自己手上，他也不想國師何以不搶此功勞，舞動鐵蛇護住身前要害，從洞口直鑽進去。楊過這三枚銀針倒插在當路之處，不論來人步子大小如何，都非踏中一枚不可。尼摩星身矮步短，走得又快，右腳一腳踏中銀針，一痛之下未及縮步，左腳又踏上了另一枚針尖。天竺國天氣炎熱，國人向來赤足，尼摩星也不穿鞋，雖腳底板練得厚如牛皮，但那冰魄銀針何等銳利，早已刺入寸許。他生性勇悍，小小受傷毫不在意，揮鐵蛇在地下一掃，察覺前面地下再無倒刺，正要繼續進內活捉郭靖和老婆的，猛地裏兩腿痲軟，站立不穩，一交摔倒。才知針刺上毒性厲害非凡的，急忙連滾帶爬的衝出洞來。只見國師除去鞋襪，捧著一隻腫脹黝黑的左腿，正在運氣阻毒上升。

尼摩星大怒，喝道：「壞賊禿，你明明中毒受傷，幹麼不跟我說，讓我也上當的？」國師微微一笑，說道：「我上一當，你也上一當，這才兩不吃虧啊。」尼摩星怒氣勃發，不可遏制，大聲怒罵：「我，郭靖也不要拿了，尼摩星，壞和尚，今日拚個死樣活氣的！」他雙足已使不出半點力氣，左手在地下一撐，和身向國師撲去，右手鐵蛇往他頭頂擊落。國師舉銅輪擋開鐵蛇，隨即橫過手臂，一個肘錘撞出。尼摩星身在半空，難以閃避，國師這一招又來勢迅捷，竟給他一錘打中肩頭。

尼摩星雖筋骨堅厚，卻也給打得劇痛攻心，他狂怒之下，也不顧自己死活的，撲將上去，牢牢抱住了國師，張口便咬，一口正咬在對方頸下的「氣舍穴」上。若在平時，以國師如此武功，如何能讓他欺近抱住？即令抱住了，又如何能給他咬中頸下大穴？但此時國師知道腳底所中毒針非同小可，全身內力都在與毒氣相抗，硬逼著不令毒氣衝過大腿與小腿之間的「曲泉穴」，只要嚴守此關，最多是廢去一隻小腿，還不致送了性命，當尼摩星撲上來之時，他已變成內力全失，只以外功與他相抗。尼摩星卻全力施爲，一咬住對方穴道，牙齒再不放鬆。

國師伸出右足一鉤，尼摩星雙足早無力氣，向前撲出，兩人一齊跌翻。國師伸手想將他扯開，但大穴受制，手上力道已大為減弱，卻那裏拉得動？只得回手扣住他後頸「大椎穴」，防他陡施毒手制自己死命。兩人本來都是一流高手，中毒後近身搏鬥，卻如潑皮無賴蠻打硬拚一般，已全然不顧身分。

兩人在地下翻翻滾滾，漸漸滾近山谷邊的斷崖之旁。國師瞧得明白，大聲叫道：「快放手，你再進一步，兩個兒都跌得粉身碎骨！」尼摩星此時已失去了理性，他不運氣與毒氣相抗，內力便比國師深厚得多，奮力前推，國師竟抵擋不住。眼見距離崖邊已不過數尺，下面便是深谷，國師情急智生，大叫：「郭靖來了！」尼摩星一凜，問道：「那裏的？」他這三個字一說，口一張，登時放開了國師的穴道。國師氣貫左掌，呼的一聲，向前擊出。尼摩星知道上當，低頭避開，彎腰前撞。

國師這一掌本是要逼使尼摩星向後閃避，但他忘了對方雙足中毒，早已不聽使喚，那裏還能向後退躍？但見他不後反前，一驚之下，兩人又已糾纏在一起，突覺身下一空，兩人齊往山谷中直掉下去。

李莫愁見楊過奇計成功，暗暗佩服這小子果然了得，聽得二人在外喝罵毆鬥，知道已無危險，拔步便要出洞，猛聽得國師與尼摩星二人齊聲驚呼，聲音極怪。這正是他二人掉下山崖之時所發，但那斷崖與山洞相隔十丈開外，又為一片山石擋住，從洞中瞧不見外面情景，不知二人如此大叫為了何事。李莫愁道：「喂，小子，他們幹甚麼啊？」楊過卻也料想不到二人竟會跌落山谷，沉吟道：「那賊禿狡猾得緊，咱們假裝相鬥受傷，只怕他們依樣葫蘆，騙咱們出去。」

李莫愁心想不錯，低聲道：「嗯，他定是想騙我出去，奪我解藥。」緩緩走向洞口，想要探首出洞窺視。楊過道：「小心地下銀針。」話一出口，便即後悔：「又何必好意提醒這女魔頭？」只為他天性良善，又與李莫愁聯手抗敵，一時竟忘了此人原是敵人。

李莫愁一驚，急忙縮步。這時洞口煙火已熄，洞中又黑漆一團，她不能如楊過一般暗中見物，不知三枚銀針插在何處，若貿然舉步，十九也要踏上。她雖有解藥，但針上劇毒厲害異常，治療時固然要受一番痛苦，而且腳上受到針刺，楊過定然乘機攻擊，便緩不出手來療毒，只怕這條性命便要送在自己的毒針之下了，說道：「你快將針拔去，咱們呆在這兒幹麼？」楊過道：「稍待片刻，讓他二人毒發而死，慢慢出去不遲。」李莫愁哼了一聲，她對楊過實在忌憚，與他同處在這暗洞之中，刻刻都是危機，自己武功已未必能夠勝他，智計更遠不及，低頭沉思出洞之策。

這時洞外一片寂靜，洞內二人也各想各的心思，默不作聲。突然之間，那嬰兒哇的一聲哭了出來，她出世以來從未吃過一口奶，此時自是餓了。

李莫愁冷笑道：「師妹呢？她連自己孩子餓死也不理麼？」楊過道：「誰說是姑姑的孩子，這是郭靖郭大俠的女兒。」李莫愁道：「哼，你用郭大俠的名頭來嚇我，我便怕了麼？別人家的孩子，料你也不會這般搶奪，這自是你們師徒倆的孽種。」

楊過大怒，喝道：「不錯，我是決意要娶姑姑的。但我們尚未成親，何來孩子？你嘴裏放乾淨些。」李莫愁又冷笑一聲，撇嘴道：「你要我口裏乾淨些，還不如自己與師父的行為乾淨些。」楊過一生對小龍女敬若天人，那容她如此污衊，更是惱怒，大聲道：「我師父冰清玉潔，你可莫胡言亂語。」李莫愁道：「好一個冰清玉潔，還沒成親，就生出了孩子。」

唰的一聲，楊過挺劍向她當胸刺去，喝道：「你罵我不要緊，但你出言辱我師父，今日跟你拚了。」唰唰唰連環三劍。他劍法既妙，雙眼又瞧得清楚，李莫愁全賴聽風辨器之術招架，雖不失厘毫，但數招之後已險象環生，總算楊過顧念著孩子，只怕劍底過於厲害，她便對孩子猛下毒手，因此並未施展殺著。

二人在洞中交拆十餘招，那嬰兒忽地一聲哭叫，隨即良久沒了聲息。

楊過大驚，立即收劍，顫聲道：「你傷了孩子麼？」李莫愁見他對孩子如此關懷，更認定是他的親生孩兒，說道：「現下還沒死，但你如不聽我吩咐，你道我沒膽子捏死這小鬼頭麼？」楊過打了個寒戰，素知她殺人不眨眼，別說弄死一個初生嬰兒，只消稍有怨毒，便能將人家殺得滿門鷄犬不留，說道：「你是我師伯，只要你不辱罵我師父，我自然聽你吩咐。」李莫愁聽他口氣軟了，心知只要嬰兒在自己手中，他便無法相抗，說道：「好，我不罵你師父，你就聽我的話。現下你出去瞧瞧，那兩人的毒發作得怎樣了。」

楊過依言出洞，四下一瞧，不見國師與尼摩星的影蹤，他怕國師詭計多端，躲在隱蔽之處，揮劍在左近樹叢長草等處斬刺一陣，不見有人隱藏，回洞說道：「兩人都不在啦，想是中毒之後，嚇得遠遠逃走了。」

李莫愁道：「哼，中了我銀針之毒，便算逃走，又怎逃得遠？你將洞口的針拔掉，放在我面前。」楊過聽嬰兒啼哭不止，心想也該出去找些甚麼給孩子吃，於是仍用衣襟裹手，拔出銀針，還給了她。

李莫愁將三枚銀針放入針囊，拔步往外便走。楊過跟了出來，問道：「你將孩子抱到那裏去？」李莫愁道：「回我自己家去。」楊過急道：「你要孩子幹麼？她又不是你生的。」李莫愁雙頰一紅，隨即沉臉道：「你胡說甚麼？你送我古墓派的玉女心經來，我便將孩子還你，管教不損了她一根毫毛。」說罷展開輕功，疾向北行。

楊過跟在她身後，叫道：「你先得給她吃奶啊。」李莫愁回過身來，滿臉通紅，喝道：「你這小子怎地沒上沒下，說話討我便宜？」楊過奇道：「咦，我怎地討你便宜了？孩子沒奶吃，豈不餓死了？」李莫愁道：「我是個守身如玉的處女，怎會有奶給你這小鬼吃？」楊過微微一笑，道：「李師伯，我是說要你找些奶給孩子吃啊，又不是要你自己……」

李莫愁聽了，忍不住一笑，她守身不嫁，一生在刀劍叢中出入，於這養育嬰兒之事當眞一竅不通，沉吟道：「卻到那裏找奶去？給她吃飯成不成？」楊過道：「你瞧她有沒牙齒？」李莫愁往嬰兒口中一張，搖頭道：「半顆也沒有。」楊過道：「咱們到鄉村中去找個正在給孩子餵奶的女人，要她給這嬰兒吃個飽，豈不是好。」李莫愁喜道：「你果眞滿腹智謀。」

兩人登上山丘四望，遙見西邊山坳中有炊煙升起。兩人腳程好快，片刻間已奔近一個小村落。襄陽附近久經烽火，大路旁的村莊市鎭盡已遭蒙古鐵蹄毀成白地，只有在這般荒谷僻壤之間，尙有少些山民聚居。李莫愁逐戶推門查看，找到第四間農舍，見一個少婦抱著一個歲餘孩子正在餵奶。李莫愁大喜，一把將她懷中孩子抓起往炕上一丟，將女嬰塞在她懷裏，說道：「孩子餓了，你餵她吃飽罷。」

那少婦的兒子給摔在炕上，手足亂舞，大聲哭喊。那少婦愛惜兒子，忙伸手抱起。楊過見那少婦袒著胸膛，立即轉身向外，卻聽得李莫愁喝道：「我叫你餵我的孩子吃奶，你沒聽見麼？誰教你抱自己兒子了？」但聽得砰的一響，楊過嚇了一跳，回過頭來，只見那農家孩子已給摔在牆腳之下，滿頭鮮血，不知死活。那少婦急痛攻心，放下郭靖之女，撲上去抱住自己兒子，連哭帶叫。李莫愁大怒，拂塵一起，往少婦背上擊落。

楊過忙伸劍架開，心想：「天下那有如此橫蠻女子？」口中卻道：「李師伯，你若將她打死了，死人可沒奶。」李莫愁怒道：「我是為你孩子好，你反來多管閒事！」楊過心道：「這明明不是我的孩子，你卻口口聲聲說是我的。但若真是我的，那又怎能說我多管閒事？」陪笑道：「這孩子餓得緊了，快讓她吃奶是正經。」說著伸手到炕上去抱嬰兒。李莫愁舉起拂塵，擋住他手，叫道：「你敢搶孩子麼？」楊過退後一步，笑道：「好，好！我不抱便是。」

李莫愁將女嬰抱起，正要再送到那少婦懷中，轉過身來，那少婦已不知去向，原來她乘著兩人爭執，已抱了兒子悄悄從後門溜走。李莫愁怒氣勃發，直衝出門，但見那少婦抱著嬰兒正自向前狂奔。李莫愁哼了一聲，縱身而起，拂塵摟頭擊下，風聲過去，那農婦母子兩人登時腦骨碎裂，屍橫當地。她再去尋人餵奶，村中卻惟有男人。李莫愁怒氣越盛，胡亂殺了幾人，到灶下取了火種，在農家的茅草屋上縱火焚燒，連點了幾處火頭，這才快步出村。楊過見她出手兇狠，暗自嘆息，不即不離的跟在她身後。二人在山野間走了數十里，那嬰兒哭得倦了，在李莫愁懷中沉沉睡去。

正行之間，李莫愁突然「咦」的一聲，停住腳步，只見兩隻花斑小豹正自廝打嬉戲。她踏上一步，要將小豹踢開，突然旁邊草叢中嗚的一聲大吼，眼前一花，一隻金錢大豹撲了出來。她吃了一驚，挫步向左躍開。那大豹立即轉身又撲，舉掌來抓。李莫愁舉起拂塵，唰的一聲，擊在豹子雙目之間。那豹痛得嗚嗚狂吼，更加兇性大發，露出白森森的一口利齒，蹲伏在地，兩隻碧油油的眼睛瞧定了敵人，俟機進撲。

李莫愁左手微揚，兩枚銀針電射而出，分擊花豹雙目。楊過叫道：「且慢！」揮長劍將銀針打下，就在此時，那豹子也已縱身而起，高躍丈餘，從半空中撲將下來。楊過也飛身竄起，先舞長劍又砸飛了李莫愁的兩枚銀針，跟著右拳砰的一聲，擊在花豹頸後椎骨之上。那花豹吃痛，大吼一聲，落地後隨即跳起，向楊過撲來。楊過側身避開，左掌擊出，這一掌中含了五成內力，那花豹給他擊得一個觔斗向後翻出。

李莫愁心中奇怪，自己兩枚銀針早已可制花豹死命，何以他既出手救豹，卻又費這麼大力氣和豹子打鬥？只見他左一掌，右一掌，打得豹子跌倒爬起，爬起跌倒，狼狽不堪，但每一掌卻又避開豹子的要害之處，只聽那猛獸吼叫聲越來越低，十餘掌吃過，花豹再也受不住了，轉身縱上山坡。楊過早防到牠要逃走，預擬扯住牠尾巴拉將轉來，豈知那豹威風盡失，尾巴垂下，夾在後腿之間，一拉竟爾拉了個空。他正待施展輕功追去，只見那豹子躍出數丈，回身嗚嗚而叫，招呼兩頭小豹逃走。楊過心念一動，雙手伸出，抓住兩頭小豹的頭頸，一手一隻，高高提起。

那母豹愛子心切，見幼豹被擒，顧不得自己性命，又向楊過撲來。楊過將兩頭小豹往李莫愁一擲，叫道：「抓住了，可別弄死。」身隨聲起，躍得比豹子更高，正是使出「夭矯空碧」的高躍功夫。他看準了從半空中落將下來，正好騎在豹子背上，抓住豹子雙耳往下力掀。那豹子出力掙扎，但全身要害受制，一張巨口沒入沙土之中。

楊過叫道：「李師伯，你快用樹皮結兩條繩索，將牠四條腿縛住。」李莫愁哼了一聲，道：「我沒空陪你玩兒。」轉身欲走。楊過急道：「誰玩了？這豹子有奶啊！」李莫愁登時省悟，心中大喜，笑道：「虧你想得出。」當即撕下十餘條樹皮，匆匆搓成幾條繩索，先將豹子的巨口牢牢縛住，再把牠前腿後腿分別綁定。

楊過拍拍身上灰塵，微笑站起。那豹子動彈不得，目光中露出恐懼之色。楊過撫摸一下牠頭頂，笑道：「咱們請你做一會兒乳娘，不會傷害你性命。」李莫愁抱起嬰兒，湊到花豹的乳房之上。嬰兒早已餓得不堪，張開小口便吃。那母豹乳汁甚多，不多時嬰兒便已吃飽，閉眼睡去。李莫愁與楊過望著她吃奶睡著，眼光始終沒離開她嬌美的小臉，只見她睡熟之後臉上微微露出笑容，兩人心中喜悅，相顧一笑。

這一笑之下，兩人本來存著的相互戒備之心登時去了大半。李莫愁臉上充滿溫柔之色，口中低聲哼著歌兒，一手輕拍，抱起嬰兒。楊過找些軟草，在樹蔭下一塊大石上做了個窩兒，說道：「你放她在這兒睡罷！」李莫愁忙做個手勢，命他不可大聲驚醒了孩子。楊過伸伸舌頭，做個鬼臉，見孩子睡得寧靜，不禁呼了一口長氣，回頭只見兩頭小豹正鑽在母豹懷中吃奶。

四下裏花香浮動，和風拂衣，殺氣盡消，人獸相安。

楊過在這數日中經歷了無數變故，直到此時才略感心情舒泰，但身邊一旁是個殺人不眨眼的女魔頭，一旁是隻兇惡巨獸，也可算得奇異之極了。

李莫愁坐在嬰兒身邊，緩緩揮動拂塵，爲她驅趕林中的蚊蟲。這拂塵底下殺人無算，武林中人士見到無不驚心動魄，此時卻是她生平第一次用來做件慈愛的善事。楊過見她凝望著嬰兒，臉上有時微笑，有時愁苦，忽爾激動，忽爾平和，想是心中正自思潮起伏，念起生平之事。楊過不明她身世，只曾聽程英和陸無雙約略說過一些，想她行事如此狠毒偏激，必因經歷過一番極大困苦，自己一直恨她惱她，此時不由得微生同情憐憫之意。

過了良久，李莫愁抬起頭來，與楊過目光一接，心中微微一怔，輕聲道：「天快黑了，今晚怎麼辦？」楊過四下一望，道：「咱們又不能帶了這位大乳娘走路，且找個山洞住宿一宵，明日再定行止。」李莫愁點了點頭。

楊過前後左右找尋，發見了一個勉可容身的山洞，當下找些軟草，在洞中鋪了一大一小兩個床位，說道：「李師伯，你歇一會兒，我去弄些吃的。」轉過山坡去找尋野味。不到半個時辰，打了三隻山兔，捧了十多個野果回來。他放開豹子嘴上繩索，餵牠吃了一隻山兔。再拾枯草殘枝生了堆火，將餘下兩隻山兔烤了與李莫愁分吃，說道：「李師伯，你安睡罷，我在洞外給你守夜。」取出長繩縛在兩株大樹之間，凌空而臥。

這本是古墓派練功的心法，李莫愁看了自亦不以爲意。她除了有時與弟子洪凌波同行之外，一生獨往獨來，今晚與楊過爲伴，他竟服侍得自己舒舒服服，與昔日獨處荒野的情景大不相同，不禁暗自又嘆了口氣。

那鵰身形甚巨，形貌醜陋之極，全身鋼羽疏疏落落，鉤嘴堅利，頭頂毛禿，卻生著個血紅的大肉瘤，雙腿奇粗，世上禽鳥千萬，從未見過如此古拙雄奇的猛禽。

第二十三回　手足情仇

楊過睡到中夜，忽聽得西北方傳來一陣陣鵰鳴，聲音微帶嘶啞，但激越蒼涼，氣勢甚豪。他好奇心起，輕輕從繩上躍下，循聲尋去。但聽那鳴聲時作時歇，比之桃花島上雙鵰的鳴聲遠爲洪亮。他漸行漸低，走進了一個山谷，這時鵰鳴聲已在身前不遠，他放輕腳步，悄悄撥開樹叢一張，不由得大感詫異。

淡淡月光之下，眼前赫然是一頭大鵰，那鵰身形甚巨，站著高逾常人，形貌醜陋之極，全身羽毛疏疏落落，似是給人拔去了一大半似的，毛色黃黑，顯得頗爲骯髒，但銳挺若鋼，顯得十分堅硬，模樣與桃花島上的雙鵰倒也有五分相似，醜俊卻天差地遠。這醜鵰鉤嘴堅利，頭頂毛禿，卻生著個血紅的大肉瘤，世上禽鳥千萬，從未見過如此古拙雄奇的猛禽。但見這鵰邁著大步來去，雙腿奇粗，有時伸出羽翼，卻又甚短，不知如何飛翔，高視闊步，自有一番威武雄駿氣概。

那鵰叫了一會，只聽得左近簌簌聲響，月光下五色斑斕，四條毒蛇一齊如箭般向醜鵰飛射過去。那醜鵰彎喙轉頭，連啄四下，將四條毒蛇一一啄死，出嘴部位之準，行動之疾，直如武林中一流高手。這連斃四蛇的神技，只將楊過瞧得目瞪口呆，撟舌不下，霎時之間，先前輕視好笑之心，變成了驚詫歎服之意。只見那醜鵰張開大口，將一條毒蛇吞在腹中。楊過心想：「將這頭醜鵰捉去，跟郭芙的雙鵰比上一比，卻也不輸於她。」正轉念如何捕捉，突然鼻端衝到一股腥臭之氣，顯有大蛇之類毒物來到鄰近。

醜鵰昂起頭來，哇哇哇連叫三聲，似向敵人挑戰。只聽得呼的一聲巨響，對面大樹上倒懸下一條碗口粗細的三角頭巨蟒，猛向醜鵰撲去。醜鵰毫不退避，反而迎上前去，倏地彎嘴疾伸，已將毒蟒的右眼啄瞎。那鵰頭頸又短又粗，似乎轉動不便，但電伸電縮，楊過眼光雖然敏銳，也沒瞧清楚牠如何啄瞎毒蟒的眼珠。

毒蟒失了右眼，劇痛難當，張開大口，啪的一聲，咬住了醜鵰頭頂的血瘤。這一下楊過出其不意，不禁「啊」的一聲叫了出來。毒蟒一擊成功，一條兩丈長的身子突從樹頂跌落，在醜鵰身上繞了幾匝。

楊過不願醜鵰爲毒蛇所害，縱身而出，拔劍往蛇身上斬去，突然間那鵰右翅疾展，在楊過右臂上一拍，力道奇猛。楊過出其不意，君子劍脫手，飛出數丈。楊過正驚奇間，見那鵰伸嘴在蟒身上連啄數下，每一啄下去便有蟒血激噴而出。楊過心想：「難道你有必勝把握，不願我插手相助？」

毒蟒愈盤愈緊，醜鵰毛羽賁張，竭力相抗。幸得那鵰似不怕蛇毒，雖血瘤爲毒蟒咬中，卻未中毒，但在毒蟒盤纏下似乎不支，楊過拾起一塊大石，往巨蟒身上不住砸打。巨蟒身子略鬆，醜鵰頭頸急伸，又將毒蟒的左眼啄瞎。毒蟒張開巨口，四下亂咬，這時牠雙眼已盲，那裏咬得中甚麼？

楊過又拾起一塊石頭，投入蟒口，毒蟒一時吐不出來，醜鵰乘機雙爪揿住蛇頭七寸，按在土中，同時以尖喙在蟒頭戳啄。這巨鵰天生神力，毒蟒全身扭曲，翻騰揮舞，蛇頭卻始終難以動彈，過了良久，長身舒挺，終於僵直而死。

醜鵰仰起頭來，高鳴三聲，接著轉頭向著楊過，柔聲低呼。

楊過聽牠鳴聲中甚有友善之意，慢慢走近，笑道：「鵰兄，你神力驚人，佩服，佩服。」醜鵰低聲鳴叫，緩步走到楊過身邊，伸翅在他肩頭輕拍了幾下，似乎謝他先前出手相助。楊過見這鵰如此通靈，心中大喜，也伸手輕撫牠背脊。

醜鵰低鳴數聲，咬住楊過的衣角扯了幾扯，隨即放開，大踏步便行。楊過知牠必有用意，便跟隨在後。醜鵰足步迅捷異常，在山石草叢之中行走疾如奔馬，楊過施展輕身功夫這才追上，暗自驚佩。那鵰愈行愈低，直走入一個深谷之中。又行良久，來到一個大山洞前，醜鵰在山洞前點了三下頭，叫了三聲，回頭望著楊過。

楊過見牠似是向洞中行禮，心想：「洞中定是住著甚麼前輩高人，這巨鵰自是他養馴了的，這卻不可少了禮數。」在洞前跪倒，拜了幾拜，說道：「弟子楊過叩見前輩，請恕擅闖洞府之罪。」待了片刻，洞中並無回答。

那鵰拉了他衣角，踏步便入。楊過見洞中黑黝黝地，不知住著的是武林奇士，還是甚麼山魈木怪，他心中惴惴，但生死早置度外，便跟隨進洞。

這洞其實甚淺，行不到三丈，已抵盡頭，洞中除了一張石桌、一張石櫈之外更無別物。醜鵰向洞角叫了幾聲，楊過見洞角有一堆亂石高起，極似個墳墓，心想：「看來這是一位奇人的埋骨之所，只可惜鵰兒不會說話，無法告我此人身世。」一抬頭，見洞壁上似乎寫得有字，塵封苔蔽，黑暗中瞧不清楚。打火點燃了一根枯枝，伸手抹去洞壁上的青苔，現出三行字來，字跡筆劃甚細，入石甚深，顯是用極鋒利的兵刃劃成。看那三行字道：

「縱橫江湖三十餘載，殺盡仇寇奸人，敗盡英雄豪傑，天下更無抗手，無可奈何，惟隱居深谷，以鵰為友。嗚呼，生平求一敵手而不可得，誠寂寥難堪也。」

下面落款是：「劍魔獨孤求敗。」

楊過將這三行字反來覆去的唸了幾遍，既驚且佩，亦體會到了其中寂寞難堪之意，心想這位前輩奇士只因世上無敵，只得在深谷隱居，則武功之深湛精妙，實不知到了何等地步。此人號稱「劍魔」，自是運劍若神，名字叫作「求敗」，想是走遍天下欲尋一勝己之人，始終未能如願，終於在此處鬱鬱以沒，緬懷前輩風烈，不禁神往。

低迴良久，舉著點燃的枯枝，在洞中察看了一周，再找不到另外遺跡，那個石堆的墳墓上也無其他標記，料是這位一代奇人死後，是神鵰啣石堆在他屍身之上。

他出了一會神，對這位前輩異人越來越仰慕，不自禁的在石墓之前跪拜，拜了四拜。那神鵰見他對石墓禮數甚恭，似乎心中歡喜，伸翅又在他肩頭輕拍幾下。

楊過心想：「這位獨孤前輩的遺言之中稱鵰為友，然則此鵰雖是畜生，卻是我的前輩，我稱牠為鵰兄，確不為過。」於是說道：「鵰兄，咱們邂逅相逢，也算有緣，我這便要走。你願在此陪伴獨孤前輩的墳墓呢，還是與我同行？」神鵰啼鳴幾聲，算是回答。楊過卻不懂其意，眼見牠站在石墓之旁不走，心想：「武林各位前輩從未提到過獨孤求敗其人，那麼他至少也是六七十年之前的人物。這神鵰在此久居，心戀故地，自是不能隨我而去的了。」伸臂摟住神鵰脖子，與牠親熱了一陣，這才出洞。

他生平除與小龍女相互依戀之外，只與黃藥師、程英、陸無雙結交，此番又識了一個公孫綠萼，也算是紅顏知己，此外並無友好，這時與神鵰相遇，雖一人一禽，並肩誅蟒之後，竟十分投緣，出洞後頗為依依不捨，走幾步便回頭一望。他每一回頭，神鵰總是啼鳴一聲相答，雖相隔十數丈外，在黑暗中神鵰仍瞧得清清楚楚，見楊過一回頭便答以一啼鳴，無一或爽。

楊過突然間胸間熱血上湧，大聲說道：「鵰兄啊鵰兄，小弟命不久長，待郭伯伯幼女之事了結，我和姑姑最後話別，便重來此處，得埋骨於獨孤大俠之側，也不枉此身了。」說著躬身一揖，大踏步便行。

他記掛郭靖幼女的安危，拾回君子劍後，急奔回向山洞。剛到洞口，只聽得李莫愁道：「你到那裏去啦？這兒有個孤魂野鬼，來來往往的哭個不停，惹厭得緊。」楊過道：「怎會有甚麼鬼怪？」語聲未畢，便聽遠遠傳來號啕大哭之聲。

楊過吃了一驚，低聲道：「李師伯，你照料著孩子，讓我來對付他。」只聽得哭聲漸近，有人邊哭邊叫：「我好慘啊，我好慘啊！妻子給人害死了，兩個兒子卻要互相拚個你死我活。」楊過探頭張望，星光下見一個披頭散髮的大漢正自掩面大哭，打著圈子狂奔疾走，衣衫破爛，面目卻瞧不清楚。

李莫愁啐了一口，道：「原來是個瘋子，快趕走他，莫吵醒了孩子。」

但聽得那漢子又哭叫起來：「這世上我就只兩個兒子，兩兄弟偏要你殺我、我殺你，我這老頭兒還活著幹麼？」一面叫嚷，一面大放悲聲。楊過心中一動：「莫非是他？」緩步出洞，朗聲道：「這位可是武老前輩麼？」

那人荒郊夜哭，爲的是心中悲慟莫可抑制，想不到此處竟然有人，當即止住哭聲，厲聲喝道：「你是誰？在這裏鬼鬼祟祟的幹麼？」

楊過抱拳道：「晚輩楊過，前輩可是姓武，尊號上三下通麼？」

這人正是武氏兄弟的父親武三通，他在嘉興府爲李莫愁銀針所傷，暈死過去，待得悠悠醒轉，只見妻子武娘子伏在地下，正吮吸他左腿上傷口中的毒血。他吃了一驚，叫道：「娘子，針上劇毒厲害無比，如何吸得？」忙將她推開。武娘子往地上吐了一口毒血，微微一笑，說道：「黑血已經轉紅，不礙事了。」武三通見她兩邊臉頰盡成紫黑之色，不由得大驚，顫聲道：「娘子，你……你……」武娘子捨身爲丈夫吸毒，自知即死，撫著兩個兒子的頭，低聲道：「你和我成親後一直鬱鬱不樂，當初大錯鑄成，無可挽回。只求你撫養兩個孩兒長大成人，要他們終身友愛和睦……」話未說完，已撒手長逝。武三通大慟之下，登時瘋病又發，見兩個兒子伏在母親屍身上痛哭，他頭腦中卻空空洞洞地甚麼也不知道了，就此揚長自去。

如此瘋瘋顛顛的在江湖上混了數年，時日漸久，瘋病倒也慢慢痊愈了。點蒼漁隱參與大勝關英雄大會之後回山，與幾個武林朋友結伴同行，閒談中聽他們說起有這樣一個人物，模樣似與師弟武三通相像，輾轉尋訪，終於和他相遇。

武三通聽得兩個愛子已然長成，大喜之下，便來襄陽探視，到達之時，適逢金輪國師大鬧襄陽，郭靖負傷，黃蓉新產。他與朱子柳及郭芙晤面之後，得知兩個兒子竟爾鬩牆而鬥，想起妻子臨死時的遺言，傷心無已，急忙追出城來，經過一座破廟時聽到廟中有兵刃相交之聲，進去一看，正是武敦儒與武修文在持劍相鬥。他與二子相別已久，二子長大成人，原已不識，但眼見二人右手使劍，左手各以一陽指指法互點，當即上前喝止。

武氏兄弟重逢父親，喜極而泣，然一提到郭芙，兄弟倆卻誰也不肯退讓。武三通不論怒罵斥責，又或溫言勸諭，要他二人息了對郭芙的愛念，卻始終難以成功。武氏兄弟在父親面前不敢相互露出敵意，但只要他走開數步，便又爭吵起來。當晚兩兄弟悄悄約定，半夜裏到這荒山中來決一勝敗。武三通偷聽到了二人言語，悲憤無已，搶先趕到二人約定之處，要阻止二子相鬥。他本來不自節制心情，越想越難過，不由得在荒野中放聲悲號。

武三通正當心神激盪之際，突見一個少年從山洞中走了出來，登時大生敵意，喝道：「你是誰？怎知我的名字？」楊過聽他自承，說道：「武老伯，小姪楊過，從前與敦儒、修文二兄曾同在桃花島郭大俠府上寄居，對老伯威名一直仰慕得緊。」

武三通點了點頭，道：「你在這兒幹麼？啊，是了，敦儒與修文要在此處比武，你是作公證人來著。哼哼，你既爲他們知交，怎不設法勸阻？反而推波助瀾，好瞧瞧熱鬧，那算得甚麼朋友？」說到後來，竟聲色俱厲，將滿腔怒火發洩在楊過身上，口中喝罵，腳下踏步上前，舉起巨掌，便要教訓這大虧友道的小子。

楊過見他虬髯戟張，神威凜凜，心想沒來由的何必和他動手，退開兩步，陪笑道：「小姪不知二位武兄要來比武，老伯莫錯怪了人。」武三通喝道：「還要花言巧語？你若事先不知，何以到了這裏？世界這麼大，卻偏偏來到這荒山窮谷？」楊過心想此人不可理喻，何況跟他在這荒僻之地相遇，確也湊巧，一時不知如何解釋。

武三通見他遲疑，料定這小子不是好人，他年輕時情場失意，每見到俊秀的少年便覺厭憎，心念一動：「這小子未必便識得我兩個孩兒，鬼鬼祟祟的躲在這兒，多半另有詭計。」狂怒下更不多想，提起右掌便往楊過肩頭拍落。楊過閃身避開，武三通右掌落空，彎過左臂，一記肘錘撞去。楊過見他出招勁力沉厚，不敢怠慢，斜身移步，又避過一招。武三通叫道：「好小子，輕功倒了得，亮劍動手罷！」

就在此時，洞中嬰兒忽然醒來，哭了幾聲。楊過心念一動：「他與李莫愁有殺妻大仇，只要一照面，非拚個你死我活不可。兩人動上手便是絕招殺著，我未必能護得住嬰兒。」笑道：「武老伯，小姪是晚輩，怎敢和你動手？你定要疑心我不是好人，那也無法。這樣罷，我讓你再發三招。你如打我不死，便請立時離開此地如何？」

武三通大怒，喝道：「小子狂妄，適才我掌底留情，未下殺手，你便敢輕視於我麼？」右手食指倏地伸出，使的竟然便是「一陽指」。他數十年苦練，功力深厚。楊過只見他食指晃動，來勢雖緩，自己上半身正面大穴卻已全在他一指籠罩之下，竟不知他要點的是那一處穴道，正因不知他點向何處，九處大穴皆有中指之虞，當即伸出中指往他食指上一彈，使的正是黃藥師所授「彈指神通」功夫。

「彈指神通」與「一陽指」齊名數十年，原各擅勝場，但楊過功力既淺，所學爲時短暫，學後又未盡心鑽研苦練，怎及得上武三通數十年的專心一致？兩指相觸，楊過只覺右臂一震，全身發熱，騰騰騰退出五六步，才勉強拿住椿子，不致摔倒。

武三通「咦」的一聲，道：「小子果然在桃花島住過。」一來礙著黃藥師的面子，二來見他小小年紀，居然擋住了自己生平絕技，心起愛才之意，喝道：「第二指又來了，擋不住便不用擋，莫要震壞內臟，我不傷你性命便是。」說著搶上數步，又一指點出，這次卻指向楊過小腹。

這一指所蓋罩的要穴更廣，肚腹間衝脈十二大穴，自幽門、通谷，下至中注、四滿，直抵橫骨、會陰，盡處於這一指威力之下。楊過見來勢甚疾，如再以「彈指神通」功夫抵擋，只怕不但手指斷折，還得如他所云內臟也得震傷，急使一招「琴心暗通」，嗤的一聲輕響，君子劍出鞘，護在肚腹之前二寸。武三通手指將及劍刃，急忙縮回，跟著第三指又出。這一指迅如閃電，直指楊過眉心，料想他決計不及抽劍回護。楊過見來指奇速，絕難化解，危急中使出小龍女所授「天羅地網勢」，颼的一聲，倏地矮身從武三通胯下鑽過，快速無倫。這一招雖然迅捷，畢竟姿式狼狽，抑且大失身分，好在他是小輩，在長輩胯下鑽下也沒甚麼。

武三通「啊喲」一聲也來不及呼出，只覺對方手掌在自己左肩輕輕一拍，跟著聽得楊過笑道：「武老伯，你第三指好厲害啊。」他一怔之下，垂手退開，慘然道：「嘿嘿，當眞英雄出少年，老頭兒不中用啦。」

楊過忙還劍入鞘，躬身道：「小姪這一招避得太也難看，倘若當眞比武，小姪已然輸了。」武三通心中略感舒暢，嘆道：「那也不然，你剛才如在我背後一劍，我這條老命便不在了。你這招當眞機伶，似我這種老粗，原鬥不過聰明伶俐的娃兒們……」他話未說完，忽聽遠處足步聲響，有兩人並肩而來。楊過一拉武三通的袖子，隱身在一片樹叢之後。只聽腳步聲漸近，來的果然是武敦儒、武修文兩兄弟。

武修文停住腳步，四下一望，道：「大哥，此處地勢空曠，便在這兒罷。」武敦儒道：「好！」他不喜多言，唰的一聲，抽出了長劍。武修文卻不抽劍，說道：「大哥，今日相鬥，我若不敵，你便不殺我，做兄弟的也不能再活在世上。那爲母報仇、奉養老父、愛護芙妹這三件大事，大哥你便得一肩兒挑了。」武三通聽到此處，心中一酸，落下了兩滴眼淚。

武敦儒道：「彼此心照，何必多言？你如勝我，也是一樣。」說著舉劍立個門戶。武修文仍不拔劍，走上幾步，說道：「大哥，你我自幼喪母，老父遠離，哥兒倆相依爲命，從未爭吵半句，今日到這地步，大哥你不怪兄弟罷？」武敦儒說道：「兄弟，這是天數使然，你我都做不了主。」武修文道：「不論誰死誰活，終身決不能洩漏半點風聲，以免爹爹和芙妹難過。」武敦儒點點頭，握住了武修文的左手。兄弟倆黯然相對，良久無語。

武三通見兄弟二人言語間友愛深篤，心下大慰，正要躍將出去，喝斥決不可做這胡塗蠢事，忽聽兩兄弟同時叫道：「好，來罷！」同時後躍。武修文一伸手，長劍亮出，唰唰唰連刺三劍，星光下白刃如飛，出手迅捷異常。武敦儒一一架開，第三招迴擋反挑，跟著還了兩劍，每一招都刺向武修文的要害。武三通心中突的一下大跳，卻見武修文閃身斜躍，輕輕易易的避開。

荒谷之中，只聽得雙劍撞擊，連綿不絕，兩兄弟竟性命相撲，出手毫不容情，只將武三通瞧得又躭心，又難過，兩個都是他愛若性命的親兒，自幼來便沒半分偏袒，見兩兄弟出劍招招狠辣，縱然對付強仇亦不過如是，鬥將下去，二人中必有一傷。此時他若現身喝止，二人自必立時罷手。但今日不鬥，明日仍將拚個你死我活，總不能時時刻刻跟在二子身邊，寸步不離的防範。他越瞧越痛心，想起自己身世之慘，不由得淚如雨下。

楊過幼時與二武兄弟有隙，其後重逢，相互間仍頗存芥蒂。他生性偏激，度量殊非寬宏，見二武相鬥，初時頗存幸災樂禍之念，但見武三通哭得傷心，想起自己命不久長，善念登起：「我一生沒做過甚麼於人有益之事，死了以後，姑姑自然傷心，但此外念著我的，也不過是程英、陸無雙、公孫綠萼等寥寥幾個紅顏知己而已。今日何不做樁好事，教這位老伯終身記著我的好處？」心念既決，將嘴唇湊到武三通耳邊，低聲說道：「武老伯，小姪已有一計，可令兩位令郎罷鬥。」

武三通心中一震，回過頭來，臉上老淚縱橫，眼中滿是感激之色，但兀自將信將疑，實不知他有何妙法能解開這個死結。楊過低聲道：「不過要得罪兩位令郎，老伯可莫見怪。」

武三通緊緊抓住他雙手，心意激動，說不出話來。他年輕時不知情愛滋味，娶妻是奉了父母之命，其後為情孽牽纏，難以排遣，自喪妻之後，感念妻子捨身救命的深恩，對何沅君的痴情已漸淡漠，老來愛子彌篤，只要兩個兒子平安和睦，縱然送了自己性命，也所甘願。此刻於絕境之中突然聽到楊過這幾句話，眞如忽逢救苦救難的菩薩一般，大喜之下，感激無比。

楊過見了他的神色，心中不禁一酸：「我爹爹倘若尚在人世，亦必如此愛我。」低聲道：「你千萬不可給他們發覺，否則我的計策不靈。」

這時武氏兄弟越打越激烈，使的都是越女劍法。這是當年江南七怪中韓小瑩一脈所傳，兩人自幼至大，也不知已一同練過幾千百次，但這次性命相搏，卻不能有半招差錯，與平時拆招大不相同。武修文矯捷輕靈，縱前躍後，不住的找隙進擊。武敦儒嚴守門戶，偶然還刺一劍，卻招式狠辣，勁力沉雄。

楊過瞧了一陣，心想：「郭伯伯武功之強，冠絕當時，但他傳授徒兒似乎未得其法，武氏兄弟又資質平平，看來郭伯伯武功的一成也沒學到。」突然縱聲長笑，緩步而出。

武氏兄弟大吃一驚，分別向後躍開，按劍而視，待認清是楊過，齊聲喝道：「你來這兒幹麼？」楊過笑道：「你們又在這兒幹麼？」武修文哈哈一笑，道：「我兄弟倆中夜無事，練練劍法。」楊過心道：「究竟小武機警，這當兒隨口說謊，居然行若無事。」冷笑一聲，說道：「練劍居然練到不顧性命，嘿嘿，用功啊，用功！」武敦儒怒道：「你走開些，我兄弟的事不用你管。」

楊過冷笑道：「倘若眞是練武用功，我自然管不著。可是你們出招之際，心中儘想著我的芙妹，我不管誰管？」武氏兄弟聽到「我的芙妹」四字，心中震動，不由自主的都長劍一顫。武修文厲聲道：「你胡說八道甚麼？」楊過道：「芙妹是郭伯伯、郭伯母的親生女兒不是？婚姻大事須憑父母之命是不是？郭伯伯早將芙妹的終身許配於我，你們又非不知，卻私自在這裏鬥劍，爭奪我未過門的妻子，你哥兒倆當我楊過是人不是？」

這番話說得聲色俱厲，武氏兄弟登時語塞。他們確知郭靖一向有意招楊過爲婿，但黃蓉與郭芙卻對他不喜，這時突然給他說中心事，兄弟倆相顧互視一眼，不知如何對答。武修文較有急智，冷笑道：「哼，未過門的妻子？也虧你說得出口！這婚事有媒妁之言沒有？你行過聘沒有？下過文定沒有？」

楊過冷笑道：「好啊，那麼你哥兒倆倒是有父母之命、媒妁之言了？」宋時最重禮法，婚姻大事非有父母之命、媒妁之言不可。武氏兄弟本擬兩人決了勝敗之後，敗者自盡，勝者向郭芙求婚，那時她無所選擇，自必允可，然後再一同向郭靖夫婦求懇，不料竟有個楊過來橫加插手。武修文微一沉吟，說道：「師父有意將芙妹許配於你，這話說不定也是有的。可是師母卻有意許我兄弟之中一人。眼下咱們三人均是一般，誰都沒名份，日後芙妹的終身屬誰，卻難說得很呢。」

楊過仰頭向天，哈哈大笑。武修文怒道：「難道我的話錯了？」楊過笑道：「錯了，錯了。郭伯伯固然喜歡我，郭伯母更加喜歡我。你兩兄弟怎能跟我相比？」武修文道：「哼，你信口開河，有誰信了？」楊過笑道：「哈哈，郭伯母私下早就許了我啦，否則我怎肯如此出力的救我岳父岳母？這都是瞧在我那芙妹份上啊。你說，你師母親口答允過你們沒有？」二武惶然相顧，心想師母當眞從未有過確切言語，連言外之意也未露過半分，莫非眞的許了這小子？兩人本要拚個你死我活，此時斗然殺出一個強敵，兄弟倆敵愾同仇，不禁互相靠近了一步。

楊過曾偷聽到郭芙和他兄弟倆的說話，有意要激得他二人對己生妒，笑吟吟的道：「芙妹曾對我言道：兩位武家哥哥纏得她好緊，她無可推托，只好說兩個都喜歡。哈哈，世上那有一個好女子會同時愛上兩個男人？我那芙妹端莊貞淑，更加決無此理。我跟你們實說了罷，兩個都喜歡，便是一個都不喜歡。」學著郭芙那晚的語氣，嬌聲嗲氣的道：「小武哥哥，你體貼我，愛惜我，你便不知我心中可有多爲難麼？大武哥哥，你就是這麼陰陽怪氣的，你要跟我說甚麼？」武氏兄弟勃然變色。這幾句話是郭芙分別向兩人所說，當時並無第三人在，若非她自己轉述，楊過焉能得知？二人心中痛如刀絞，想起郭芙始終不肯許婚，原來竟是爲此。

楊過見了二人神色，知道計已得售，正色說道：「總而言之，芙妹是我未過門的妻子，日後我和她百年好合，白頭偕老，相敬如賓，子孫綿綿……」說到這裏，忽聽得身後發出幽幽一聲長嘆，竟是小龍女的聲音。楊過脫口叫道：「姑姑！」卻不聞應聲，隨即省悟是山洞中的李莫愁所發，此人決不可與武氏父子照面，便大聲道：「你哥兒倆自作多情，枉自惹人恥笑。瞧在我岳父岳母臉上，此事我也不計較。你們好好回到襄陽，去助我岳父岳母守城，方是正事。」口口聲聲的竟將郭靖夫婦稱作了「岳父、岳母」。

武氏兄弟神色沮喪，伸手互握。武修文慘然道：「好，楊大哥，祝你和郭師妹福……福壽無疆。我兄弟倆遠走天涯，世上算是沒我們兩兄弟了。」說著兩人一齊轉身。

楊過暗暗歡喜，心想他二人已恨極了我，又必深恨郭芙，但兩兄弟此後自然友愛深摯，終如其老父所願。武三通躲在樹叢後，聽楊過一番言語將兩個愛兒說得不再相鬥，心中大喜，見兩子攜手遠去，忍不住叫道：「文兒，儒兒，咱們一塊兒走。」

二武聽到父親呼喝，一怔之下，齊聲叫道：「爹爹。」武三通向楊過深深一揖，說道：「楊兄弟，你的恩情厚意，老夫終身感念。」楊過不禁皺眉，心想這話怎能在二武之前吐露，待要亂以他語，武修文已然起疑，說道：「大哥，這小子所說，未必是真。」武敦儒不擅言辭，機敏卻絕不亞於乃弟，朝父親望了一眼，轉向兄弟，點了點頭。

武三通見事情要糟，忙道：「別錯會了意，我可沒叫楊兄弟來勸你們。」武氏兄弟本來不過略有疑心，聽了父親這幾句欲蓋彌彰的話，登時想起楊過素來與郭芙不睦，他與小龍女又情意深摯，適才所言多半不確。武修文道：「大哥，咱們一齊回襄陽去，親口向芙妹問個明白。」武敦儒道：「好！旁人花言巧語，咱們須不能上當。」武修文道：「爹爹，你也去襄陽罷。師父師母是你舊交，你見見他們去。」武三通道：「我……

……我……」滿臉脹得通紅，不知如何是好，要待擺出爲父尊嚴對二子呵斥責罵，又怕他們當面唯唯答應，背著自己卻又去拚個你死我活。

楊過冷笑道：「武二哥，『芙妹』兩字，豈是你叫得的？從今而後，這兩字非但不許你出口，連心中也不許想。」武修文怒道：「好啊，天下竟有如此蠻不講理之人？『芙妹』兩字，我已叫了七八年，不但今天要叫，日後也要叫。芙妹，芙妹，我的芙妹……」突然啪的一下，左頰上給楊過結結實實打了一記耳光。

武修文躍開兩步，橫持長劍，低沉著嗓子道：「好，姓楊的，咱們有多年沒打架了。」武三通喝道：「文兒，好端端的打甚麼架？」楊過轉過頭去，正色道：「武老伯，你到底幫誰？」按著常理，武三通自是相幫兒子，但楊過這番出頭，明明是爲了阻止他兄弟倆自相殘殺，不由得張口結舌，說不出話來。楊過道：「這樣罷，你安安穩穩的坐在這裏。我不會傷他們性命，料他們也傷不了我，你只管瞧熱鬧便是。」他年紀比武三通小得多，但說出話來，武三通不由自主的聽從，依言坐在石上。

楊過拔出君子劍，寒光揮動，嚓的一聲響，將身旁一株大松樹斬爲兩截，左掌推出，大松樹上半截倒在一旁，切口之處，平整光滑。武氏兄弟見他寶劍如此鋒銳，不禁相顧失色。楊過還劍入鞘，笑道：「此劍豈爲對付兩位而用？」順手折了一根樹枝，拉去枝葉，成爲一根三尺來長的木棒，說道：「我說岳母對我偏心，你們兩位定不肯信。

這樣罷，我只用這根木棒，你們兩位用劍齊上。你們既可用我岳父、岳母所傳武功，也可用你們朱師叔所傳的一陽指，我卻只用岳母所授的武功，只要我用錯了一招別門別派的功夫，便算我輸了。」

二武本來忌憚他武功了得，當日見他兩次惡鬥金輪國師，招數怪異，自己識都不識，但此時聽他口口聲聲「岳父岳母」，似乎郭芙已當眞嫁了他一般，心中如何不氣？何況他傲慢托大，旣說以一敵二，用木棒對利劍，還說限使黃蓉私下傳授的武藝，兩兄弟心想自己連佔三項便宜，若再不勝，也沒臉再活在世上了。

武敦儒終覺如此勝之不武，搖了搖頭，剛想說話，武修文已搶著道：「好，這是你自高自大，可不是我兄弟要叨你的光。若你錯用了一招全眞派或古墓派的武功，那便如何？」心想你這小子武功雖強，不過強在從全眞派與古墓派學得了上乘功夫，當在桃花島之際，你給我兄弟倆打得亡命而逃，又有甚麼了不起？是以用這番言語來擠兌於他。

楊過道：「咱們此刻比武，不爲往時舊怨，也不爲今日新恨，乃是爲芙妹而鬥。倘若我輸了，我只要再向她瞧上一眼，再跟她說一句話，我便是豬狗不如的無恥之徒。但若你們輸了呢？」這幾句話自是逼得他兄弟倆非跟著說不可。

事當此際，武修文只得道：「咱們兄弟倆輸了，也永不再見芙妹之面。」楊過向武敦儒道：「你呢？」武敦儒怒道：「咱兄弟同心一意，豈有異言？」楊過笑道：「好，你們今日輸了，倘若不守信約，那便是豬狗不如的無恥之徒，是也不是？」武修文道：「不錯。你也一樣。看招罷！」說著長劍挺出，往楊過腿上刺去。武敦儒同時出劍，卻擋在楊過左側，只一招間，便成左右夾攻之勢。

楊過逕向前躍，叫道：「兄弟同心，其利斷金。你兩兄弟聯手，果然厲害。」武敦儒提劍又上，楊過舉著木棒，只東閃西避，並不還手，說道：「『妻子如衣服，兄弟如手足，衣服破，尚可縫，手足斷，不可續！』這首詩你們聽見過麼？」武修文喝道：「你囉唆些甚麼？師母私下傳你的功夫，怎地不施展出來？」武敦儒一聲不響，只催動劍力。

楊過道：「好，小心著，我岳母親手所授的精妙功夫這就來了！」說著木棒上翻下絆，使個打狗棒法中的「絆」字訣，左手手指伸出，虛點武敦儒穴道。武敦儒向後閃避，武修文「哎」的一聲叫，已給木棒絆了一交。

楊過初時在華山絕頂得洪七公授以打狗棒法招數，再見到黃蓉傳授魯有腳棒法口訣，自行拼湊，約莫學得了三成，其後在石陣之中，黃蓉指點心法，楊過再問疑難而得明解，他於打狗棒法的要旨及運用，已學到了七八成，只未經熟練而已，這時使將出來，二武如何能擋？

武敦儒見兄弟失利，長劍疾刺，急攻楊過。楊過道：「不錯，同胞手足，有難同當。」木棒晃動，霎眼間竟已轉到他身後，啪的一聲，在他臀上抽了一下。他這木棒似乎轉動甚慢，但所出之處全是對方意料不及的部位，打狗棒法變幻無方，端的是鬼神莫測。武敦儒吃了這棒雖不疼痛，但顯是輸了一招，懼意暗生。

武修文躍起身來，叫道：「這是打狗棒法，那裏是師母暗中相授？明明是師母傳授魯長老之時，咱們一起在旁瞧見的，你偷學幾招，算得甚麼？」楊過木棒伸出，啪的一下，又絆了他一交，這一次卻教他向前直撲。武敦儒長劍橫削，護住了兄弟。

楊過待武修文爬起身來，笑道：「咱們一齊瞧見，何以我會使，你卻不會？我岳母跟魯長老說的只是口訣，招數卻是我岳母暗中傳我的。連我的芙妹也不會，你們如何懂得？」武修文不知他曾有異遇，當洪七公與歐陽鋒比拚之時曾將招數說給他聽，又不知後來在石陣中，黃蓉為了要楊過共禦金輪國師，又再詳加點撥，心想他這話多半不假，否則何以他一聞口訣即能使棒，自己卻半點不解，萬萬不信此人的天資竟比自己高出了這許多，但兀自強辯：「這是因為各人品格不同了。這棒法唯丐幫幫主可使，咱們無意之中聽見，未有師母之命，豈能偷學？只有卑鄙小人才牢牢記住了。你不知羞恥，徒惹旁人恥笑。」

楊過哈哈大笑，木棒虛晃，啪啪兩聲，在二人背上各抽一記。武氏兄弟急忙後躍，滿臉脹得通紅。楊過笑道：「此刻既無對證，我雖用打狗棒法勝了，你們仍然心服口不服。好罷，我另使一門我岳母暗中所授的功夫，給你們見識見識。」他瞧瞧大武，又瞧瞧小武，問道：「我岳母的武功，是何人所授？」

武修文怒道：「你再不要臉，岳母長岳母短的，咱們不跟你說話啦。」楊過一笑，道：「那又何必如此小氣？好，我問你，你師母拜洪老幫主爲師之前，武功傳自何人？」武修文道：「我師母乃桃花島黃島主之女，武功是黃島主嫡傳，天下誰不知聞？」楊過道：「不錯。你們在桃花島居住多年，可知黃島主的絕技是甚麼功夫？」武修文道：「黃島主文才武略，無所不通，無所謂絕技不絕技。」楊過道：「這話倒也不錯，以劍而論，黃島主使的是甚麼劍法？」武修文道：「你何必明知故問？黃島主玉簫劍法獨步武林，名震天下，江湖上無人不知。」

楊過道：「你們見過黃島主沒有？」武修文道：「黃島主當然見過。」楊過道：「那他老人家的玉簫劍法，你們見過沒有？」武修文冷笑道：「黃島主在我們小輩面前，從不輕易施展掌法劍法，但那一年黃島主生日，師母設宴遙祝，宴後師母曾使過一次，展示島主他老人家武功的神妙，咱兄弟倆與芙妹倒親眼得見的。那時楊兄已到全眞教另投明師去了。」楊過笑道：「不錯，後來我岳母……好好，後來你師母暗中卻把玉簫劍法傳於我了。」

武氏兄弟相顧一眼，都搖頭不信，心想當年楊過雖曾拜黃蓉爲師，但知師母只教他讀書，並未傳授武功，因之在桃花島上相鬥，他不是自己兄弟敵手，最後打傷武修文那一推，聽柯公公說是西毒歐陽鋒的蛤蟆功。想那玉簫劍法繁複奧妙，郭芙雖是師母的獨生愛女，迄今亦未得傳授。楊過自終南山歸來，每次與師母相見，均匆匆數面即便分手，就算師母有心傳他劍法，也未必有此餘暇。見他以木棒作劍，心想用劍削斷他的木棒，便算是贏了。

楊過木棒輕擺，叫道：「瞧著，這是『蕭史乘龍』！」以棒作劍，倏地伸出，噗的一聲輕響，武敦儒右胸早著。木棒若是換作利劍，這一劍穿胸而過，他早性命不保了。

武修文見機得快，長劍疾出，攻向楊過右脅，終究還是慢了一步，楊過木棒回轉，忽地刺向他的右腕。這一招後發而先至，武修文劍尖未及對方身體，手腕先得給棒端刺中，長劍便非脫手不可。他急忙收劍變招，縮腕迴劍，左腿踢出，楊過的木棒卻已刺向武敦儒肩頭，身隨棒去，寓守於攻，對武修文這一腿竟不避而避。武修文一腳踢空，武敦儒卻已情勢緊迫，疾揮長劍嚴守門戶，才不讓木棒刺中了身子。

數招之間，二武已手忙腳亂，拚命守禦還有不及，那有餘暇揮劍去削他木棒？楊過口中叫出招數：「山外清音，金聲玉振，鳳曲長鳴，響隔樓台，棹歌中流……」木棒連刺，瀟洒自如，著著都是攻勢，一招不待二武化解開去，第二招第三招已連綿而至。他東刺一棒，西削一招，迫得二武並肩力抗，竟爾不敢相離半步。

二武當時看黃蓉使這劍法，瞧過便算，只道這些俊雅花俏的招數只求美觀，僅爲舞劍而用，怎想得到其中竟有如許妙用？聽他所叫的招數，似乎當日黃蓉確也說過，二人劍上受制，固極窘迫，心中卻更難過，深信楊過這門玉簫劍法確是黃蓉親傳。怎想得到楊過與黃藥師曾相聚多日，得他親自指點玉簫劍法與彈指神通兩門絕技？

楊過見二人神色慘然，微感不忍，但想好事做到底，送佛送上西，今日若不將他二人打得服服貼貼，永不敢再見郭芙之面，兩兄弟日後定要再爲她而惡鬥，直至二人中有一個送命爲止。有道是藥不瞑眩，厥疾不瘳，既要奏刀治病，非讓病人吃些苦頭不可，催動劍法，著著進迫，竟一招也不放鬆。二武愈鬥愈驚，但見棒影晃動，自己周身要害似已全在他棒端籠罩之下，只得咬緊牙關，拚命抵禦。

二武所學的越女劍本來也是一門極厲害的劍法，只二人火候未到，郭靖又口齒拙劣，不善將劍法中精微奧妙之處詳加指點。因此他兄弟若與一般江湖好手較量，取勝固已有餘，在楊過這大高手的木棒之下卻破綻百出，不知其可。楊過的玉簫劍法本來也未學好，但他武功比二武高得太多，轉折處用上一二招玉女劍法，二武也分辨不出，何況二武心中傷痛，急怒交加，不免出手更亂。

楊過不使殺著，卻將內力慢慢傳到棒上。二武鬥了一陣，只覺對方手裏這根樹枝中竟有一股極強吸力，牽引得雙劍歪歪斜斜，自己一劍明明是向對方刺出，然劍尖所指，不是偏左，便刺到了右邊。木棒上牽引之力越來越強，到後來兩兄弟幾成互鬥。武敦儒刺向楊過的一招往往險些中了兄弟，而武修文向楊過削去的一劍，也令兄長竭盡全力，方能化解。

楊過長笑一聲，叫道：「玉簫劍法精妙之處，尚不止此，小心了！」篤的一響，木棒與大武長劍相交，但碰到的是劍面，木棒絲毫無損。武敦儒立感一股極大的黏力向外拉扯，長劍幾欲脫手，忙運力回奪。楊過木棒順勢斜推，連武修文的長劍也已黏住，跟著向下壓落，雙劍劍頭一齊著地。武氏兄弟奮力回抽，剛有些微鬆動，楊過左腳跨前，已踏住了兩柄長劍，木棒倏起，棒端在二武咽喉中分別輕輕一點，笑道：「服了嗎？」

這木棒如換作利刃，兩人喉頭早已割斷，就算是這根木棒，只要他手上勁力稍大，兩人也非受重傷不可。二武臉如死灰，黯然不語。楊過抬起左腳，向後退開三步，見兩兄弟神情狼狽，想起幼時受他們毆打折辱，今日始得揚眉吐氣，臉上不自禁現出得意神色。

二武此時更無絲毫懷疑，確信楊過果得黃蓉傳了絕技，但自幼痴戀郭芙，若如此一戰，即便永不再與她相見，終是心有不甘，又覺適才鬥劍之時，一上來即讓對方搶了先著，此後一路手忙腳亂的招架，師授武藝連一成也沒使上，新練成的一陽指更無施展的機緣。武修文突然喝道：「大哥，咱們倘若就此罷手，活在世上還有甚麼意味？不如跟他拚了！」武敦儒心中一凜，叫道：「是！」兩人挺劍搶攻，更不守禦自身要害，招招捨身疾攻。

如此一變招，果然威力大盛，二人只攻不守，拚著性命喪在楊過棒下，也要與他鬥個同歸於盡。楊過木棒指向二人要害，二武竟全然不理，右手使劍，左手將一陽指的手法使將出來，各以平生絕學，要取敵人性命。

楊過笑道：「好，如此相鬥，才有點味兒！」索性拋去木棒，空著雙手在二人劍鋒之間穿來插去，時時雙掌互拍出聲，顯得行有餘力。

武三通旁觀三人動手，一時盼望楊過得勝，好讓兩個兒子息了對郭芙之心，然見二子迭遇險招，又不免盼他二人打敗楊過，心情起伏，動盪無已。猛聽得楊過一聲清嘯，伸指各在二人劍上一彈，錚錚兩聲，兩柄長劍向天飛出。楊過縱身而出，將雙劍分別抄在手中，笑道：「這彈指神通功夫，也是我岳母傳的！」

到此地步，武氏兄弟自知若再與他相鬥，徒然自取其辱。楊過倒轉雙劍，輕擲過去，拱手道：「多有得罪。」武修文接過長劍，慘然道：「是了，我永不再見芙妹便是。」說著橫過長劍，便往頸中刎去。武敦儒與兄弟的心意無異，同時橫劍自刎。楊過一驚，飛縱而前，錚錚兩響，又伸指彈上雙劍。兩柄長劍向外翻出，劍刃相交，噹的一聲，兩劍同時斷折。

就在此時，武三通也已急躍而前，一手一把，揪住二人的後頸，厲聲喝道：「你二人爲了一個女子，便要自殘性命，眞是枉爲男子漢了。」

武修文抬起頭來，慘然道：「爹，你……你不也是爲了一個女子……而傷心一輩子麼？我……」話未說完，星光下只見父親臉上淚痕斑斑，顯是心中傷痛已極，猛想起兄弟互鬥，實大傷老父之情，哇的一聲，竟哭了出來。武三通手一鬆，將他摟在懷內，左手卻抱住了武敦儒，父子三人摟作一團。武敦儒想起自己對郭芙一片眞情，那想到她暗中竟與楊過要好，連師母也瞞過自己兄弟，將生平絕技傳了她心目中的快婿，看來旁人皆是假心假意，只有父子兄弟之情才是眞的，伏在父親懷內，不由得也哭了出來。

楊過生性飛揚跳脫，此舉存心雖善，卻也弄得武氏兄弟狼狽萬狀，眼見他父子三人互相愛憐，不禁心想：「他們父子兄弟，何等親熱，我卻既無父親，又沒兄弟。」又想，我雖命不久長，總算臨死之前做了樁好事。

只聽武三通道：「傻孩子，大丈夫還怕沒老婆嗎？姓郭的女孩子對你們既沒眞心，又何必牽掛於她？咱父子眼前的第一件大事，卻是甚麼？」武修文抬起頭來，說道：「要報媽媽的大仇。」武三通厲聲道：「是啊！咱父子便走遍天涯海角，也要找到那赤練魔頭李莫愁。」

楊過一驚，心道：「快些引開他們三人，這話給李師伯聽見了可大大不妙。」他心念甫動，只聽得山洞中李莫愁冷笑道：「又何必走遍天涯海角？李莫愁在此恭候多時。」說著從洞裏走了出來，只見她左手抱嬰兒，右手持拂塵，涼風拂衣，神情瀟洒。

武氏父子萬想不到這魔頭竟會在此時此地現身，武三通大吼一聲，撲了上去。武敦儒與武修文長劍已折，各自拾起半截斷劍，上前左右夾擊。楊過大叫：「四位且莫動手，聽在下一言。」武三通紅了眼睛，叫道：「楊兄弟，先殺了這魔頭再說。」話說之時，左掌右指已連施三下殺著，武氏兄弟劍刃雖斷，但近身而攻，半截斷劍便如匕首相似，也是威力不小。楊過知他們身有血仇，決不肯聽自己片言勸解便此罷手，只是生怕誤傷了嬰兒，叫道：「李師伯，你將孩子給我抱著。」

武三通一怔，退開兩步，問道：「你怎地叫她師伯？」李莫愁笑道：「乖師姪，你攻這瘋子的後路，孩子我自抱著。」她接了武三通三招，覺他功力大進，與當年在嘉興府動手時已頗不相同，而武氏兄弟也非庸手，三人捨命搶攻，頗感不易對付，是以故意叫楊過「乖師姪」，好分三人之心。武三通果然中計，叫道：「儒兒、文兒，你們提防那姓楊的，我獨個兒跟這魔頭拚了。」楊過垂手退開，說道：「我兩不相助，但你們千萬不可傷了孩子。」武三通見他退開，心下稍寬，催動掌力，著著進逼。

李莫愁舞動拂塵抵禦，說道：「兩位小武公子，適才見你們行事，也算得是多情種子，不似那些無情無義的薄倖男人可惡。瞧在這個份上，今日饒你們不死，給我快快去罷！」武修文怒道：「賊賤人，你這狼心狗肺的惡婆娘，憑甚麼說多情不多情？」說著欺身直上，狠招連發。李莫愁怒道：「臭小子不知好歹！」拂塵轉動，自內向外，一個個圈子滾將出來。二武的斷劍與她拂塵一碰，只覺胸口劇震，斷劍險些脫手。武三通呼的一掌劈去，李莫愁回過拂塵抵擋，這才解了二武之圍。

楊過慢慢走到李莫愁身後，只待她招數中稍有空隙，立即撲上搶她懷中嬰兒。但武氏父子大呼酣鬥，逼得李莫愁揮動拂塵護住了全身，竟絲毫找不到破綻，眼見武氏父子出手全無顧忌，招數中全無避開孩子之意，若有差失，如何對得住郭靖夫婦？他大聲叫道：「李師伯，孩子給我！」搶將上去，揮掌震開拂塵，便去搶奪嬰兒。

這時李莫愁身處四人之間，前後左右全是敵人，已緩不出手來與他爭奪，但若就此讓他將孩子搶去，心有不甘，厲聲喝道：「你敢來搶？我手臂一緊，瞧孩子活是不活？」楊過一愣，那敢上前？

李莫愁如此心神微分，武三通左掌猛拍，掌底夾指，右手食指已點中了她腰間。李莫愁登時半身酸麻，一個踉蹌，幾欲跌倒，乘勢飛足踢去武敦儒手中斷劍，拂塵猛向武修文揮落。武三通抓住武修文後心往後急扯，才令他避過了這追魂奪命的一拂。李莫愁受傷不輕，拂塵連揮，奪路進了山洞。

武三通大喜，叫道：「賊賤人中了我一指，今日已難逃性命。」武氏兄弟手挺斷劍，便要衝進洞去。武三通道：「且慢，小心賤人的毒針，咱們在此守住，且想個妥善之策……」話未說完，忽聽得山洞中一聲大吼，撲出一頭豹子。

這頭猛獸突如其來，武三通父子三人都大吃一驚，只一怔之間，銀光閃動，豹子肚腹之下驀地裏射出幾枚銀針。這一下更萬萬料想不到，總算武三通武功深湛，應變迅捷，危急中縱身躍起，銀針從足底掃過，但聽武氏兄弟齊呼「啊喲」，只嚇得他一顆心怦怦亂跳，卻見李莫愁從豹腹下翻將上來，騎在豹背，拂塵插在頸後衣領之中，左手抱著嬰兒，右手揪住豹頸，縱聲長笑。那豹子連竄數下，已躍入了山澗。

這一著卻也大出楊過意料之外，他眼見豹子遠走，急步趕去，叫道：「李師伯……」武三通見兩個愛兒倒地不起，憂心如焚，伸手抱住楊過，叫道：「今日我跟你拚了。」楊過毫沒防備，給他抱個正著，急道：「快放手！我要搶孩子回來！」武三通道：「好好，咱們大夥兒一塊死了乾淨。」楊過急使小擒拿手想扳開他手指。武三通惶急之餘，又有些瘋了，武功卻絲毫未失，左手牢牢抱住他腰，右手勾封扣鎖，竟也以小擒拿手對拆。

楊過見李莫愁騎在豹上已走得影蹤不見，再也追趕不上，嘆道：「你抱住我幹麼？救他們的傷要緊啊。」武三通喜道：「是，是！這毒針之傷，你能救麼？」說著放開了他腰。楊過俯身看武氏兄弟時，見兩枚銀針一中武敦儒左肩，一中武修文右腿，便在這片刻之間，毒性延展，二人已呼吸低沉，昏迷不醒。楊過在武敦儒袍子上撕下一塊綢片，裹住針尾，分別將兩枚銀針拔出。武三通急問：「你有解藥沒有？有解藥沒有？」楊過眼見二武中毒難救，黯然搖頭。

武三通父子情深，心如刀絞，想起妻子爲自己吮毒而死，突然撲到武修文身上，伸嘴湊往他腿上傷口。楊過大驚，叫道：「使不得！」順手一指，點中了他背上的「大椎穴」。武三通不防，登時摔倒，動彈不得，眼睜睜望著兩個愛兒，臉頰上淚水滾滾而下。

楊過心念一動：「再過六日，我身上的情花劇毒便發，在這世上多活六日，少活六日，沒太大分別。武氏兄弟人品平平，但這位武老伯卻是至性至情之人，和我心意相合，他一生不幸，罷罷罷，我捨卻六日之命，讓他父子團圓，以慰他老懷便了。」伸嘴到武修文腿上給他吸出毒質，吐出幾口毒水之後，又給武敦儒吮吸。

武三通在旁瞧著，想起妻子爲自己吮吸毒質，救了自己性命，她卻中毒身亡，此時楊過所做的，便是舊事重演，心中感激之極，苦於給點中穴道，沒法與他一齊吮吸毒液。楊過在二武傷口上輪流吸了一陣，只覺苦味漸轉鹹味，頭腦卻越來越暈眩，知自己中毒已深，再用力吸了幾口，吐出毒汁，眼前一黑，暈倒在地。

此後良久良久沒知覺，漸漸的眼前晃來晃去似有許多模糊人影，要待瞧個明白，卻越瞧越胡塗，也不知再過多少時候，這才睜開眼來，只見武三通滿臉喜色的望著自己，叫道：「好啦，好啦！」突然跪倒在地，咚咚咚咚的磕了十幾個響頭，說道：「楊兄弟，你……你救了我……我兩個孩兒，也救了我這條老命。」爬起身來，又撲到一個人跟前，向他磕頭，叫道：「多謝師叔，多謝師叔。」

楊過向那人望去，見他顏面黝黑，高鼻深目，形貌與尼摩星有些相像，短髮鬈曲，一片雪白，年紀已老。楊過只知武三通是一燈大師的弟子，卻不知他尚有一個天竺國的師叔，待要坐起，卻半點使不出力道，四下一看，原來已睡在床上，正是在襄陽自己住過的室中，才知自己未死，還可與小龍女再見一面，不禁出聲而呼：「姑姑，姑姑！」一人走到床邊，伸手輕輕按在他的額上，說道：「過兒，好好休息，你姑姑有事出城去了。」卻是郭靖。楊過見他傷勢已好，心中大慰，隨即想起：「郭伯伯傷勢復原，須得七日七夜之功，難道我這番昏暈，竟已過了多日？可是我身上情花之毒卻又如何不發？」一愕之下，腦中迷糊，又昏睡過去。

待得再次醒轉，已是夜晚，床前點著一枝紅燭，武三通仍坐在床頭，目不轉睛的望著自己。楊過淡淡一笑，說道：「武老伯，我沒事了，你不用躭心。兩位武兄都安好罷？」武三通熱淚盈眶，不住點頭，卻說不出話來。

楊過生平從未受過別人如此感激，很覺不好意思，岔開話題，問道：「咱們怎地回襄陽來的？」武三通伸袖拭了拭眼淚，說道：「我朱師弟受你師父龍姑娘之託，送汗血寶馬到荒谷中來給你，瞧見咱們四人都倒在地下，便救回城來。」楊過奇道：「我師父怎知我在那荒谷？她又有甚麼事分身不開，要請朱老伯送馬給我？」武三通搖頭道：「我回城之後，也沒與龍姑娘遇著。朱師弟說她年紀輕輕，武功出神入化，可惜這次我無緣拜見。少年英雄如此了得，我跟朱師弟說，咱們的年紀都活在狗身上了。」

楊過聽他誇獎小龍女，語意誠懇，甚是歡喜，按年紀而論，武三通便要做小龍女的父親也綽綽有餘，但話中竟用了「拜見」兩字，自是因其徒而敬其師了。楊過微微一笑，又道：「小姪之傷……」只說了四個字，武三通搶著道：「楊兄弟，武林中有人遇到危難，互相援手雖是常事，但如你這般捨己救人，救的我這兩個小兒，從前又大大得罪過你，這般大仁大義之事，除了我師父之外，再也無人做得……」楊過不住搖頭，叫他別說下去了。

武三通不理，續道：「我若叫恩公，諒你也不肯答應。但你如再稱我老伯，那你分明是瞧我武三通不起了。」楊過性子爽快，向來不拘小節，他心中既以小龍女爲妻，凡是不守禮俗、倒亂稱呼之事，無不樂從，欣然道：「好，我叫你作武大哥便是。不過見了兩位令郎，倒不便稱呼了。」武三通道：「稱呼甚麼？他們的小命是你所救，便給你做牛做馬也是該的。」

楊過道：「武大哥，你不用多謝我。我身上中了情花劇毒，本就難以活命，爲兩位令郎吮毒，絲毫沒甚麼了不起。」武三通搖頭道：「楊兄弟，話不是這麼說。別說你身上之毒未必眞的難治，便算確實無藥可救，凡人多活一時便好一時，縱是片刻之命，也決計難捨。世上並無不死之人，就算武功通天，到頭來終究要死，然則何以人人仍是樂生惡死呢？」

楊過笑了笑，問道：「咱們回到襄陽有幾日啦？」武三通道：「到今天已是第七天。」楊過臉現迷茫之色，道：「按理我已該毒發而死，怎地尙活在世上，也眞奇了。」武三通喜道：「我那師叔是天竺國神僧，治傷療毒，算得天下第一。昔年我師父誤服了郭夫人送來的毒藥，便是他給治好的。我這就請他去。」說著興沖沖的出房。

楊過一喜：「莫非當我昏暈之時，那位天竺神僧給我服了靈丹妙藥，竟連情花劇毒也化解了。不知姑姑到了何處？她如得悉我能不死，眞不知該有多快活呢！」想到纏綿處，心頭一蕩，胸口突然如爲大鐵鎚猛擊一記，劇痛難當，忍不住大叫一聲。自服了裘千尺所給的半枚丹藥之後，迄未經歷過如此難當大痛，想是半枚丹藥藥性已過，而身上毒性卻未驅除，緊緊抓住胸口，牙齒咬得格格直響，片刻間滿頭大汗。

正痛得死去活來，忽聽得門外有人口宣佛號：「南無阿彌陀佛！」天竺僧雙手合什，走了進來。武三通跟在後面，見楊過神情狼狽，大吃一驚，問道：「楊兄弟，你怎麼啦？」轉頭向天竺僧道：「師叔，他毒發了，快給他服解藥！」天竺僧不懂他說話，走過去爲楊過按脈。武三通道：「是了！」忙去請師弟朱子柳過來傳譯。朱子柳通梵文內典，能與天竺僧交談。

楊過凝神半晌，疼痛漸消，將中毒的情由對天竺僧說了。天竺僧細細問了情花的形狀，大感驚異，說道：「這情花是上古異卉，早已絕種。佛典中言道：當日情花害人無數，文殊師利菩薩以大智慧力化去，世間再無流傳。豈知中土尚有留存。老衲從未見過此花，實不知其毒性如何化解。」說著臉上深有悲憫之色。武三通待朱子柳譯完天竺僧的話，連叫：「師叔慈悲！師叔慈悲！」

天竺僧雙手合什，唸了聲：「阿彌陀佛！」閉目垂眉，低頭沉思。室中一片寂靜，誰也不敢開口。過了良久，天竺僧睜開眼來，說道：「楊居士爲我兩個師姪孫吮毒，依那冰魄銀針上的毒性，只要吮得數口，立時斃命，但楊居士至今健在，而情花之毒到期發作，亦未致命。莫非以毒攻毒，兩般劇毒相侵相剋，楊居士反得善果麼？」朱子柳連連點頭，譯了這番話，楊過也覺有理。

天竺僧又道：「常言道善有善報，楊居士捨身爲人，眞乃莫大慈悲，此毒必當有解。」武三通聽了朱子柳傳譯，大喜躍起，叫道：「便請師叔趕快施救。」天竺僧道：

「老衲須得往絕情谷走一遭。」楊過等三人都一呆，心想此去絕情谷路程不近，一去一回，躭擱時候不少。天竺僧道：「老衲須當親眼見到情花，驗其毒性，方能設法配製解藥。老衲回返之前，楊居士務須不動絲毫情思綺念，否則疼痛一次比一次厲害。傷了眞元，可就不能相救了。」

楊過尚未答應，武三通大聲道：「師弟，咱們齊去絕情谷，逼那老乞婆交出解藥。」朱子柳當日爲霍都所傷，蒙楊過用計取得解藥，早存相報之念，說道：「正是，咱們護送師叔同去，是咱哥兒倆強取也好，是師叔配製也好，總得把解藥取來。」

師兄弟倆說得興高采烈，天竺僧卻呆呆望著楊過，眉間深有憂色。

郭芙見楊過坐倒在地，再無力氣抗禦，只舉起右臂護在胸前，眼神中卻殊無半分乞憐之色，她心中怒極，手上加勁，揮劍斬落。

第二十四回　驚心動魄

楊過見天竺僧淡碧色的眸子中發出異光，嘴角邊頗有淒苦悲憫之意，料想自身劇毒難愈，以致這位療毒聖手也爲之束手，淡淡一笑，說道：「大師有何吩咐，請說不妨。」天竺僧道：「這情花的禍害與一般毒物全不相同。毒與情結，害與心通。我瞧居士情根深種，與那毒素牽纏糾結，極難解脫，縱使得了絕情谷的半枚丹藥，也未必便能清除。但若居士揮慧劍，斬情絲，這毒不藥自解。我們上絕情谷去，不過是各盡本力，十之八九，卻須居士自爲。」楊過心想：「要我絕了對姑姑情意，又何必活在世上？還不如讓我毒發而死的乾淨。」口中只得稱謝：「多謝大師指點。」他本想請武三通等不必到絕情谷去徒勞跋涉，但想這干人義氣深重，決不肯聽，說了也屬枉然。

武三通笑道：「楊兄弟，你安心靜養，決沒錯兒。咱們明日一早動身，儘快回來，待驅除了你的病根子，得痛痛快快喝你和郭姑娘的一杯喜酒。」楊過一怔，但想此事一時三刻也說不清楚，只得隨口答應了，見三人辭出，掩上了門，便又閉目而臥。

這一睡又是幾個時辰，醒轉時但聽得啼鳥鳴喧，已是黎明。楊過數日不食，腹中飢餓，見床頭放著四碟美點，伸手便取過幾塊糕餅來吃，吃得兩塊，忽聽門上有剝啄之聲，接著呀的一聲，房門輕輕推開。

這時床頭紅燭尙賸著一寸來長，兀自未滅，楊過見進來那人身穿淡紅衫子，俏臉含怒，竟是郭芙。楊過一呆，說道：「郭姑娘，你好早。」郭芙哼了一聲，卻不答話，在床前的椅上一坐，秀眉微豎，睜著一雙大眼怒視著他，隔了良久，仍一句話不說。

楊過給她瞧得心中不安，微笑道：「郭伯伯要你來吩咐我甚麼話麼？」郭芙說道：「不是！」楊過連碰了兩個釘子，若在往日，早已翻身向著裏床，不再理睬，但此刻見她神色有異，猜不透她大清早到自己房中來爲了何事，又問：「郭伯母產後平安，已大好了罷？」郭芙臉上更似罩了一層寒霜，冷冷的道：「我媽媽好不好，也用不著你關心。」

這世上除了小龍女外，楊過從不肯對人有絲毫退讓，今日竟給她如此頂撞，不由得傲氣漸生，心道：「你父親是郭大俠，母親是黃幫主，便了不起麼？」當下也哼了一聲。郭芙道：「你哼甚麼？」楊過不理，又哼了一聲。郭芙大聲道：「我問你哼甚麼？」

楊過心中好笑：「畢竟女孩兒家沉不住氣，我這麼哼得兩聲，便自急了。」說道：「我身子不舒服，哼兩聲便好過些。」郭芙怒道：「口是心非，胡說八道，成天生安白造，當眞是卑鄙小人。」

楊過給她夾頭夾腦一頓臭罵，心念一動：「莫非我哄騙武氏兄弟的言語給她知道了？」見她雖然生氣，但容顏嬌美，不由得見之生憐。他性兒中生來帶著三分風流，忍不住笑道：「郭姑娘，你是怪我跟武家兄弟說的這番話麼？」郭芙低沉著聲音道：「你跟他們說些甚麼了？親口招認給我聽聽。」楊過笑道：「我是爲了他們好，免得他們親兄弟拚個你死我活，傷了老父之心。這些話是武老伯跟你說的，是不是？」

郭芙道：「武老伯一見我就跟我道喜，把你誇到了天上去啦。我……我……女孩兒家淸淸白白的名聲，能任由你亂說得的麼？」說到這裏，語聲哽咽，兩道淚水從臉頰上流了下來。楊過低頭不語，好生後悔，那晚逞一時口舌之快，對武氏兄弟越說越得意，卻沒想到已損害了郭芙的名聲，總是自己不分輕重，闖出這場禍來，確也不易收拾。

郭芙見他低頭不語，更加惱恨，哭道：「武老伯說道，大武哥哥、小武哥哥兩人打你不過，給你逼得從此不敢再來見我，這話可是眞的？」楊過暗暗嘆氣：「武三通這人也眞不知好歹，這些話又何必說給她聽？」無可隱瞞，只得點了點頭，說道：「我胡說八道，確是不該，但我實無歹意，請你見諒。」郭芙擦了擦眼淚，怒道：「昨晚的話，那又爲了甚麼？」楊過一怔，道：「昨晚甚麼話？」郭芙道：「武老伯說，待治好你病後，要喝你……你和我的喜酒，你幹麼仍不知羞恥的答應？」楊過暗叫：「糟糕，糟糕！原來昨晚這幾句話也給她聽去了。」只得辯道：「那時我昏昏沉沉的，沒聽清楚武老伯說些甚麼。」

郭芙瞧出他是撒謊，大聲道：「你說我媽媽暗中教你武功，看中了你，要招你作女婿，有這等事麼？」楊過給她問得滿臉通紅，大是狼狽，心想：「與郭姑娘說笑，不過給人說一聲輕薄無賴，反正我本就不是正人君子，那也罷了。但我謊言郭伯母暗中授藝，卻損及郭伯母名聲，此事可大可小，萬萬不能讓郭伯母知曉。」忙道：「這都怪我出言不愼，請你遮掩則個，別讓你爹爹媽媽知道。」郭芙冷笑道：「你既還怕爹爹，怎敢揑造謊言，辱我母親？」楊過忙道：「我對伯母決無絲毫不敬之意，當時武家兄弟決意要拚死活，情勢兇險，我爲了要他二人絕念死心，兄弟不再拚殺，以致說話不分輕重……」

郭芙自幼與武氏兄弟青梅竹馬一齊長大，對兩兄弟均有情意，得知楊過騙得二人對自己死了心，永遠不再見面，這份怒氣如何再能抑制？又大聲道：「這些事慢慢再跟你算帳。我妹妹呢？你把她抱到那裏去啦？」

楊過道：「是啊，快請郭伯伯過來，我正要跟他說。」郭芙道：「我爹爹出城找妹妹去啦。你……你這無恥小人，竟想拿我妹妹去換解藥。好啊，你的性命要緊，我妹妹的性命便不值錢。」楊過一直暗自慚愧，但聽她說到嬰兒之事，心中卻無愧天地，朗聲道：「我一心一意要奪回令妹，交於你爹娘之手，若說以她去換解藥，楊過絕無此心。」郭芙道：「那麼我妹妹呢？她到那兒去啦？」楊過道：「是給李莫愁搶了去，我奪不回來，好生有愧。只要我氣力回復，一時不死，立時便去找尋。」

郭芙冷笑道：「這李莫愁是你師伯，是不是？你們本來一齊躲在山洞之中，是不是？」楊過道：「不錯，她雖是我師伯，可是素來和我師父不睦。」郭芙道：「哼，不和不睦？她怎地又會聽你的話，抱了我妹妹去給你換解藥？」楊過一跳坐起，怒道：「郭姑娘你可別瞎說，我楊過爲人雖不足道，焉有此意？」郭芙道：「好個『焉有此意』！是你師父親口說的，難道會假？」楊過道：「我師父說甚麼了？」

郭芙站直身子，伸手指著他鼻子，怒容滿面的道：「你師父親口跟朱伯伯說，你與李莫愁同在那荒谷之中，她請朱伯伯將我爹爹的汗血寶馬送去借給你，好讓你抱我妹妹趕到絕情谷去換取解藥……」楊過驚疑不定，插口道：「不錯，我師父確有此意，要我將你妹妹先行送去，得到那半枚絕情丹服了再說，但這不過是一時的權宜之計，也決不致害了你妹妹。我並沒贊同，也沒去做……」

郭芙搶著道：「我妹妹生下來不到一天，你拿去交給一個殺人不眨眼的惡魔，還說不致害了我妹妹。你這狼心狗肺的惡賊！你幼時孤苦伶仃，我爹媽如何待你？若非收養你在桃花島上，養你成人，你早餓也餓死了。那知道你恩將仇報，勾引外敵，乘著我爹爹媽媽身子不好，竟將我妹妹搶了去……」她越罵越兇，楊過一時之間那能辯白？中毒後身子尚弱，又氣又急，咕咚一聲，暈倒在床。

過了好一陣子，他才悠悠醒轉。郭芙冷冷的凝目而視，說道：「想不到你竟還有一絲羞恥之心，自己也知如此居心，難容於天地之間了罷？」當眞是顏若冰寒，辭如刀利。楊過長嘆一聲，說道：「我倘眞有此心，何不抱了你妹妹，便上絕情谷去？」郭芙道：「你身上毒發，行走不得，這才請你師伯去啊。嘿嘿，我聽你師父跟朱伯伯一說，便將汗血寶馬藏了起來，叫你師徒倆的奸計難以得逞……」楊過道：「好好，你愛怎麼說便怎麼說，我也不必多辯。我師父呢？她到那裏去啦？」

郭芙臉上微微一紅，道：「這才叫有其師必有其徒，你師父也不是好人。」楊過大怒，坐起身來，說道：「你罵我辱我，瞧在你爹娘臉上，我也不來跟你計較。何況我出言不分輕重，確有不是，該向你賠罪，你卻怎敢說我師父？」郭芙道：「呸！你師父便怎麼了？誰教她不正不經的瞎說。」楊過心道：「姑姑清澹雅致，身上便似沒半分人間煙火氣息，如何能口出俗言？」也呸了一聲，道：「多半是你自己心邪，將我師父好好一句話聽歪了。」

郭芙本來不想轉述小龍女之言，這時給他一激，忍不住怒火又衝上心口，說道：「她說：『郭姑娘，過兒心地純善，他一生孤苦，你要好好待他。』又說：『你們原是天生……天生……一對！你叫他忘了我罷，我一點也不怪他。』她又將一柄寶劍給了我，說甚麼那是淑女劍，和你的君子劍正是……正是一對兒。這不是胡說八道是甚麼？」她又羞又怒，將小龍女那幾句情意深摯、淒然欲絕的話轉述出來，語氣卻已迥然不同。

楊過每聽一句，心中就如猛中大鐵椎一擊，一片迷惘，不知小龍女何以有此番言語，過了一會，聽郭芙話已說完，緩緩抬頭，眼中忽發異光，喝道：「你撒謊騙人，我師父怎會說這些話？那淑女劍呢？你拿不出來，便是騙人！」郭芙冷笑一聲，手腕一翻，從背後取出一柄長劍，劍身烏黑，正是那柄從絕情谷中得來的淑女劍。

楊過滿腔失望，叫道：「誰要與你配成一對兒？這劍明明是我師父的，你偷了她的，你偷了她的！」郭芙自幼生性驕縱，連父母也容讓她三分，武氏兄弟更千依百順，趨奉唯謹，那裏受得這樣重話？她轉述小龍女的說話，只因楊過言語相激，才不得不委屈說出，豈知他竟如此回答，聽這言中含意，竟似自己設成了圈套，硬要嫁他，而他偏生不要。她大怒之下，手按劍柄，便待拔劍斬去，轉念一想：「他對他師父如此敬重，我偏說一件事情出來，教他聽了氣個半死不活。」

這時她氣惱已極，渾不想這番話說將出來有何惡果，唰的一響，將拔出了半尺的淑女劍往劍鞘中一送，笑嘻嘻的坐在椅上，說道：「你師父相貌美麗，武功高強，果然是人間罕有，就只一件事不妥。」楊過道：「甚麼不妥？」郭芙道：「只可惜行止不端，跟全眞敎的道士們鬼鬼祟祟，暗中來往。」楊過怒道：「我師父跟全眞敎有仇，怎會跟他們暗中來往？」郭芙冷笑道：「『暗中來往』這四個字，我還是說得文雅了的。有些話兒，我女孩兒家不便出口。」楊過越聽越怒，大聲道：「我師父冰清玉潔，你再瞎說一言半句，我扭爛了你的嘴。」郭芙眉間如聚霜雪，冷然道：「不錯，她做得出，我說不出。好一個冰清玉潔的姑娘，卻去跟一個臭道士相好。」

楊過鐵青了臉，喝道：「你說甚麼？」郭芙道：「我親耳聽見的，難道還錯得了？全眞敎的七名道士來拜訪我爹爹，城中正自大亂，我爹媽身子不好，不能相見，就由朱伯伯和我去招待賓客……」楊過怒喝：「那便怎地？」郭芙見他氣得額頭青筋暴現，雙眼血紅，自喜得計，說道：「七名道士中一個叫趙志敬，一個叫甄志丙，可是有的？」楊過道：「有便怎地？」郭芙淡淡一笑，說道：「朱伯伯給他們安排了歇宿之處，也沒再理會。那知道半夜之中，一名丐幫弟子悄悄來報我知曉，說這兩位道爺竟在房中拔劍相鬥……」楊過哼了一聲，心想甄趙二人自來不和，房中鬥劍亦非奇事。

郭芙續道：「我好奇心起，悄悄到窗外張望，見兩人已收劍不鬥，但還在鬥口。姓趙的說那姓甄的抱住你師父，怎樣怎樣，姓甄的並不抵賴，只怪他不該大聲叫嚷……」

楊過霍地揭開身上棉被，翻身坐在床沿，喝道：「甚麼怎樣怎樣？」郭芙臉上微微一紅，神色頗爲尷尬，道：「我怎知道？難道還會是好事了？你寶貝師父自己做的事，她自己才知道。」語氣之中，充滿了輕蔑。楊過又氣又急，心神大亂，反手一記，啪的一聲，郭芙臉上中了一掌。他憤激之下，出手甚重，只打得郭芙眼前金星亂冒，半邊面頰登時紅腫，若非楊過病後力氣不足，這一掌連牙齒也得打下幾枚。

郭芙一生之中那裏受過此等羞辱？狂怒之下，順手拔出腰間淑女劍，便向楊過頸中刺去。楊過打了她一掌，心想：「我得罪了郭伯伯與郭伯母的愛女，這位姑娘是襄陽城中的公主，郭伯伯郭伯母縱不見怪，此處我焉能再留？」伸腳下床穿了鞋子，見郭芙一劍刺到，他冷笑一聲，左手迴引，右手倏地伸出，虛點輕帶，已將她淑女劍奪過。

郭芙連敗兩招，怒氣更增，見床頭又有一劍，正是君子劍，搶過去一把抓起，拔劍出鞘，便往楊過頭上斬落。楊過見寒光閃動，舉淑女劍在身前一封，那知他昏暈七日之後出手無力，淑女劍舉到胸前，手臂便軟軟的提不起來。郭芙劍身一斜，噹的一聲輕響，雙劍相交，淑女劍脫手落地，楊過跟著坐倒在地。

郭芙憤恨那一掌之辱，心想：「你害我妹妹性命，卑鄙惡毒已極，今日便殺了你爲我妹妹報仇，爹爹媽媽也不會見怪。」見他再無力氣抗禦，只舉起右臂護在胸前，眼神中卻殊無半分乞憐之色，心中怒極，手上加勁，揮劍斬落。

當日李莫愁乘金輪國師與楊過激鬥之際，搶了黃蓉初生的女兒郭襄，躍出襄陽城牆，金輪國師與楊過先後追出。待得小龍女隨後趕到時，已不見三人影蹤。小龍女從丐幫弟子手中借得汗血寶馬，又得魯有腳下令開啓城門，她縱馬出城，見到城牆外死了兩名軍士、一匹戰馬，她不知三人分別以二兵一馬墊腳，緩去從城牆高處躍下的猛烈衝勢。但三人早已遠去，她只得任由紅馬縱蹄疾馳，追趕楊過。

魯有腳正要下令關閉城門，馬蹄聲響，東北方有六七人乘馬馳來，當先一人叫道：「我們是全眞教弟子，奉全眞教劉眞人、丘眞人之命，前來謁見襄陽郭大俠、黃幫主，有要事奉商。」魯有腳手執竹棒，出城看時，見來者是七名中年道人，認得其中二人是全眞教弟子甄志丙與趙志敬，當即迎進城來。甄志丙說起來意，說道師伯劉眞人及師父丘眞人得知蒙古大軍又來進攻襄陽，派他和趙志敬等七人前來探明訊息回報，全眞教便可在蒙古軍之後斬兵殺將，焚劫糧草，爲大宋應援，以牽制蒙軍南下。魯有腳鄭重道謝，說道郭靖今日負傷，黃蓉恰正生育，敵軍中有硬手進城偷襲，自己正要去郭府應援。

甄志丙聽了，忙道：「咱們恰好趕上，正可稍盡微力。」便與趙志敬、李志常等六道隨著魯有腳趕去郭府。衆人一到，只見大火燒得正旺，朱子柳正督率軍士救火。魯有腳一問，得知郭靖、黃蓉已避至穩妥處，便即放心。丐幫衆弟子加入救火，衆人身手矯捷，不久便救熄了火頭。忙亂之中，瀟湘子又率同達爾巴、霍都二人來攻。甄志丙發令結起天罡北斗陣，七道習練有素，此上彼落，互相應援，瀟湘子、達爾巴、霍都三人武功雖高，在朱子柳及天罡北斗陣下也討不到便宜，眼見城中丐幫弟子及宋軍愈來愈多，偷襲無功，便即退去。

朱子柳謝了七道，甄志丙等問知郭靖傷勢並無大礙，約定次日相見。朱子柳分送七道入客舍安歇。甄志丙與趙志敬、李志常等商議了，李志常等五道連夜先行趕回重陽宮，向師尊稟報襄陽軍情，甄趙二道則留待與郭靖夫婦會見後，商定雙方配合攻守之策後再回。當晚甄趙二道與五位師弟分手後，同宿一房。

那日小龍女騎了汗血寶馬追尋楊過與金輪國師，卻走錯了方向。那紅馬一奔出便十餘里，待得勒轉馬頭回來再找，楊過等人更不知去向。她心中憂急，眼見時候過去一刻，楊過的性命便多一分危險，在襄陽周圍三四十里內兜圈子找尋。紅馬雖快，但荒谷隱僻，不近大路，直至過了半夜，她才遠遠聽到武三通號啕大哭之聲。循聲尋去，不久便聽到武氏兄弟掄劍相鬥，跟著又聽到楊過說話。她心中大喜，生怕楊過遇上勁敵，欲待暗中相助，下馬將紅馬繫在樹上，悄悄隱身在山石之後，觀看楊過對敵。

這一偷看不打緊，只聽得楊過口口聲聲說與郭芙早訂終身，將郭芙叫作「我那未過門的妻子」、「我的芙妹」，而把郭靖夫婦叫作「岳父岳母」。小龍女越聽越驚心動魄，聽他說郭靖、黃蓉夫婦已招他爲婿，暗中傳他武藝，又見他對武氏兄弟發怒，不許他們再見郭芙。他每說一句，小龍女便如經受一次雷轟電擊，滿心混亂，似乎宇宙萬物於霎時之間全都變了。若換作旁人，見楊過言行與過去大不相同，定然起疑，自會待事情過後向他問個明白，最多發作一頓，打他兩個耳光出氣；但小龍女心如水晶，澄淸空明，不染片塵，於人間欺詐虛假的伎倆絲毫不知。楊過對旁人油嘴滑舌，胡說八道，對她卻一向正經，從不說半句戲言，因此她對楊過的言語向來無不深信。她自傷自憐，不禁深深嘆了一口氣。當時楊過聽到嘆息，脫口叫了聲「姑姑」，小龍女並不答應，掩面遠去。楊過還道是李莫愁所發，自己聽錯，也沒深究。

小龍女牽了汗血寶馬，獨自在荒野亂走，思前想後，不知如何是好。她年紀已過二十，但一生居於古墓，於世事半點不明，識見便與一個天眞無邪的孩童無異，心想：「過兒旣與郭姑娘定親，自然不能再娶我了。怪不得郭大俠夫婦一再不許他和我結親。過兒從來不跟我說，自是爲了怕我傷心，唉，他待我總是很好的。」又想：「他遲遲不肯下手殺郭大俠，爲父報仇，當時我一點不懂，原來他全是爲了郭姑娘之故，如此看來，他對郭姑娘也情義深重之極了。我此時若牽寶馬去給他，他說不定又要想起我的好處來，日後與郭姑娘的婚事再起變故。我還是獨自一人回到古墓去罷，這花花世界只教我意亂心煩。」想了一陣，意念已決，雖心如刀割，但想還是救楊過性命要緊，連夜馳回襄陽，要託朱子柳送紅馬到荒谷中去交給楊過。

這時襄陽城中刺客雖去，郭靖、黃蓉未曾康復，兀自亂成一團。朱子柳與魯有腳齊心合力，負起了城防重任。正當忙亂之際，小龍女卻牽了紅馬過來，要他去交給楊過，說要楊過快到絕情谷去，以郭靖初生的幼女去換取解毒靈丹，只把朱子柳聽得莫名其妙，不知所云。他追問幾句，小龍女心神煩亂，不願多講，只說快去快去，遲得片刻，楊過性命便有重大危險。

她也不理郭芙正在朱子柳身畔，只想：「讓你妹妹在絕情谷去躭上幾日，並無大礙，這是為了救你未婚夫婿的性命。」她提到楊過的名字，不由得悲從中來，話未說得清楚，淚珠已滾滾而下，語音嗚咽，當即奔向臥室，倒在床上淒然痛哭。

朱子柳於前因絲毫不知，聽了小龍女沒頭沒腦的這幾句話，怎明白她說些甚麼？見她神色有異，不便細問，但「遲得片刻，楊過性命便有重大危險」這句話卻非同小可，心想只有到那荒谷走一遭，見機行事便了。出得門來，汗血寶馬已然不見，一問親兵，說道郭姑娘已牽了去，待要找郭芙時，她卻躲得人影不見。朱子柳暗暗嘆氣，心想這些年輕姑娘們個個難纏，不是說話不明不白，便行事神出鬼沒。

他掛念楊過安危，另騎快馬，帶了幾名丐幫弟子，依著小龍女所指點的途徑到那荒谷察看，見楊過與武氏兄弟一齊倒在地下，武三通正自運氣衝穴，其餘三人已奄奄一息，心想「遲得片刻，楊過性命便有重大危險」這話果然不錯，忙救回襄陽，適逢師叔天竺僧自大理到來，當即施藥救治。

小龍女在床上哭了一陣，越想越傷心，眼淚竟不能止歇。她這一哭，衣襟全濕，伸手到腰間去取汗巾來擦眼淚，手指碰到了淑女劍，心想：「我把這劍拿去給了郭姑娘，讓他們配成一對兒，也是一件美事。」她癡愛楊過，任何對他有益之事盡皆甘為，翻身坐起，也不拭去淚痕，逕自來找郭芙。

這時早過午夜，郭芙已然安寢，小龍女也不待人通報，掀開窗戶，躍進她房中，將郭芙叫醒，便說「你們原是一對」云云，那就是郭芙對楊過轉述的一番話了。她將淑女劍交給了郭芙，回頭便走。郭芙聽得摸不到頭腦，連問：「你說甚麼？我半點兒也不懂。」小龍女淒然不答，一躍出窗。郭芙探首窗外，忙叫：「龍姑娘你回來。」卻見她頭也不回的走了。

小龍女低著頭走進花園，一大叢玫瑰發出淡淡幽香，想起在終南山與楊過共練玉女心經時隔花接掌的情景，今日欲再如往時般師徒相處，卻已不可得了。

正自發癡，忽聽左首屋中傳出一人喝道：「這是在人家府上，你又提小龍女幹甚麼？」小龍女吃了一驚：「是誰在說我？」停步傾聽，卻聽得另一個聲音道：「爲甚麼不能提？你又想去抱住了她苗條可愛的身體，用塊黑布蒙住了她眼睛，乘她給人點了穴道，動彈不得，便又跟她親親熱熱的銷魂一番嗎？這終南山玫瑰花旁的銷魂滋味，嘗了一回，又想第二回再嘗嗎？」

小龍女大吃一驚，全身冷汗直冒，疑心大起：「難道那晚過兒跟我親熱，竟不是過兒，而是這個臭道士？不可能，決不可能！」從兩人語音之中，已知說話的是甄志丙與趙志敬，於是悄悄走到那屋窗下，蹲著身子暗聽。這時兩人話聲轉低，但小龍女與他們相隔甚近，仍聽得淸淸楚楚。

只聽甄志丙道：「我做了這件事，當眞錯盡錯絕，我聽從師尊教誨，一生研求淸靜無爲，淸心寡欲，但那龍姑娘實在是天仙下凡，我一見之下，便日思夜想，再也管不住自己。那晚上她躺在地下玫瑰花旁，一動不動，不管我如何親她疼她，吻她的小嘴臉頰，她半點也不抗拒，反而順著我，主動就我……」說到後來，語音溫柔，便似夢囈一般。

小龍女聽著這些話，一顆心慢慢沉了下去，腦中便似轟轟亂響：「難道眞的是他，不是我心愛的過兒？不，不會的，決不會，他說謊，一定是過兒。」

甄志丙又道：「在我心中，她是藐姑射山的仙子，是王母娘娘的女兒媚蘭。我只要瞧了她一眼，便是畢生大幸。我怎麼可以在她不知不覺之中，玷污了她高貴的身子？我不管做甚麼，都贖不了我的罪過。那位朱先生說她便在此間，我這就要去見她，求她一劍殺了我！我只求她殺我，我決不說爲了甚麼，只有我自己的鮮血，才能用來洗我的窮凶極惡。這罪過是洗不淨的，我來世要做狗做馬，做牛做羊，再來服事她千年萬年……」說到這裏，聲音嗚咽，顯是在痛哭流涕。忽聽得牆上發出砰砰幾聲，小龍女湊眼窗縫，見甄志丙以頭撞牆，說道：「我該死，受甚麼罪都應當！只求你別再提她的名字。」

小龍女一晚之間，接連聽到兩件心爲之碎、腸爲之斷的大事，迷迷糊糊的站在窗下，雖聽著甄、趙二人說話，但於他們言中之意竟似懂非懂，知道總之是令她摧心落魄的禍事。

只聽趙志敬冷笑幾聲，說道：「咱們修道之士，一個把持不定，墮入了魔障，那便須以無上定力，斬毒龍，返空明。我不住提那小龍女的名字，是要你習聽而厭，由厭而憎。這是助你修練的一番美意啊。」甄志丙低聲道：「她是天仙化身，我五體投地的敬她拜她，怎能厭她憎她？求你別提她名字，提她一次，我們凡夫俗子，便是褻瀆了仙子一次。」提高聲音道：「哼，你的惡毒心腸，難道我不知？你一來對我妒忌，二來心恨楊過，要揭穿這件事情，教他師徒二人終身遺恨。」

小龍女聽到「楊過」兩字，心中突的一跳，低低的道：「楊過，楊過。」說到這名字的時候，不自禁的感到一陣柔情密意，她盼望甄趙二人不住的談論楊過，只要有人說著他的名字，她就說不出的歡喜。

趙志敬也提高了聲音，恨恨的道：「我若不教這小雜種好好吃番傷心嘔血的大苦頭，難消心頭之恨，哼哼，不過……」甄志丙道：「不過他武功太強，你我不是他敵手，是不是？」趙志敬道：「那也未必，他一手旁門左道的邪派武功，何足為奇？但教撞在我手裏，哼哼！咱們全眞派玄門武功是天下武術正宗，還會怕這小子？甄師弟，你好好瞧著，我不會讓他舒舒服服的送命，不是壞了他兩個招子，便是斷了他雙手，教他求生不得，求死不能。那時讓你的小龍女姑娘在旁瞧著，那也有趣得緊啊。」

小龍女打了個寒噤，若在平時，她早已破窗而入，一劍一個的送了二人性命，但此時懊悶欲絕，只覺全身酸軟無力，四肢難動。

又聽甄志丙冷笑道：「你這叫做一廂情願。咱們的玄門正宗，未必就及得上人家的旁門左道。」趙志敬怒罵：「狗東西，全眞教的叛徒！你與那小龍女有了苟且之事，連人家的武功也讚到天上去啦！」甄志丙連日受辱，此時再也忍耐不住，喝道：「你罵我甚麼？做人不可趕盡殺絕！」

趙志敬自恃對方的把柄落在自己手裏，只要在重陽宮中宣揚出來，前任掌教劉師伯、現任掌教丘師伯非將他處死不可，向著這第三代首座弟子之位，自己便大大的走近了一步，是以一直對他侮辱百端，而甄志丙確也始終不敢反抗。這時聽他竟出言不遜，心想若不將他制得服服貼貼，自己便大計難成，踏上一步，反手出掌。

甄志丙沒料他竟會動手，急忙低頭，啪的一響，這一掌重重的打在他後頸之中，身子一晃，險些跌倒。他狂怒之下，抽出長劍，挺劍刺出。趙志敬側身避過，冷笑道：「好啊，你竟有膽子跟我動手！」說著便拔劍還擊。甄志丙低沉著嗓子道：「給你這般日夜折磨，左右也是個死，我今日本來是要去求人家殺了，贖我罪孽。」說著催動劍招，著著進逼。他是丘處機親授的高徒，武功與趙志敬各有所長。兩人所學招數全然相同，一動上手原不易分出高下，但他鬱積在心，此時只求拚個同歸於盡，趙志敬卻另有重大圖謀，決不肯傷他性命，是以二三十招一過，趙志敬已給逼到了屋角之中，大處下風。

他二人在屋中乒乒乓乓的鬥劍，早有丐幫弟子去報知了郭芙。她忙披衣趕來，見小龍女站在窗下，叫了她一聲：「龍姑娘！」小龍女呆呆出神，竟聽而不聞。郭芙好奇心起，不即進屋，也在窗下一站，只聽得趙志敬伸劍左攔右架，口中卻在不乾不淨的譏嘲笑罵，語語都侵到小龍女身上：「你把小龍女上上下下脫得白羊似的，抱在懷裏，這可開心舒服吧？」

郭芙聽得屋內兩人越說越不成話，不便再站在窗下，一扭頭待要走開，見小龍女仍呆呆的站著，似對二人的污言穢語不以爲意，大爲奇怪，低聲問道：「他們的話可是眞的？」小龍女茫然點了點頭，道：「我不知道，也許……也許是眞的。」郭芙頓起輕蔑之心，哼了一聲，頭也不回的走了。

甄趙二道在激鬥之際，也已聽到房外有人說話，噹的一響，兩柄長劍一交，便即分開，齊聲問道：「是誰？」小龍女緩緩的道：「是我。」甄志丙全身打個寒戰，顫聲道：「你是誰？」小龍女道：「小龍女！」

這三字一出口，不但甄志丙呆若木鷄，連趙志敬也如同身入冰窟。那日大勝關英雄宴上，只一招便給她掌按前胸，受了重傷，此後將養數月方愈，跟她動手，實無絲毫招架餘地。他萬料不到小龍女竟會在他門口，適才自己這番言語十九均已給她聽見，一時之間嚇得魂飛魄散，只想：「怎生逃命才好？」

甄志丙正要去求小龍女殺了自己，伸手推開窗子。只見窗外花叢之旁，俏生生、淒冷冷的站著個白衣少女，正是自己日思夜想、魂牽夢縈，當世艷極無雙的小龍女！

甄志丙癡癡的道：「是你？」小龍女道：「不錯，是我。你們適才說的話，句句都是眞的？」甄志丙點頭道：「是眞的！你殺了我罷！」說著倒轉長劍，從窗中遞了出去。小龍女目發異光，心中淒苦到了極處，悲憤到了極處，只覺便是殺一千個、殺一萬個人，自己也已不是個淸白的姑娘，永不能再像從前那樣深愛楊過，見長劍遞來，卻不伸手去接，只茫然向甄趙二人望了一眼，實不知如何是好。

趙志敬瞧出了便宜，心想這女子神智失常，只怕瘋了，此時不走，更待何時？伸手挽住了甄志丙的胳臂，獰笑道：「快走，快走，她捨不得殺你呢！」用力一拉，搶步出門。甄志丙早魂不守舍，全身沒了力氣，給他一拉，踉踉蹌蹌的跟了出去。趙志敬展開輕功，提氣急奔。甄志丙起初由他拉著，奔出數丈後，自身的輕功也施展出來。兩人投師學藝已久，全眞派功夫練過不少，這一發力，頃刻間便奔到東城城門邊。

城門旁有十多名丐幫弟子隨著兩隊官兵巡邏。領頭的丐幫弟子認得甄趙二人，知他們是全眞高士，仗義前來相助守城的，聽趙志敬說有要事急欲出城，好在此時城外並無敵軍來攻，當即下令開城。城門開得剛可容身，甄趙二人一躍便到了城外。領頭的丐幫弟子讚道：「好俊的輕身功夫！」待要閉城，眼前突然白影一閃，似有甚麼人出了城。他大吃一驚，問道：「甚麼人？」那人影早已不見。他縱到城門口向外望時，此時天甫黎明，六七丈外便朦朦朧朧的瞧不清楚，那裏瞧到有人？他回身詢問，旁人均說沒瞧見甚麼。他揉了揉雙眼，暗罵：「見鬼！」料得是連日辛勞，眼睛花了。

甄趙二人不敢停步，直奔出數里才放慢腳步。趙志敬伸袖抹去額頭淋漓大汗，叫道：「好險，好險！」回頭向來路一看，不由得雙膝酸軟，險些摔倒，原來身後十餘丈外，一個白衣少女站定了腳步，呆呆的望著自己，卻不是小龍女是誰？趙志敬這一驚非同小可，「啊」的一聲，脫口大呼，只道早已將她抛得無影無蹤，那知她始終跟隨在後，只是她足下無聲，自己竟毫沒知覺，只得再拉住甄志丙的手臂又提氣狂奔。

他一口氣奔出十餘丈，回頭再望，見小龍女仍不即不離的跟隨在後，相距三四丈遠近。趙志敬六神無主，掉頭又奔，他卻不敢時時向後返視，因每一回顧，心中多一次驚恐，雙腿漸漸無力，說道：「甄師弟，她此時要殺死咱二人，可說易如反掌，她定然另有奸惡陰謀。」甄志丙惘然道：「甚麼另有奸惡陰謀？」趙志敬道：「我猜想她是要擒住咱們，在天下英雄之前指斥你的醜行，打得我全眞派從此抬不起頭來。」甄志丙心中一凜，他此時對自己生死早已置之度外，原要跪在小龍女面前，盼她一劍殺了，以贖己罪，但他自幼投在丘處機門下，師恩深重，威震天下的全眞派若由己而敗，卻萬萬不可，想到此處，不由得背脊上全都涼了，腿下加勁，與趙志敬並肩飛奔。

兩人只揀荒野無路之處奔去，有時忍不住回頭一瞧，總見小龍女跟在數丈之外。古墓派輕功天下無雙，小龍女追蹤二人可說毫不費力，但她遇上了這等大事，實不知如何處置才是，只得跟隨在後，不容二人遠離。

甄趙二人本就心慌意亂，見小龍女如影隨形的跟著，不免將她的用意越猜越惡，驚懼與時俱增，從清晨奔到中午，又自中午奔到午後未刻，四五個時辰急奔下來，饒是二人內力深厚，也已支持不住，氣喘吁吁，腳步踉蹌，比先前慢了一倍尚且不止。此時烈日當空，兩人自裏至外全身都已汗濕。又跑一陣，兩人又飢又渴，見前面有條小溪，不禁都橫了心：「就算給她擒住，那也無法。」撲到溪邊，張口狂飲溪水。

小龍女緩緩走到溪水上游，也掬上幾口清水喝了。臨流映照，清澈如晶的水中映出一個白衣少女，雲鬢花顏，真似凌波仙子一般。小龍女心中只覺空蕩蕩地，傷心到了極處，反而漠然，順手在溪邊摘了一朵小花插在鬢邊，望著水中倒影，癡癡出神。

甄趙二人一面喝水，一面不住偷眼瞧她，見她似乎神遊物外，已渾然忘了眼前之事，兩人互相使個眼色，悄悄站起，躡步走到小龍女背後，一步步的漸漸走遠，數次回首，見她始終望著溪水，於是加快腳步，向前急走，不久便又到了大路。

兩人只道這次真正脫險，那知甄志丙偶一返顧，見小龍女又已跟在身後。甄志丙自那晚玷污了小龍女後，初時自慶艷福，但後來良心自責，半夜撫心自問，越來越覺罪孽深重，幾次想要向師父長春子自懺罪過，求師父重罰，但覺這麼一來，不免損了小龍女冰清玉潔的名聲。在他心中，小龍女猶似天上人一般高不可攀，只想求她一劍將自己殺了，再將自己罪過誇大一番，寫成一信，呈給師父，說自己去偷看小龍女更衣洗浴，偷看不成，卻給小龍女擒獲處死，如此則全真派也不會怨怪小龍女殺了自己，同時不損小龍女絲毫清名。他此刻懷中藏了此信，只盼有機會將信交給小龍女，再請她一劍殺死。

自那晚之後，他心中苦受熬煎，趙志敬在旁看出端倪，又拿到了他先前在小龍女生日送禮的親筆禮單，不斷冷嘲熱諷，要逼他向掌教師長自認敗壞全眞教名聲的大罪。若非如此，甄志丙遭斥革之後，第三代弟子首座之位，仍將落入最人多勢盛的長春子門下，例如李志常、尹志平等人，只有讓丘處機自愧，首座之位才有可能落入其手。甄志丙內受良心煎熬，外遭趙志敬逼迫，猶似身在地獄，苦不堪言，這時身心疲憊渾不想再逃，叫道：「罷了，罷了！趙師哥，咱們反正逃不了，我去請她殺了我罷！」說著停住了腳步。

趙志敬大怒，喝道：「你是死有應得，我幹麼要陪著你送終？」拉著他手臂要走。甄志丙心灰意懶，不想再逃。趙志敬又害怕又憤怒，陡地一掌，反手打了他一記耳光。甄志丙怒道：「你又打我！」回手出掌。小龍女見兩人忽又動手，大是奇怪。

就在此時，迎面馳來兩騎馬，馬上是兩名傳達軍令的蒙古信差。趙志敬心念一動，低聲道：「搶馬！咱們假裝打架，別引起小龍女疑心。」當即揮掌劈去。甄志丙舉手擋開，還了一掌，趙志敬退了幾步，兩人漸漸打到大路中心。兩名蒙古兵去路受阻，勒馬呼叱。甄趙二人突然躍起，分別將兩名蒙古兵拉下馬背，擲在地下，跟著翻身上馬，向北急馳。

兩匹馬都是良馬，奔跑迅速。兩人回頭望時，見小龍女並未跟來，趙志敬這才放心。向北馳出十餘里，到了一處三岔路口。趙志敬道：「她見二馬向北，咱們偏偏改道往東。」轡繩向右一帶，兩騎馬上了向東的岔道。傍晚時分，到了一個小市鎮上。

二人整日奔馳，驚疲交集，粒米未曾入口，飢火難熬，找到一家飯鋪，命夥計切盤牛肉，拿三斤薄餅。趙志敬坐下後驚魂略定，想起今日之險，猶有餘悸，只不知小龍女何以總是在後跟隨，卻不動手。甄志丙臉如死灰，垂下了頭，兀自魂不守舍。不久牛肉與薄餅送了上來，二人舉筷便吃，忽聽得飯鋪外人喧馬嘶，吵嚷起來，有人大聲喝道：「這兩匹馬是誰的？怎地在此處？」呼叫聲中帶有蒙古口音。

趙志敬站起身來，走到門口，只見一個蒙古軍官帶著七八名兵卒，指著甄趙二人的坐騎正自喝問。飯鋪的夥計驚呆了，不住打躬作揖，連稱：「軍爺，大人！」

趙志敬給小龍女追逼了一日，滿腔怒火正無處發洩，見有人惹上頭來，當即挺身上前，大聲道：「牲口是我的！幹甚麼？」那軍官道：「那裏來的？」趙志敬道：「是我自己的！關你甚麼事？」此時襄陽以北全已淪入蒙古軍手中，大宋百姓慘遭屠戮欺壓，那有人敢對蒙古官兵如此無禮？那蒙古軍官見趙志敬身形魁梧，腰間懸劍，心中存了三分疑忌：「你是買來的還是偷來的？」

趙志敬怒道：「甚麼買來偷來？是道爺觀中養大的。」那軍官手一揮，喝道：「拿下了！」七八名兵卒各挺兵刃，圍了上來。趙志敬手按劍柄，喝道：「憑甚麼拿人？」那軍官冷笑道：「偷馬賊！當眞是吃了豹子心肝，動起大營的軍馬來啦，你認不認？」

說著披開馬匹後腿的馬毛，露出兩個蒙古字的烙印。原來蒙古軍馬均有烙印，註明屬於某營某部，以便辨認。趙志敬順手從蒙古軍士手中搶來，那裏知曉？此時一見，登時語塞，強辯道：「誰說是蒙古軍馬？我們道觀中的馬匹便愛烙上幾個記，難道犯法了麼？」

那軍官大怒，心想自南下以來，從未見過如此強橫的狂徒，搶上來伸手便抓。趙志敬左手一勾，反掌抓住了他手腕，跟著右掌揮出，拿住了他背心，將他身子高高舉起，在空中打了三個旋子，跟著向外一送。那軍官身不由主的飛了出去，剛好摔進了一家磁器鋪子，只聽乒乒、嗆啷之聲不絕，一座座磁器架子倒將下來，碗碟器皿紛紛跌落，那軍官全身給磁器碎片割得鮮血淋漓，壓在磁器堆中，又怎爬得起身？眾兵卒搶上來救護。

趙志敬哈哈大笑，回入飯鋪，拿起筷子又吃。這亂子一鬧，鎮上家家店鋪關上了門板，飯鋪的顧客霎時間走得乾乾淨淨，均想蒙古軍暴虐無比，此番竟有漢人毆打蒙古軍官，只怕血洗全鎮也是有的。趙志敬吃了幾口，忽見飯鋪掌櫃走上前來，噗的一聲，跪倒在地，連連磕頭。趙志敬知他怕受牽連，一笑站起，說道：「我們也吃飽了，你不用害怕，我們馬上就走。」掌櫃的嚇得臉如土色，更不住的磕頭。

甄志丙道：「他怕咱們一走，蒙古兵問飯鋪子要人。」他素來精明強幹，只是對小龍女癡心狂戀，這才作事荒謬乖張，日常處事其實遠勝於趙志敬，因此馬鈺、丘處機等均有意命他接任掌教，此時心念一轉，說道：「快拿上好的酒饌來，道爺自己作事自己當，你們怕甚麼了？」掌櫃的喏喏連聲，爬起身來，忙吩咐趕送酒饌。

那軍官受傷不輕，掙扎著上了馬背。趙志敬笑道：「甄師弟，今日受了一天惡氣，待會須得打他們個落花流水。」甄志丙哼了一聲，眼見那蒙古軍官帶領士兵騎馬走了。飯鋪中眾人慌成一團，精美酒食紛紛送上，堆滿了一桌。

甄趙二人吃了一陣，甄志丙突然站起，反手一掌，將在旁侍候的夥計打倒在地。掌櫃的大驚，三腳兩步的趕了過來，陪笑道：「這該死的小子不會侍候，道爺息怒……」話未說完，甄志丙飛起左腿，輕輕將他踢倒在地。趙志敬還道他神智兀自錯亂，叫道：「甄師弟……你……」甄志丙掀起旁邊一張桌子，碗碟倒了一地，隨即又將兩名夥計打倒，順手點了各人穴道，雙手一拍，道：「待會蒙古官兵到來，見你們店中給打得這般模樣，就不會遷怒你們了，懂不懂？你們自己不妨再打個頭破血流。」

眾人恍然大悟，連稱妙計。眾店伴當即動手，你打我，我打你，個個衣衫撕爛，目青鼻腫。過不多時，忽聽得青石板街道上馬蹄聲響，數乘馬急馳而至。眾店伴紛紛倒地，大呼小叫：「啊喲，打死人啦！」「痛啊，痛啊！」「道爺饒命！」

馬蹄聲到了飯鋪門前果然止息，進來四名蒙古軍官，後面跟著一個身材高瘦的僧人，一個又黑又矮的胡人，那胡人雙腿已斷，雙手各撐著拐杖。蒙古軍官見飯鋪中亂成這等模樣，皺起眉來，大聲呼喝：「快拿酒飯上來，老爺們吃了便要趕路。」

掌櫃的一楞，心想：「原來這幾個軍爺是另一路的。待那挨了打的軍爺領了人來，卻又怎地？」正自遲疑，幾名軍官已揮馬鞭夾頭夾腦劈將過來。那掌櫃的忍著痛連聲答應，苦於爬不起身，當下另有夥計上前招呼，安排席位。

那僧人便是金輪國師，黑矮胡人自是尼摩星了。他二人那日踏中冰魄銀針，在山洞外糾纏厮打，雙雙跌落山崖。幸好崖邊生有一株大樹，國師於千鈞一髮之際伸出左手牢牢抓住。尼摩星其時已半昏半醒，卻仍緊抱國師不放。國師看清了周遭情勢，左手運勁一推，兩人齊往崖下草叢中跌落，順著斜坡骨碌碌的滾了十餘丈，直到深谷之底方始停住。兩人四肢頭臉給山坡上的沙石荆棘擦得到處都是傷痕。

國師右手反將過來，施小擒拿手拗過尼摩星手臂，喝道：「你到底放是不放？」尼摩星昏昏沉沉中無力反抗，給他一拗之下，左臂鬆開，右手卻仍抓住他後心。國師冷笑道：「你雙足中了劇毒，不快想法子救命，胡鬧些甚麼？」

尼摩星低頭看時，見一雙小腿已腫得碗口粗細，知道若不急救，轉眼性命難保，一咬牙，拔出腰間鐵蛇，喀喀兩響，將兩條小腿一齊砍下，登時鮮血狂噴，人也暈了過去。國師見他如此勇決，倒也好生佩服，又想他雙足殘廢，從此不足爲患，伸手點了他雙腿膝彎處的「曲泉穴」及大腿上的「五里穴」，先止血流，然後取出金創藥敷上創口，撕下他外衣包紮了斷腿。

天竺武士大都練過瑜珈，又練過睡釘板、坐刀山等等忍痛之術，尼摩星更是此中能手，他一等血止，便坐起身來，說道：「好，你救了我的，咱們怨仇便不算的。」國師微微苦笑，心想：「你雙腳雖失，身上劇毒倒已除了，我的處境反不如你。」一盤膝坐下運功，強將足底的毒氣緩緩逼出，一個多時辰之中只逼出一小撮黑水，但已累得心跳氣喘。

兩人在荒谷之中將養了一日一晚，國師以上乘內功逼出了毒質，尼摩星的傷口也不再流血，折了兩段樹枝作拐杖，這才出得谷來。不久與幾個蒙古軍官相遇，同返忽必烈大營，卻在這市鎮上與甄趙二人相遇。

甄志丙與趙志敬見到國師，相顧失色。二人在大勝關英雄大會之中曾見他顯示武功，委實驚世駭俗，此刻狹路相逢，心中都慄慄危懼。二人使個眼色，便欲脫身走路。

那日英雄大會，中原豪傑與會的以千百數，甄趙識得國師，國師卻不識二道。他雖見飯鋪中打得人傷物碎，但此刻兵荒馬亂，處處殘破，也不以爲意。他這次前赴襄陽，鬧了個大敗而歸，見到忽必烈時不免臉上無光，心中只在籌思如何遮掩，見兩個道士坐著吃飯，自毫不理會。

就在此時，飯鋪外突然一陣大亂，一羣蒙古官兵衝了進來，一見甄趙二人，呼叱叫嚷，便來擒拿。甄志丙見國師座位近門，若向外奪路，經過他身畔，只怕他出手干預，低聲說道：「從後門逃走！」伸手將一張方桌一推，忽朗朗一聲響，碗碟湯水打成一地，兩人躍起身來，奔向後門。

甄志丙將要衝到後堂，回頭一瞥，見國師拿著酒杯，低眉沉吟，對店中這番大亂似乎視而不見，心中一喜：「他不出手便好。」突然眼前黃影閃動，金輪國師縱到身前，雙手外分，搭在甄趙二人肩頭，笑道：「兩位請坐下談談如何？」他出手並無凌厲之態，但雙手這麼一搭，二道竟閃避不了，只覺登時有千斤之力壓在肩頭，沉重無比，惟有急運內力相抗，那裏還敢答話？只怕張口後內息鬆了，自肩至腰的骨骼都要爲他壓斷。

這時衝進來的蒙古官兵已在四周圍住，領頭的將官是個千戶，識得國師是蒙古護國法師，四大王忽必烈對他極爲倚重，上前行禮，說道：「國師爺，這兩個賊道偷盜軍馬，毆打官兵，多蒙國師爺出手……」他話未說完，向甄志丙連看數眼，突然問道：「這位可是甄志丙甄道爺？」甄志丙點了點頭，卻不認得那人是誰。國師將搭在他肩頭的手略略一鬆，稍減下壓之力，心想：「這兩個道士不過四十歲左右，內功竟如此精純，倒也不易。」那蒙古千戶笑道：「甄道爺不認識我了麼？十九年前，咱們曾一同在花剌子模沙漠中烤黃羊吃，我叫薩多。」

甄志丙仔細一瞧，喜道：「啊，不錯，不錯！你留了大鬍子，我不認得你啦！」薩多笑道：「小人東西南北奔馳了幾萬里，頭髮鬍子都花白了，道爺的相貌可沒大變啊。怪不得成吉思汗說你們修道之士都是神仙。」轉頭向國師道：「國師爺，這位道爺從前到過西域，是成吉思汗請了去的，說起來都是自己人。」國師點了點頭，收手離開二人肩頭。

當年成吉思汗邀請丘處機前赴西域相見，諮以長生延壽之術。丘處機萬里西遊，帶了一十八名弟子隨侍，甄志丙是門下弟子，也在其內。成吉思汗派了二百軍馬供奉衛護丘處機諸人。那時薩多只是一名小卒，也在這二百人之內，是以識得甄志丙。他轉戰四方二十年，積功升爲千戶，不意忽然在此與他相遇，極是歡喜，命飯鋪中夥計快做酒飯，自己末座相陪，對甄志丙好生相敬，那盜馬毆官之事自一笑而罷。薩多詢問丘處機與其餘十七弟子安好，說起少年時的舊事，不由得虬髯戟張，豪態橫生。

國師也曾聽過丘處機的名頭，知他是全眞派第一高手，試出甄趙二人內力不弱，心想全眞派內功果然名不虛傳，自己此番幸得一出手便制了先機，否則當眞動手，卻也須二三十招之後方能取勝。

突然間門口人影一閃，進來一個白衣少女。國師、尼摩星、甄趙二道心中都是一凜，進來的正是小龍女。這中間只尼摩星心無芥蒂，大聲道：「絕情谷的新娘子，你好啊！」小龍女微微頷首，在角落裏一張小桌旁坐了，對衆人不再理睬，向店伴低聲吩咐了幾句，命他做一份口蘑素麵。

甄趙二人臉上一陣青、一陣白，大是惴惴不安。國師也怕楊過隨後而來，他生平無所畏懼，就只怕楊龍二人雙劍合璧的「玉女素心劍法」。三人各懷心事，不再說話，只大嚼飯菜。甄趙二人此時早已吃飽，但如突然默不作聲，不免惹人疑心，只得吃個不停，好使嘴巴不空。

薩多卻興高采烈，問道：「甄道長，你見過我們四王子麼？」甄志丙搖了搖頭。薩多道：「忽必烈王爺是拖雷四王爺的第四位公子，英明仁厚，軍中人人擁戴。小將正要去稟報軍情，兩位道爺若無要事在身，便請同去一見如何？」甄志丙心不在焉，又搖了搖頭。趙志敬心念一動，問國師道：「大師也是去拜見四王子麼？」國師道：「是啊！四王子眞乃當今人傑，兩位不可不見。」趙志敬喜道：「好，我們隨大師與薩多將軍同去便是。」伸手桌下在甄志丙腿上一拍，向他使個眼色。薩多大喜，連說：「好極，好極！」

甄志丙的機智才幹本來遠在趙志敬之上，但一見了小龍女，登時迷迷糊糊，神不守舍，只想如何求她殺了自己，又將懷中寫給師尊丘處機的信交給她，過了好一陣子才明白趙志敬的用意，他是要藉國師相護，以便逃過小龍女的追殺。

各人匆匆用罷飯菜，相偕出店，上馬而行。國師見楊過並未現身，放下了心，暗想：「全眞教是中原武林的一大宗派，若能籠絡上了以爲蒙古之助，實是奇功一件。明日見了王爺，也有個交代。」言語中對甄趙二人著意接納。

此時天色漸黑，衆人馳了一陣，只聽背後蹄聲得得，回過頭來，見小龍女騎了一匹棗騮馬遙遙跟隨在後。國師心中發毛，暗想：「單她一人決不是我對手，何以竟敢如此大膽，跟隨不捨？莫非楊過那小子在暗中埋伏麼？」他與甄趙二道初次相交，唯恐稍有挫折，墮了威風，當下只作不知。

衆人馳了半夜，到了一座林中。薩多命隨行軍士下鞍歇馬，各人坐在樹底休息。只見小龍女下了馬鞍，與衆人相隔十餘丈，坐在林邊。她行動越詭秘，國師越持重，不敢貿然出手。趙志敬見尼摩星曾與小龍女招呼，不知她與國師有何瓜葛，不敢向她多望一眼。歇了半個時辰，衆人上馬再行，出得林後，只聽蹄聲隱隱，小龍女又自後跟來。

直至天明，小龍女始終隔開數十丈，跟隨在後。

這時來到一處空曠平原，國師縱目眺望，四下裏並無人影，毒念陡起：「我生平縱橫無敵，來到中原，卻接連敗在小龍女和楊過那小子雙劍合璧之下。今日她對我緊追不捨，定無善意，我何不出其不意的驟下殺手，將她斃了？她便有幫手趕到，也已不及救援。此女一死，世間無人再能制我。」正要勒馬停步，忽聽得前面玎玲、玎玲的傳來幾下駝鈴聲，數里後塵頭大起，一彪人馬迎頭奔來。

國師好生懊悔：「若知她的後援此刻方到，我早就該下手了。」忽聽薩多「咦」的一聲，叫道：「奇怪！」國師見對面奔來的是四頭駱駝，右首第一頭駱駝背上豎著一面大旗，旗桿上七叢白毛迎風飄揚，正是忽必烈的帥纛，但遠遠望去，駱駝背上卻無人乘坐。薩多道：「王爺來了！」縱馬迎上，馳到離駱駝相隔半里之外，滾鞍下馬，恭恭敬敬的站在道旁。

國師心想：「王爺來此，可不便殺這女子了。」他自重身分，若讓忽必烈見他下手殺一孤身少女，不免受其輕視，緩緩馳近，見四頭駱駝之間懸空坐著一人。那人白鬚白眉，笑容可掬，竟是周伯通。

只聽他遠遠說道：「好啊，好啊，大和尚、黑矮子，咱們又在這裏相會，還有這個嬌嬌滴滴的小姑娘也來啦。」國師心中奇怪，此人花樣百出，又怎能懸空而坐？待得雙方又近了些，這才看清，原來四頭駱駝之間有幾條繩子結成一網，周伯通便坐在繩網之上。

周伯通少去重陽宮，與馬鈺、丘處機諸人也極少往來，因此甄志丙與趙志敬跟他並不相識。他們雖曾聽師父說起過有這麼一位獨往獨來、遊戲人間的師叔祖，但久未聽到他的消息，多半已不在人世，此刻相見，均未想到是他。

國師雙眉微皺，心想此人武功奇妙，極不好惹，問道：「王爺在後面麼？」周伯通向後一指，笑道：「過去三四十里，便是他的王帳。大和尚，我勸你此刻還是別去爲妙。」國師道：「爲甚麼？」周伯通道：「他正在大發脾氣，你這一去，只怕他要砍掉你的光頭。」國師惱道：「胡說八道！王爺爲甚麼發脾氣？」周伯通指著豎在駱駝背上的王旗，笑道：「王爺的王旗給我偷了來，他幹麼不發脾氣？」國師一怔，問道：「你偷了王旗來幹麼？」周伯通道：「你識得郭靖麼？」國師點點頭道：「怎麼？」周伯通笑道：「他是我的結義兄弟。咱哥兒倆有十多年不見啦，我牽記得緊，這便要瞧瞧去。他在襄陽城跟蒙古人打仗，我就偷了蒙古王爺的王旗，給他送一份大禮。」

國師猛吃一驚，暗想此事可十分糟糕，襄陽城攻打不下，連王旗也給敵人搶了去，這臉可丟得大了，非得想個法兒將旗子奪回不可。

只見周伯通一聲呼喝，四頭駱駝十六隻蹄子翻騰而起，一陣風般向西馳去，遠遠繞了個圈子，這才奔回。王旗在風中張開，獵獵作響。周伯通站直身子，手握四韁，平野奔馳，大旗翻捲，宛然大將軍八面威風。

但見他得意非凡，奔到臨近，「得兒」一聲，四頭駱駝登時站定，想是他手勁厲害，勒得四駝不得不聽指揮。周伯通笑道：「大和尚，我這些駱駝好不好？」國師大拇指一豎，讚道：「好得很，佩服之至！」心中卻在尋思如何奪回王旗。

周伯通左手一揮，笑道：「大和尚、小姑娘，老頑童去也！」

甄志丙與趙志敬聽到「老頑童」三字，脫口呼道：「師叔祖？」一齊翻鞍下馬。甄志丙道：「這位是全眞派的周老前輩麼？」

周伯通雙眼骨碌碌的亂轉，道：「哼，怎麼？小道士快磕頭罷。」

甄趙二人本要行禮，聽他說話古裏古怪，卻不由得一怔，生怕拜錯了人。周伯通問道：「你們是那個牛鼻子的門下？」甄志丙恭恭敬敬的答道：「趙志敬是玉陽子王道長門下，弟子甄志丙是長春子丘道長門下。」

周伯通道：「哼，全眞教的小道士一代不如一代，瞧你們也不是甚麼好腳色。」突然雙腳一踢，兩隻鞋子分向二人面門飛去。

甄志丙見鞋子飛下來的力道並不勁急，便在臉上打中一下，也不礙事，不敢失了禮數，仍躬身行禮，趙志敬卻伸手去接。那知兩隻鞋子飛到二人面前三尺之處突然折回。趙志敬一手抓空，眼見左鞋飛向右邊，右鞋飛向左邊，繞了一個圈子，在空中交叉而過，回到周伯通身前。周伯通伸出雙腳，套進鞋中。

這一下雖是遊戲行逕，但若非內力深厚，決不能將兩隻鞋子踢得如此恰到好處。金輪國師與尼摩星曾在忽必烈營帳中見過他飛矛擲人、半途而墮的把戲，這飛鞋倒回的功夫其理相同，只踢出時足尖上加了一點回勁，見了也不怎麼驚異。趙志敬伸手抓了個空，卻不禁大爲駭服，憑他武功，便有極厲害的暗器射來，也能隨手接過，豈知一隻緩緩飛來的破爛鞋子竟抓不到手，再無懷疑，跟著甄志丙拜倒，說道：「弟子趙志敬叩見師叔祖。」

周伯通哈哈大笑，說道：「丘處機與王處一眼界太低，儘收些不成器的弟子！罷了，罷了，誰要你們磕頭？」大叫一聲：「衝鋒！」四頭駱駝豎耳揚尾，發足便奔。

國師飛身下馬，身形晃處，已擋在駱駝前面，叫道：「且慢！」雙掌分別按在一頭駱駝前額。四頭駱駝正自向前急衝，給他這麼一按，竟倒退兩步。

周伯通大怒，喝道：「大和尚，你要打架不成？老頑童十多年沒逢對手，拳頭發癢，來來來，咱們便來鬥幾個回合。」他生平好武，近年來武功越練越強，要找對手艱難無比，他見國師身手了得，正可陪自己過招，說著便要下駝動手。

國師搖手道：「我生平不跟無恥之徒動手。你只管打，我決不還手。」周伯通大怒，道：「你怎敢說我是無恥之徒？」國師道：「你明知我不在軍營，便去偷盜王旗，這不是無恥麼？你自知非我敵手，覷準我走開了，這才偷偷去下手。嘿嘿，周伯通，你太不要臉了。」周伯通道：「好，我是不是你敵手，咱們打一架便知。」國師搖頭說道：「我說過不跟無恥之徒動手，你勉強我不來。我的拳頭很有骨氣，打在無恥之徒身上，拳頭要發臭的，三年另六個月中，臭氣不會褪去。」周伯通怒道：「依你說便怎地？」國師道：「你將王旗讓我帶去，今晚你再來盜，我在營中守著。不論你明搶暗偷，只要取得到手，我便佩服你是個大大的英雄好漢。」

周伯通最不能受人之激，事情越難，越要做到，拔下王旗，向他擲去，叫道：「接著了，今晚我來盜便是。」國師伸手接住，旗桿入手，才知這一擲之力大得異乎尋常，忙運內勁相抗，還是退了兩步，這才拿樁站住。倘若內力稍差，立時便給王旗撞得仰天一交。

四頭駱駝本來發勁前衝，但給國師掌力抵住了，他掌力陡鬆，四頭駱駝忽地同時跳起，躍出二丈有餘，向前急奔。衆人遙望周伯通的背影，見四頭駱駝越跑越遠，漸漸縮成四個小黑點。

國師呆了半晌，將王旗交給薩多，說道：「走罷！」

國師心想這老頑童行事神出鬼沒，人所難測，須當用何計謀，方能制勝？在馬上凝神思索，一時卻無善策，偶然回顧，見甄趙二人交頭接耳，低聲說話，不住回頭去望小龍女，卻又不敢多看，臉上大有懼色。他心念一轉：「這姑娘莫非是爲兩個道士而來？」出言試探：「甄道兄，你和龍姑娘素來相識麼？」甄志丙臉色陡變，答應了聲：「嗯。」

國師更知其中大有緣故，問道：「你們得罪了她，她要尋你們晦氣，是不是？這小姑娘厲害得緊，你們和她作對，那可凶多吉少啊。」他於甄龍二人之間的糾葛半點不知，只是見二道神色驚惶，設詞探問，竟一問便中。

趙志敬乘機道：「她也得罪過大師啊，當日英雄會上，大師曾輸在她的手下，此仇不可不報。」國師哼了一聲，道：「你也知道？」趙志敬道：「此事傳揚天下，武林豪傑，誰不知聞。」國師心道：「這道士倒也厲害。我欲以他制敵，他卻想激得我出手助他脫困。」又想：「這兩人也非平庸之輩，跟他們坦率言明，事情反而易辦。」說道：「這龍姑娘要取你們性命，你們敵她不過，便想要我保護，是也不是？」

甄志丙怒道：「甄某死就死了，何須托庇於旁人？何況大師未必便能勝她。」國師見他凜然而言，絕非作偽，不禁一愕，心道：「難道我所料不對？」一時摸不準二人心意，淡淡一笑，說道：「她與楊過雙劍合璧，自有其厲害之處。此時她孤身落單，我取她性命可說易如反掌。」趙志敬搖頭道：「只怕未必。江湖上人人都說，大勝關英雄大會，金輪國師敗於小龍女手下。」

國師笑道：「老衲養氣數十年，你用言語激我，又有何用？」他聽趙志敬如此說法，知他切盼自己與小龍女動手。當周伯通現身之前，他本想出手殺了小龍女，但此時已與周伯通訂約盜旗，頗有需用甄趙二人之處，倘若殺了小龍女，便不能挾制二道了，意示閒暇，雙手合什，說道：「既然如此，老衲先行一步。二位了斷了龍姑娘之事，請來王爺大營過訪便是。」說著一提韁繩，縱馬便行。

趙志敬大急，心想只要他一走開，小龍女趕上前來，自己師兄弟二人不知要受如何的苦刑荼毒，想起當日終南山上玉蜂螫身之痛，不由得心膽俱裂，看來這和尚不但武功高強，智謀也遠在自己之上，見他逕自前行，拍馬追上，叫道：「大師且慢！小道路徑不熟，相煩指引，永感大德。」

國師聽了「永感大德」四字，微微一笑，心想：「多半是這姓趙的得罪了龍姑娘，才怕成這樣，那姓甄的卻是事不關己。」說道：「那也好，待會老衲說不定也有相煩之處。」趙志敬忙道：「大師有何差遣，小道無不從命。」國師和他並騎而行，隨口問起全真教情況，趙志敬毫不隱瞞，一一實說。甄志丙迷迷糊糊的跟隨在後，毫沒留心二人說些甚麼。

國師道：「原來馬道長已不幸謝世，可惜之至。聽說現任掌教丘道長年紀也不小了？」趙志敬道：「是，丘師伯也已年近古稀。」國師道：「那麼丘道長交卸掌教之後，該當由尊師王道長接充了。」這一言觸中了趙志敬心事，臉色微轉，道：「家師也已年邁。全真六子近年來精研性命之學，掌教的俗務，多半是要交給我這個甄師弟接手。」

國師見他臉上微有悻悻之色，低聲道：「我瞧這位甄道兄武功雖強，卻還不及道兄，至於精明幹練，更與道兄差得遠了。掌教大任，該當由道兄接充才是。」這幾句話趙志敬在心中已蘊藏了七八年之久，但從未宣之於口，今日給國師說了出來，不由得怨恨之情更見於顏色。

全眞六子本來命丘處機的三徒尹志平任三代弟子首座，隱然爲他日掌教的接班人。但尹志平近年來勤研煉丹修仙之道，恬退自修，不願多理俗務。全眞七子中長春一派獨大，弟子最多，六子商議之後，議定由丘處機的次徒甄志丙任三代弟子首座，日後可望接任掌教。初時趙志敬不過心中不服，暗存妒忌，但自抓到了甄志丙的把柄後，即便處心積慮的要設法奪取他這職位。甄志丙污辱小龍女，實犯教中大戒，如爲掌教師尊所知，勢必性命難保。趙志敬自知以武功而論，第三代弟子中無出己右，但因生性魯莽暴躁，不爲全眞六子所喜，師兄弟也多半和他不睦，縱然甄志丙身敗名裂，這掌教的位子還是落不到自己身上，他一直隱忍不發，便是爲此。

國師鑒貌辨色，猜中了他心思，暗想：「我若助他爭得掌教，他便死心塌地的爲我所用。全眞教勢力龐大，信士如雲，能得該教相助，於王爺南征大有好處，大功更勝於刺殺郭靖。」暗自籌思，不再與趙志敬交談。

午牌時分，一行人來到忽必烈大營。國師回頭望去，見小龍女騎著棗騮馬停在里許之外，不再近前，心想：「有她在外，不怕這兩個道士不上鉤。」

眾人進了王帳，忽必烈正為失旗之事大為煩惱。王旗是三軍表率，征戰之際，千軍萬馬全隨王旗進退，實是軍中頭等重要的物事，突然神不知鬼不覺的給人盜去，直如打了一個大大敗仗。他見國師攜了王旗回來，心下大喜，忙起座相迎。

忽必烈雄才大略，直追乃祖成吉思汗，聽國師引見甄趙二人，說是全真教的高士，當即大加接納，顯得愛才若渴，對王旗的失而復得竟似沒放在心上，吩咐設宴接風。甄志丙心神不定，全副心思只想著小龍女。趙志敬卻是個極重名位之人，見這位蒙古王爺竟對自己如此禮遇，不禁喜出望外。

忽必烈絕口不提國師等行刺郭靖不成之事，只不住推崇尼摩星忠於所事，以致雙腿殘廢，酒筵上請他坐了首位，接連與他把盞，尼摩星感激知遇，心想只要他再有差遣，赴湯蹈火在所不辭的，旁人瞧著也都大為心折。

酒筵過後，忽必烈對國師道：「國師，大汗派我南征，受阻於襄陽，出師不順，這次竟連王旗也給敵人盜了去，大折銳氣，虧得國師奪回，功勞不小。今後行止，還請國師多加指點，咱們這就到後帳商議軍情。」當下金輪國師隨同忽必烈來到後帳，尼摩星自與尹克西、瀟湘子、趙甄二道等人在大帳喝酒談天。

忽必烈坐定後，命人請謀臣子聰過來商議。子聰和尚原名劉秉忠，雖出家為僧，但足智多謀，精通韜略，忽必烈甚為倚重。子聰對金輪國師說道：「國師，令賢徒霍都王子身世不凡，他一直不肯吐露，晚輩後來跟他長談，才得知他的來歷，咱們請他來一起談談可好？」金輪國師點點頭。子聰派人去請霍都來到後帳，忽必烈問起來歷，才知他是成吉思汗義兄札木合的孫子。

札木合和成吉思汗失和交戰，為義弟所擒，成吉思汗顧念結義之情，欲饒了札木合性命。札木合卻甘願就死，只求不流鮮血。成吉思汗為防札木合龐大部族作亂反叛，只得下令將札木合壓死，不流一滴鮮血。依蒙古人習俗，不流血而死，靈魂可以升天。成吉思汗念舊，下令札木合的子孫世世代代封為王子。霍都的王子之稱便由此而來。他心高氣傲，不願坐享尊榮，拜了金輪大喇嘛為師，苦練武功，居然也有小成。他在朝裏做官，很會諂諛奉承，得到大汗窩闊台的歡心，窩闊台逝世後，皇后尼瑪察臨朝當權，對霍都仍相當寵信。霍都自知因出身關係，在蒙古軍政中並無重大前途，仗著師父之力，在江湖武人以及蒙古喇嘛教中努力。

忽必烈查閱部族發給他的羊皮身世書後，得知是實，問起朝中情形。霍都稟告說，尼瑪察皇后臨朝後，信任權臣溫都爾哈瑪爾，對老臣耶律楚材多方貶斥，後來將其下毒害死，又殺了其子耶律鑄，下令追殺其家屬，得悉耶律鑄的弟妹等人逃到了南朝，命霍都稟報忽必烈後逮捕斬殺，以絕後患。忽必烈把子聰拉到一旁，低聲問道：「大師，你瞧怎樣？」子聰道：「啓稟王爺，先耶律相爺有功於國，英明公正，實有大功，該當保護他的子孫。」忽必烈點頭，低聲道：「皇后信用奸邪，咱們須得事事小心。」回轉身來，對霍都道：「耶律宰相是大大的忠臣，一時受冤，日後必可平反，他的家屬逃到南朝，咱們暫且不理吧！」

跟著商議進攻宋朝之事。子聰說道，眼下蒙軍後方多受漢人騷擾，進軍不順，不如暫且退兵，肅清後方之後進兵，可策萬全。忽必烈攻打襄陽失利，也有點灰心，點頭稱是，問起後方情狀，得知主要大患一是全真教，二是丐幫，這兩個教幫都忠於大宋，蒙古軍南攻，他們不住在蒙軍後方斬兵殺將，牽制得很厲害。

忽必烈長長嘆了口氣，說道：「我祖父成吉思汗當年教導子孫和大將，用兵之道：勢利則進，順勢猛打，不利則止，待時再舉。用兵者勢也，不可逆時逆勢。順勢則勝，逆勢即亡。咱們下令暫且退兵，再定進退。」對金輪國師道：「國師，誅滅北方全眞教和丐幫這兩件事，小王就奉託國師全權處理了，那也須乘勢而行，並不急在一時，他們漢人說：欲速則不達，也是挺有道理的。霍都，丐幫的事，你就多用一點心吧！」國師和霍都站起身來，躬身遵命。

國師回到大帳，與甄趙二道相會，陪著二人到旁帳休息。甄志丙心神交疲，倒頭便睡。國師道：「趙兄，左右無事，咱們出去走走。」兩人並肩走出帳來。

趙志敬舉目見小龍女坐在遠處一株大樹下，那匹黃馬繫在樹上，不禁臉上變色。國師只作不見，再詳詢全眞教中諸般情狀，態度甚爲客氣親厚。

北宋道教本只正乙一派，由江西龍虎山張天師統率。自金人侵華，宋室南渡，河北道教新創三派，是爲全眞、大道、太乙三教，其中全眞尤盛，教中道士行俠仗義，救苦卹貧，多行善舉。是時北方淪於異族，百姓痛苦不堪，眼見朝廷規復無望，黎民往往把全眞教視作救星。當時有人撰文稱：「中原板蕩，南宋孱弱，天下豪傑之士，無所適從……重陽宗師、長春眞人，超然萬物之表，獨以無爲之教，化有爲之士，靖安東華，以待明主，而爲天下式」云云。當其時大河以北，全眞教與丐幫的勢力有時還勝過官府。蒙古軍南侵，後方常受牽制，國師受忽必烈之命予以誅滅，便欲詳細知其內情。趙志敬見國師待己親厚，心下感激，有問必答，於本教勢力分布、諸處重鎭所在等情，皆舉實以告。

兩人邊說邊行，漸漸走到無人之處。國師嘆了口氣，說道：「趙道長，貴教得有今日規模，實在不易。老衲無禮，卻要說劉、丘、王諸位道長見識太也胡塗，怎能將掌教的大任傳之於甄道兄呢？」趙志敬這些日來一直便在籌算，要待甄志丙接任掌教之後，全眞五子逐一凋逝，便逼他將掌教之位讓給自己。但他性子急躁，想起此事究屬渺茫，便算成功，也不知要在多少年之後，聽國師提及，不禁嘆了口氣，又向小龍女望了一眼。

國師道：「那龍姑娘是小事，老衲舉手間便即了結，實不用煩心。倒是掌教大位不可落在無能之輩手中，這方是當急之務。」趙志敬怦然心動，說道：「大師若能指點明途，小道終身全憑所命。」國師雙眉一揚，朗聲道：「君子一言，那可不能反悔。」趙志敬道：「這個當然。」國師道：「好，我叫你在半年之內，便當上全眞敎的掌敎。」

趙志敬大喜，然而此事實在太難，不由得有些將信將疑。國師道：「你不信麼？」趙志敬道：「我信，我信。大師妙法通神，必有善策。」國師道：「貴敎和我素無瓜葛，本來誰當掌敎都是一樣。但不知怎的，老衲和道長一見如故，忍不住要出手相助。」趙志敬心癢難搔，不知如何稱謝才好。

國師道：「咱們第一步，是要令你在敎中得一強援。貴敎眼下輩份最尊的是誰？」趙志敬道：「那便是今日途中遇見的周師叔祖。」國師道：「不錯，他若肯出力助你，甄道長多半便不是你的對手了。」趙志敬喜道：「是啊，劉師伯、丘師伯、我師父都要稱他爲師叔。他說出來的話，自是份量極重。但不知大師有何妙計，能令周師叔祖相助小道。」

國師道：「今日我和他打了賭，要他再來盜取王旗。你說他來是不來？」趙志敬道：「那自然是要來的。」國師道：「這面王旗，今晚卻不懸在旗桿之上，咱們去藏在一個秘密安穩處所。蒙古大營中千帳萬幕，周伯通便有通天徹地的能爲，也沒法在一夜之間尋找出來。」趙志敬道：「是啊！」心中卻想：「這般打賭，未免勝之不武。」國師道：「你一定想，如此打賭，不免勝之不武。但這全是為了你啊。」趙志敬呆呆的望著他，不明其故。

國師伸手在他肩頭輕輕一拍，說道：「我把藏旗的所在跟你說了，你再去悄悄告訴周伯通，讓他找到王旗，他自必大大承你的情。」趙志敬大喜，道：「不錯，不錯，這定能討得周師叔祖的歡心。」但轉念一想，說道：「然則大師的打賭豈非輸了？」國師道：「咱們血性漢子結交朋友，只全心全意為人，一己的勝負榮辱，又何足道哉？」趙志敬感激莫名，連稱：「大師恩德，不知何以為報。」國師微微一笑，道：「你在教中先得周伯通之援，我再幫你籌劃計議，那時你便要推辭掌教之位，也不可得了。」說著向左首一指，道：「咱們到那邊山上去瞧瞧。」離大營里許之處有幾座小山，兩人片刻間已到了山前。

國師道：「咱們找個山洞，把王旗藏在裏面。」前兩座小山光禿禿的無甚洞穴，二人接連翻了兩個山頭，到了第三座小山之上。這山樹木茂密，洞穴一個接著一個。國師道：「此山最好。」見兩株大榆樹間有一山洞，洞口隱蔽，乍視之下不易見到，便道：「你記住此處，待會我將王旗藏在洞內。晚間周伯通一到，你將他引來便了。」趙志敬喏喏連聲，喜悅無限，向兩株大榆樹狠狠瞧了幾眼，心想有此為記，決不會弄錯。兩人回到大營，一路上不再談論此事。

晚飯過後，趙志敬不住逗甄志丙說話。甄志丙兩眼發直，偶而說上幾句，也全是答非所問。天色漸黑，營中打起初更，趙志敬溜出營去，坐在一個沙丘之旁，但見騎衛來去巡視，防守嚴密，心想：「以這般聲勢，便要闖入大營一步也極不易，周師叔祖居然來去自如，將王旗盜去，本領之高實所難測。」

只見頭頂天作深藍，宛似一座蒙古人的大帳般覆罩茫茫平野，羣星閃爍，北斗七星更閃閃生光，心想：「倘若果如國師所言，不久後我得任掌教，那時聲名揚於宇內，天下三千道觀、八萬弟子盡聽我號令，哼哼，要取楊過那小子的性命，自然易如反掌。」越想越得意，站起身來，凝目眺望，隱約見小龍女仍坐在那大樹之下，又想：「本來，任由甄志丙死在她劍下，倒也乾淨利落，去了個對手，但甄志丙一死，丘師伯他們還是要立長春門人李志常、宋德方等爲三代首座，仍輪不到我，那就更加無隙可乘了。」

正想得諸事順利之際，忽見一條黑影自西疾馳而至，在營帳間東穿西插，倏忽間已奔到了王旗的旗桿之下。那人寬袍大袖，白鬚飄蕩，正是周伯通到了。

毒蛛東垂西掛，織結蛛網，不到半個時辰，洞口已爲十餘張蛛網布滿。小龍女和周伯通初時看得有趣，均未出手干預，後來見紅紅綠綠的毒蛛在蛛網上爬來爬去，只瞧得心煩意亂。

第二十五回　內憂外患

周伯通抬頭見桿頂無旗，不禁一怔，他只道金輪國師必在四周伏下高手攔截，便可乘機打個落花流水，大暢心懷，萬料不到王旗竟然不升，心想晚間旗幟不升，也是常事，放眼四顧，千營萬帳，重重疊疊，卻到那裏找去？

趙志敬迎上前去，正要招呼，轉念一想：「此時即行上前告知，他見好不深。要先讓他遍尋不獲，無可奈何，沮喪萬狀，那時我再說出王旗所在，他才會大大的承我之情。」隱身一座營帳之後，注視周伯通動靜。只見他縱身而起，撲上旗桿，一手在旗桿上一撐，又已躍上數尺，雙手交互連撐，迅即攀上旗桿之頂。趙志敬暗暗駭異：「周師叔祖此時年紀就算未及九十，也已八十，雖是修道之士，總也不免筋骨衰邁，步履爲艱，但他身手如此矯捷，尤勝少年，眞乃武林異事。」

周伯通躍上旗桿，遊目眺望，見旌旗招展，不下數千百面，卻就是沒那面王旗。他惱起上來，大聲叫道：「金輪國師，你把王旗藏到那裏去了？」這一聲叫喊中氣充沛，在曠野間遠遠傳了出去，連左首叢山中也隱隱有回聲傳來。國師早已向忽必烈稟明此事，通傳全軍，因此軍中雖聽到他呼喝，竟寂無動靜。

周伯通又叫：「國師，你再不回答，我可要罵了。」隔了半晌，仍無人理睬。周伯通罵道：「爛臭金輪，狗頭國師，你這算甚麼英雄好漢？這是縮在烏龜洞裏不敢出頭的禿頭烏龜大國師啊！」突然東邊有人叫道：「老頑童，王旗在這裏，有本事便來盜去。」周伯通撲下旗桿，急奔過去，喝問：「在那裏？」那人一聲叫喊之後，不再出聲。周伯通望著無數營帳，竟不知從何處下手才好。

猛聽得西首遠遠有人殺豬般地大叫：「王旗在這裏啊，王旗在這裏啊！」周伯通一溜煙般奔去。那人叫聲不絕，但聲音越來越低，周伯通只奔了一半路程，叫聲便斷斷續續，聲若遊絲，終於止歇，實不知叫聲發自那一座營帳。周伯通哈哈大笑，叫道：「臭國師，你跟我捉迷藏嗎？待我一把火燒了蒙古兵的大營，瞧你出不出來？」

趙志敬心想：「他倘若當眞放火燒營，那可不妙？」忙縱身而出，低聲道：「周師叔祖，放不得火。」周伯通道：「啊，小道士，是你！幹麼放不得火？」趙志敬信口胡言：「他們要故意引你放火啊。這些營帳中放滿了地雷炸藥，你一點火，乒乒乓乓，把你炸得屍骨無存。」周伯通嚇了一跳，罵道：「這詭計倒也歹毒。」

趙志敬見他信了，心下大喜，又道：「徒孫探知他們的詭計，生怕師叔祖不察，心裏急得不得了，因此守在這裏。」周伯通道：「嗯，你倒好心。要不是你跟我說，老頑童豈不便炸死在這兒了？」趙志敬低聲道：「徒孫還冒了大險，探得了王旗的所在，師叔祖隨我來就是。」不料周伯通搖頭道：「說不得，千萬說不得！我若找不到，認輸便是。」打賭盜旗，於他是件好玩之極的遊戲，如由趙志敬指引，縱然成功，也已索然無味，這種賭賽務須光明磊落，鬼鬼祟祟實乃大忌。

趙志敬碰了個釘子，心中大急，突然想起：「他號稱老頑童，脾氣自然與衆不同，只能誘他上鉤。」便道：「師叔祖，既是如此，我可要去盜旗了，瞧是你先得手，還是我先得手。」說著展開輕身功夫，向左首羣山中奔去，奔出數丈，回頭果見周伯通跟在後面。他逕自奔入第三座小山，自言自語：「他們說藏在兩株大楡樹之間的山洞中，那裏又有兩株大楡樹了？」故意東張西望的找尋，卻不走近國師所說的山洞。

忽聽得周伯通一聲歡呼：「我先找到了！」向那兩株大楡樹之間鑽了進去。趙志敬微微一笑，心想：「他盜得王旗，我這指引之功仍然少不了，何況我阻他放火，他還道眞的於他有救命之恩。這比之國師的安排尤勝一籌。」心下得意，拔足走向洞去。

猛聽得周伯通一聲大叫，聲音慘厲，接著聽他叫道：「毒蛇！毒蛇！」趙志敬大吃一驚，已經踏進了洞口的右足急忙縮回，大聲問道：「師叔祖！洞裏有毒蛇麼？」周伯通道：「不是蛇……不是蛇……」聲音已大為微弱。

這一著大出趙志敬意料之外，忙在地下拾了根枯柴，取火摺點燃了向洞裏照去，只見周伯通躺在地下，左手抓著一塊布旗，不住揮舞招展，似是擋架甚麼怪物。趙志敬驚問：「師叔祖，怎麼啦？」周伯通道：「我給……給毒物……毒物……咬中了……」說到這裏，左手漸漸垂下，已無力揮動旗幟。

趙志敬見他進洞受傷，還只頃刻之前，心想以他武功，便傷中要害，也不致立時不支，那是甚麼毒物，竟如此厲害？又見周伯通手中所執布旗只是一面尋常軍旗，實非王旗，更加心寒：「原來那國師叫我騙他進洞，卻在洞裏伏下毒物害他性命。」這時只求自己逃命，那裏還顧得周伯通死活，也不敢察看他傷勢如何、是何毒物，反手拋出火把，轉身便逃。

火把沒落到地，突在半途停住，有人伸手接住，只聽那人說道：「連尊長竟也不顧了嗎？」聲音清柔，如擊玉磬，白衣姍姍，正是小龍女。火把照出一團亮光，映得她玉顏嬌麗，臉上卻無喜怒之色。這一下嚇得趙志敬腳也軟了，張口結舌，那裏還說得出話來？萬料不到她竟在自己身後如此之近，滿心想逃，偏是腿軟不能舉步。

小龍女遠遠監視，趙志敬一舉一動全沒離開她目光。他引周伯通上山，小龍女便跟隨其後。周伯通自然知道，並不理會，趙志敬卻茫然未覺。

小龍女舉起火把，向周伯通身上照去，見他臉上隱隱現出綠氣。她取出金絲手套戴上，提起他手臂一看，不禁心中突的一跳，只見三隻酒杯口大小的蜘蛛，分別咬住了他左手三根手指。蜘蛛模樣怪異，全身條紋紅綠相間，鮮艷之極，令人一見便覺驚心動魄。她知任何毒物顏色越鮮麗，毒性越厲害。三隻蜘蛛牢牢咬住周伯通手指，她拾起一根枯枝去挑，連挑幾下均沒挑脫，右手一揚，三枚玉蜂針射出，登時將三隻蜘蛛刺死。她發針勁力恰到好處，刺死蜘蛛，卻沒傷到周伯通皮肉。

原來這種蜘蛛叫作「彩雪蛛」，產於蒙古、回鶻與吐蕃間的雪山之頂，乃天下三絕毒之一。金輪國師攜之東來，有意與中原的使毒名家一較高下。那日他到襄陽行刺郭靖，沒想到使毒，並未攜帶彩雪蛛。中了李莫愁的冰魄銀針後回到大營，恨怒之餘，便取出藏放彩雪蛛的金盒放在身邊，只盼再與李莫愁相遇，便請她一嘗蒙古毒物的滋味。也是機緣巧合，既與周伯通打賭盜旗，又遇上了這個一心想當掌教的趙志敬，便在山洞中放了一面布旗，旗中裹上三隻毒蜘蛛。這彩雪蛛一遇血肉之軀，立即撲上咬嚙，非吸飽鮮血，決不放脫，毒性猛烈，無藥可治，便國師自己也解救不了。他不肯貼身攜帶，便怕萬一給蜘蛛逸出，爲禍非淺。

小龍女這玉蜂針上染有終南山上玉蜂針尾的劇毒，毒性雖不及彩雪蛛險惡，卻也著實厲害，尖針入體，彩雪蛛身上自然而然的便產出了抗毒的質素。毒蛛捕食諸般劇毒蟲豸，全憑身有這等抗毒體液，才不致中毒。毒蛛的抗毒體液從口中噴出，注入周伯通血中，只噴得幾下，已自斃命跌落。幸而小龍女急於救人，又見毒蛛模樣難看，不敢相近，便發射暗器，歪打正著，恰好解救了這天下無藥可解的劇毒。

小龍女見三隻彩雪蛛毛茸茸的死在地下，紅綠斑斕，仍不禁心中發毛；又見周伯通僵臥不動，顯已斃命。她對周伯通心存感激，常想當日若不是他將楊過引入絕情谷，自己便已與公孫止成婚，事後念及，往往全身冷汗淋漓。不料他竟畢命於此，甚是傷感。突然之間，只見周伯通左手舞了幾下，低聲道：「甚麼東西咬我，這麼……這麼厲害？」想要撐持起身，上身只仰起尺許，復又跌倒。

小龍女見他未死，心中大喜，舉火把四下察看，不再見有蜘蛛蹤跡，這才放心，問道：「你沒死麼？」周伯通笑道：「好像還沒死透，死了一大半，活了一小半……哈哈……」他想縱聲大笑，但立時手腳抽搐，笑不下去。

卻聽得洞外一人縱聲長笑，聲音剛猛，轟耳欲聾，跟著說道：「老頑童，你王旗盜到了麼？今日的打賭是你勝了呢，還是我勝了？」說話的正是金輪國師。

小龍女左手在火把上一捏，火把登時熄滅，她戴有金絲手套，兵刃烈火，皆不能傷。周伯通低聲道：「這場玩耍老頑童輸定了，只怕性命也輸了給你。臭國師，你這毒蜘蛛是甚麼傢伙，這等歹毒？」這幾句話悄聲細語，有氣沒力，但國師隆隆的笑聲竟自掩它不下。國師暗自駭然：「他給我的彩雪蛛咬了，居然還不死，這幾句話內力深厚，非我所及。幸好中我之計，去了一個強敵。他此刻雖還不死，總之也挨不到一時三刻了。」

周伯通又道：「趙志敬小道士，你騙我來上了這個大當，吃裏扒外，太不成話。你快去跟丘處機說，叫他殺了你罷！」趙志敬站在洞外，躲在國師身後，心下驚惶，暗想：「這事我豈能去跟丘師伯說？」國師笑道：「這趙道士很好啊。咱們王爺要啓稟大汗，封他作全眞教掌教眞人呢。」暗想：「周伯通之死，這趙道士脫不了干係，從此終身受我挾制。此人才識平庸，也不想想周伯通這樣一個瘋瘋顚顚的人物，輩份雖尊，丘處機等豈能把他的言語當眞？怎能憑老頑童幾句話就讓你當全眞教掌教？」

周伯通大怒，呸的一聲吐了口唾沫。他體內毒性雖已消去大半，但彩雪蛛的劇毒絕非人所能抗，一絲一忽的微量即足以屠滅多人。周伯通眞氣略鬆，又暈了過去。

小龍女道：「金輪國師，你打不過人家，便用這種毒物害人，像不像一派宗主？快拿解藥出來救治周老爺子！」

國師隔洞望見周伯通暈去，只道他毒發而斃，大是得意，暗想憑你這小小女子怎奈何得我？想起趙志敬日間言語相激，說自己曾敗在她手下，決意親手將她擒住示衆，顯顯威風，當即衝向山洞，左掌一揚，右手探出，向小龍女抓去，說道：「解藥來了，好好拿著。」小龍女右手揮處，玎玲玲一陣輕響，金鈴軟索飛出，疾往他「期門穴」點去。

國師心想：「今日我如再擒你不到，豈不教那姓趙的道士笑話。」晃身避開金鈴，探手入懷，雙輪在手，相互撞擊，噹的一聲巨響。小龍女一點不中，兜轉軟索，倏地點他後心「大椎穴」，這一下變招極快極狠。國師躍起數尺，讚道：「如你這等功夫，女中罕見！」

兩人夾洞相鬥，瞬息間拆了十餘招。國師倘眞恃力強攻，小龍女原難抵擋，但他數日前攻進山洞，足底爲冰魄銀針刺傷，險些送命，小龍女武功與李莫愁全是一路，而招數巧妙尤在李莫愁之上，他怎敢重蹈覆轍？何況洞中尙有毒蛛，若給咬上了，非立時送命不可，是以雖然焦躁，卻不冒險搶攻。黑夜之中，但聽得鉛輪橐橐，銀輪錚錚，夾著金鈴玲玲之聲，宛似敲奏樂器。

趙志敬遠遠站著，聽著兩人的兵刃聲響，心中怦怦亂跳，想起師叔祖之死雖非自己有意加害，總卸不了罪責，這等弒殺尊長之事，武林任何門派均罪不容誅，倘若給小龍女脫身逃走，消息自然傳出，那便如何是好？他一步步後退，手持劍柄，身子禁不住發顫，聽著雙輪與金鈴之聲越來越密，不由得汗流浹背，濕透道袍。

國師武功雖遠勝小龍女，但輪短索長，不入山洞，終難取勝，轉眼間已拆到六七十招，兀自制不住對方。小龍女見周伯通躺在地下一動不動，多半是沒命的了，想要設法救助，卻那裏緩得出手來？二人暗中相鬥，她目能視物，比國師多佔了便宜，見國師揮輪向左斜砸，右方露出空隙，當即回轉金鈴軟索，點向他右脅，同時左手揚動，十餘枚玉蜂針向他上中下三盤射去。

這一下相距既近，玉蜂針射出時又無聲無息，國師待得發覺，玉蜂針距身已不逾尺，也虧他武功委實了得，危急中翻轉銀輪，捲住了金鈴軟索，同時雙足力撐，呼的一響，身子拔起丈餘，十餘枚玉蜂針盡數在腳底飛過。倉卒間使力過巨，身子拔高，雙臂上揚，銀鉛雙輪連著金鈴軟索一齊脫手飛上半空。輪聲嗚嗚，鈴聲玎玎，直響上半空十餘丈處。星光下但見一團灰光，一團銀光，夾著一條長索激飛而上。小龍女不待他落地，又一把玉蜂針射出。國師身在半空，縱使武功再強，也無法閃避，此時相距雖遠，情勢卻更凶險。

國師躍起之時，早料到對方必會跟著進襲，雙手抓住胸口衣襟向外力分，嗤的一響，長袍撕為兩片，恰好玉蜂針於此時射到，他舞動兩片破衣，數十枚細針盡數刺入衣中。他哈哈一笑，雙足著地，抛去破衣，伸手接住了空中落下的雙輪。這兩次脫險，都仗著絕頂武功再加聰明機變，於千鈞一髮之際逃得性命，更奪得了小龍女的兵刃。

他腳一落地，立即搶到洞口，笑道：「龍姑娘，你還不投降？」他生怕小龍女在洞中設伏，不敢便此走進。小龍女卻不知他有所顧忌，自己兵刃既失，玉蜂針也已十去其九，只得手心裏扣著一把僅餘的金針，躲在洞口一旁，默不作響。

國師等了片刻，不見動靜，心生一計，雙輪交在右手，左手拾起兩片破衣，突然雙輪著地擲出，一前一後，拋進了山洞之內數尺，身子一晃，雙足已踏在輪上，以防地下揷有毒針，跟著破衣飛舞，揮成一道布障擋在身前。他兩片破衣上釘了數十枚玉蜂針，已成爲一件厲害兵刃，笑道：「別人有狼牙棒，龍姑娘，你試試我狼牙布的本事。」一言甫畢，突然手上一緊，半截長袍竟已給小龍女抓住。她戴著金絲手套，莫說狼牙布，便眞是狼牙棒也敢赤手來奪。

國師這一下出其不意，忙運勁回奪，就這麼微微一頓之間，小龍女滿手金針已激射而出。國師暗叫不好，情急智生，隨手抓起躺在地下的周伯通在身前一擋，跟著「倒踩七星步」，急竄出洞。饒是他一生數經大敵，但這一次生死繫於一線，也不禁嚇得滿手都是冷汗，遠遠站在洞外喘息。

那二十餘枚玉蜂針盡數釘在周伯通身上。小龍女微微嘆息，心想你身死之後，屍身還要受罪，不料忽聽得周伯通叫道：「好痛，好痛，甚麼東西又來咬我？」小龍女又驚又喜，問道：「周伯通，你還沒死麼？」她不懂禮法，出口便呼名道姓。

周伯通道：「好像已經死了，可又活了轉來。不知沒死得透呢，還是沒活得夠。」

小龍女道：「你沒死便好了，那國師好兇惡，我打他不過。」取出吸鐵石，將他身上所中的玉蜂針一枚枚的吸出。周伯通罵道：「國師這狗賊眞不講道理，乘我死了還沒還魂，便用這些瞧不見的細針來扎我。」小龍女不住手的跟他取針，他便不停口的罵人。

小龍女微微一笑，道：「周伯通，這些針是我扎你的。」將適才激鬥的經過簡略說了，又問：「我這玉蜂針上餵有蜂毒，你身上難不難過？」周伯通道：「舒服得很，你再扎我幾下。」小龍女還道他是說笑，從懷中取出一個小小玉瓶，說道：「這瓶玉蜂蜜可解我這金針之毒，你喝一點便好啦。」周伯通連連搖手，說道：「不，不！你這些針扎在身上很舒服，似乎正是那毒蛛的剋星。」

小龍女想那老頑童又在胡說八道，但見他堅不肯服，也就不加勉強，看來這怪老頭兒內功深不可測，連毒蛛也害他不死，中了玉蜂針自然也是無礙。其實蜜蜂刺上之毒雖毒性厲害，卻能治療多種疾病，於風濕等症更有神效，是以天下養蜂之人，決無風濕。但小龍女與周伯通均不明醫理，不知玉蜂針以毒攻毒，竟使彩雪蛛的毒性又解了不少。

國師在洞外聽得周伯通說話，竟然神完氣足，宛若平時，更覺駭然，暗想此人難道是半個神仙？乘著他元氣未復，當須痛下殺手，否則日後豈能再有這等良機。適才進洞不成，連銀鉛雙輪也失陷在內，揮動小龍女的金鈴軟索，叫道：「龍姑娘，我借你的兵刃使使。」用力一抖，將軟索揮進洞來。他武功已臻化境，任何兵刃均能運轉自如，小龍女這軟索雖然怪異，但他當作軟鞭來用，居然也使得虎虎生風。

小龍女童心忽起，拾起地下的銀鉛雙輪，錚的一聲互擊，叫道：「好，咱們便掉換了兵刃打一架。」右臂平伸推出，手臂突感酸軟，竟推不到盡頭。這鉛輪圓徑不大，份量卻著實不輕，小龍女一推出，手力便感不支，當即縮回，將雙輪護在胸前。

國師瞧出便宜，突然欺上，長臂倏伸，便來搶奪雙輪。小龍女退了一步，左手銀輪擲出。她擲輪只是虛招，乘著那一擲之勢，數十枚玉蜂針又已射出。這些玉蜂針均是從周伯通身上起出，毒性已消了大半，便射在身上也無大礙。國師這次早有防備，不接銀輪，向旁躍開，數十枚玉蜂針盡數打空。

周伯通哈哈大笑，道：「好，這賊禿過來，你便用小針扎他。再過一會，我元氣一復，這就出去抓他來打屁股。」小龍女道：「唉，我的玉蜂針都打完啦，一枚也不賸了。」周伯通一愣，搔頭道：「這可有點兒難對付了。」他二人一老一小均全無機心，想到甚麼，便說了出來。

金輪國師滿腹智謀，但不知周伯通和小龍女的性情，不信天下竟有人會自暴其弱，心想：「你說玉蜂針打完了，我怎會上這個當？定是想誘我近前，另使古怪法道射我。」小龍女坦然直說，反使國師不敢貿然搶攻，加之他日前在山洞內中了楊過之計，想起自己誤踹銀針之禍、尼摩星自斷雙足之慘，竟加意鄭重起來。

一耗兩耗，天色漸明。周伯通盤膝端坐，要以上乘內功逼出體內餘毒。可是那彩雪蛛的毒性猛惡絕倫，他每一運氣，胸口便煩惡欲嘔，自頂至踵，每一處都痲癢難忍，不運氣倒反無事，連試三次都如此，廢然嘆道：「唉，老頑童這一次可不好玩了！」

國師在外偷窺，卻不知他有這等難處，暗想：「不好，這老頭兒在運內功了！」心念一動，從懷中取出那隻盛放彩雪蛛的金盒來，掀開盒蓋，盒中十餘隻彩雪蛛蠕蠕而動，其時朝陽初昇，照得盒中紅綠斑斕，鮮艷奪目。國師從金盒旁的圓孔中拔出一根犀牛角做的夾子，夾起一根蛛絲，輕輕一甩，蛛絲上帶著一隻彩雪蛛，黏在山洞口左首。他連夾連甩，將盒中毒蛛盡數放出，每隻毒蛛帶著一根蛛絲，黏滿了洞口四周。盒中毒蛛久未餵食，飢餓已久，登時東垂西掛，結起一張張蛛網，不到半個時辰，洞口已為十餘張蛛網布滿。

當毒蛛結網之時，小龍女和周伯通看得有趣，均未出手干預，到得後來，一個直徑丈餘的洞口已滿是蛛網，紅紅綠綠的毒蛛在蛛網上來往爬動，只瞧得心煩意亂。

小龍女低聲道：「可惜我玉蜂針打完了，不然一針一個，省得這些毒蜘蛛在眼前爬來爬去的討厭。」周伯通拾起一枝枯枝，便想去攪蛛網，忽見一隻大蝴蝶飛近洞口，登時給蛛網黏住。本來昆蟲落入蛛網，定須掙扎良久，力大的還能毀網逃去，這隻蝴蝶軀體雖大，一碰到蛛絲立即昏迷，動也不動。小龍女心細，叫道：「別動，蛛絲有毒。」

周伯通嚇了一跳，忙拋下枯枝。原來國師放毒蛛封洞，並非想以這些纖細的蛛網阻住二人，倒盼望他們出手毀網，遊絲飛舞，免不了身上沾到一二根，劇毒便即入體。

小龍女驀地裏想起，那日在古墓中教楊過輕功，楊過以「天羅地網勢」捉到了一對白蝴蝶，當晚他做夢，夢到捉白蝴蝶，牢牢抓住了自己一對赤足，想著這些繾綣溫馨的情景，不由得長長嘆了口氣，心中傷痛，珠淚雙垂。

周伯通觀看毒蛛吃蝴蝶，大感興趣，卻覺得有點肚餓，又盤膝坐下，心想：「反正我玄功一時不易恢復，多坐一會倒也不錯。」小龍女卻想：「這僵持之局不知何時方了？又不知道老頑童身上的毒性去盡沒有？」問道：「你運功去毒，再有一天一晚可夠了麼？」周伯通嘆道：「別說一天一晚，再有一百天一百晚也不管用。」小龍女驚道：「那怎生是好？」周伯通笑道：「那賊禿若肯送飯給咱們吃，在這山洞中住上幾年，也沒甚麼不好。」

小龍女道：「他不肯送飯的。」嘆了口氣，道：「倘若楊過在這兒，我便在這山洞中住一輩子也沒甚麼。」周伯通怒道：「我甚麼地方及不上楊過了？他還能比我強麼？我陪著你又有甚麼不好？」他這兩句話不倫不類，小龍女卻也不以為忤，只淡淡一笑，道：「楊過會使全真劍法，我和他雙劍合璧，便能將這和尚殺得落荒而逃。」周伯通道：「哼，全眞劍法有甚麼了不起？我是全眞派大長老，我難道不會使？楊過能勝得我麼？」小龍女道：「我們這雙劍合璧，叫作玉女素心劍法，要我心中愛他，他心中愛我，兩心相通，方能克敵制勝。」

周伯通一聽到男女之愛，立時心驚肉跳，連連搖手，說道：「休提，休提。我不來愛你，你也千萬別來愛我。我跟你說，在山洞中住了幾年也沒甚麼大不了。當年我在桃花島山洞中孤另另的住了十多年，沒人相伴，只得自己跟自己打架，現今跟你在一起，有說有笑，那就大不相同了。」他自得其樂，竟想在洞中作久居之計。

小龍女奇道：「自己跟自己打架，怎生打法？」周伯通大是得意，將分心二用、左右互搏之術簡略說了。小龍女心中一動：「若我學會此術，左手使全眞劍法，右手使玉女劍法，那豈不是雙劍合璧，成了玉女素心劍法？就只怕這功夫非一朝一夕所能學會。」說道：「這功夫很難學罷？」周伯通道：「說難是難到極處，說容易也容易之至。有的人一輩子都學不會，有的人只須幾天便會了。你識得郭靖與黃蓉兩個娃娃麼？」小龍女點點頭。周伯通道：「你說他兩人是誰聰明些？」

小龍女道：「郭夫人聰明之極，我聽過兒說道，當世只怕無人能及。郭大俠的資質卻平常得緊。」周伯通笑道：「甚麼『平常得緊』？簡直蠢笨無比。你說我是聰明呢還是儍？」小龍女笑道：「我瞧你年紀雖然不小，仍然儍不裏幾的，說話行事，有點兒瘋瘋顚顚。」

周伯通拍手道：「是啊，你這話一點兒也不錯。這左右互搏之術是我想出來的，後來我教了郭靖兄弟，他只用幾天功夫便學會了。但他轉教他婆娘，你別瞧黃蓉這女孩兒玲瓏剔透，一顆心兒上生了十七八個竅，可是這門功夫她便始終學不會。我還道郭靖傻小子教得不對，後來老頑童親自教她，那知道她第一課『左手畫方，右手畫圓』便畫來畫去不像。所以啊，有的人一學便會，有的人一輩子學不了。好像越聰明，便越加不成。」

小龍女道：「難道蠢人學功夫，反而會勝過聰明人？我可不信。」周伯通笑嘻嘻的道：「我瞧你品貌才智，和小黃蓉不相上下，武功也跟她差不離。或許相貌武功，都比她高這麼一點兒。你既不信，那你便用左手食指在地下畫個方塊，右手食指同時畫個圓圈。」小龍女依言伸出兩根食指在地下劃畫，但畫出來的方塊有點像圓圈，圓圈卻又有點像方塊。周伯通哈哈大笑，道：「是麼？你這一下便辦不到。」

小龍女微微一笑，凝神守一，心地空明，隨隨便便的伸出雙手手指，在地下泥沙裏左手畫了一個方塊，右手畫了一個圓圈，方者正方，圓者渾圓。

周伯通大吃一驚，道：「你……你……」過了半晌，才道：「你從前學過的麼？」小龍女道：「沒有啊，這又有甚麼難了？」周伯通搔著滿頭白髮，道：「那你是怎麼畫的？」小龍女道：「我也不知道。心裏甚麼也不想，一伸手指便畫成了。」隨即左手寫了「老頑童」三字，右手寫了「小龍女」三字，雙手同時作書，字跡整整齊齊，便如一手所寫一般。周伯通大喜，說道：「這定是你從娘胎裏學來的本領，那便易辦了。」於是教她如何左攻右守，怎生右擊左拒，將他在桃花島上領悟出來的這門天下無比的奇功，一古腦兒說了給她聽。

其實這左右互搏之技，關鍵訣竅全在「分心二用」四字。凡聰明智慧之人，心思繁複，一件事沒想完，第二件事又湧上了心頭。三國時曹子建七步成詩；五代間劉鄩用兵，一步百計；這等人要他學那左右互搏的功夫，便殺他的頭也學不會的。小龍女自幼便練摒除七情六欲的紮根基功夫，八九歲時已練得心如止水，後來雖痴戀楊過，這功夫大有損耗，但此刻心靈痛受創傷，心灰意懶之下，舊日的玄功竟又回復了八九成。她所修習的古墓派內功乃當年林朝英情場失意之後所創，與她此時心境大同小異，感應一起，頓生妙悟，周伯通一加指撥，她立時便即領會。只因周伯通、郭靖、小龍女均是淳厚質樸、心無渣滓之人，如黃蓉、楊過、朱子柳輩，那就說甚麼也學不會了。

周伯通身上毒性未除，但口講指劃，說得津津有味。小龍女不住點頭，暗自默想如何右手使玉女劍法、左手使全眞劍法，只幾個時辰，心中已豁然貫通，說道：「我全懂啦。」雙手試演數招，竟圓轉如意。周伯通張大了口合不攏來，只叫：「奇怪！奇怪！」

國師和趙志敬守在洞外，聽兩人說個不停，有講有笑，側耳傾聽，只斷斷續續的聽到幾句，全不明其意。小龍女一抬頭，見兩人正自探頭探腦的窺望，站起身來，說道：

「咱們走罷！」周伯通一呆，問道：「那裏去？」小龍女道：「出去把賊禿抓來，逼他給你解藥。」周伯通拉了拉自己大鬍子，問道：「你準打贏他了？」

說到此處，忽聽得嗡嗡聲響，一隻蜜蜂黏上了蛛網，不住出力掙扎。先前一隻大蝴蝶一觸蛛絲便即昏暈，這蜜蜂身軀甚小，卻似不怕彩雪蛛毒性，蛛網竟給撕出了一個破洞。一隻面目猙獰的毒蛛在旁虎視眈眈，卻不敢上前放絲纏繞，過了良久，蜜蜂才不支暈去，那毒蛛撲上便咬。

小龍女在古墓中飼養成羣玉蜂，和蜜蜂終年為伴，驅蜂之術固然甚精，且把蜂兒視作朋友一般，眼見蜜蜂有難，心中不忍，突然轉念：「毒蛛形貌雖惡，我的蜂兒未必便怕牠們了。」從懷中取出玉瓶，右手伸掌握住，拔開瓶塞，潛運掌力，熱氣從掌心傳入瓶中，過不多時，一股芬芳馥郁的蜜香透過蛛網送了出去。周伯通奇問：「你幹甚麼？」小龍女道：「這是個頂好玩的把戲，你愛不愛瞧？」周伯通大喜，連叫：「妙極！」又問：「那是甚麼把戲？」小龍女微笑不答，只催動掌力。

此時山谷間野花盛開，四下裏採蜜的野蜂極多，聞到這股甜蜜的芳香，登時從各處飛擁而至。一隻隻野蜂不住的衝向山洞，一黏上蛛網，便都掙扎撕扯，有的給毒蛛咬死，有的卻在毒蛛身上刺了一針。彩雪蛛雖是天下至毒，但蜂毒中得多了，即便漸漸僵硬而死。周伯通只瞧得手舞足蹈，心花怒放。洞外金輪國師和趙志敬卻目瞪口呆，不知所措。

初時彩雪蛛尚佔上風，毒蛛只死了三隻，蜜蜂卻有四十餘隻斃命，但野蜂越聚越多，起初還只三四隻、五六隻零零落落的趕來，到後來竟成羣結隊，數十隻、數百隻一窩一窩的擁到，片刻之間，洞口的蛛網衝爛無餘，十餘隻毒蛛也盡數中刺僵斃。趙志敬吃過蜜蜂的大苦頭，見情勢不妙，忙悄悄溜入樹叢，遠遠避開。國師卻可惜彩雪蛛難得，這一役莫名其妙的全軍覆沒，還道野蜂有合羣之心，同仇敵愾，和毒蛛相鬥，卻不知乃小龍女召來，兀自尋思如何逼周伯通和小龍女出洞，結果二人性命。

小龍女將小指指甲伸入玉瓶，挑了一點蜂蜜向國師彈去，左手食指向他左邊一點，右邊一點，口中呼嘯吆喝。幾千隻野蜂轉身出洞，向他衝去。國師一驚非同小可，急忙向前飛竄。他輕身功夫了得，野蜂飛得雖快，他身法更快，霎時間已竄出十餘丈外。但見他猶似一溜黑煙，越奔越遠，野蜂追趕不上，便各自散了。

小龍女連連頓足，不住口的叫道：「可惜，可惜！」周伯通道：「可惜甚麼？」小龍女道：「給他逃走啦，沒搶到解藥。」原來她驅趕蜜蜂分從左右包抄，要將國師圍住，可沒想到這些野蜂乃烏合之衆，東一窩西一窩的聚在一起，決不能和她古墓中養馴的玉蜂相比，要牠們一時追刺敵人，倒還可以，至於左右包抄、前後合圍這些精微的陣勢，野蜂便無能爲力了。但周伯通已佩服得五體投地，深覺這玩意兒比他生平所見所玩任何戲耍都強得多，鼓掌大讚，渾忘了身上中毒未解。

小龍女見洞口蛛絲已除，竄出洞去，招手道：「出來罷！」周伯通跟著躍出，但身在半空，突然重重跌落，嘆道：「不成，不成！力氣使不出來。」猛地裏全身打戰，牙齒互擊，格格作響，這一跌之下，引動彩雪蛛的餘毒發作出來，猶似身墮萬年冰窖，酷寒難當，嘴唇和臉孔漸漸發紫，一叢白鬍子連連搖晃。小龍女驚問：「周伯通，你怎麼啦？」周伯通不住發抖，顫聲道：「你……你快用那針兒扎我……扎我幾下。」小龍女道：「我的針上有毒啊。」周伯通道：「便……便是……有毒的好。」

小龍女想起適才野蜂與毒蛛的惡戰，心道：「莫非蜂毒正是蛛毒的剋星？」從地下拾起一枚玉蜂針，試著在他手臂上刺了一下。周伯通叫道：「妙啊！快再刺。」小龍女連刺幾下，聽他不住的叫好，見針上毒性已失，於是換過一枚。一共刺了十餘針，周伯通不再打戰，舒了一口氣，笑道：「以毒攻毒，衆妙之門。」試著一運氣，尚覺體內餘毒仍未去盡，猛地一拍膝蓋，叫道：「龍姑娘，你針上的蜂毒不夠，而且不大新鮮。」小龍女笑道：「那我便叫野蜂來叮你。」周伯通道：「多謝之至，快快叫罷！」

小龍女揭開玉瓶，先在周伯通身上彈了些蜜漿，再召來野蜂，叮在周伯通身上。老頑童笑逐顏開，全身脫得赤條條地，讓野蜂針刺全身，潛運神功將蜂毒吸入丹田，再隨眞氣流遍全身。不多時，遍體都是野蜂尾針所刺的小孔，蛛毒盡解，再刺下去便越來越痛，大聲叫道：「夠啦，夠啦！再刺下去便攪出人命來啦！」拾起衣褲穿起。

小龍女微微一笑，將野蜂驅走，見金鈴軟索掉在一旁，順手拾起，問道：「我要上終南山去，你去不去？」周伯通搖搖頭，道：「我另有要緊事情要辦，你一個人去罷！」小龍女道：「啊！是了，你要到襄陽城去相助郭大俠。」她一提到「郭大俠」三字，便想到郭芙，跟著想到了楊過，黯然道：「周伯通，你若見到楊過，別提起曾遇見我。」卻見他喃喃自語，不理自己，但完全聽不到他在說甚麼，臉上神色詭異，不知在搗甚麼鬼。過了半晌，周伯通突然抬頭問道：「你說甚麼？」小龍女道：「沒甚麼了，咱們再見啦。」周伯通心不在焉，只點頭揮手。

小龍女轉身走開，過了一個山坳，忽聽得周伯通大聲吆喝呼嘯，宛似在指揮蜜蜂。小龍女好生奇怪，悄悄又走了回來，躲在一株樹後張望，只見周伯通手中拿著玉瓶，正在指手劃腳的呼叫。她伸手懷中一探，玉瓶果已不翼而飛，不知如何給他偷了去，但他吆喝的聲音，似是而非，雖有幾隻野蜂聞到蜜香趕來，卻全不理睬他的指揮，只繞著玉瓶嗡嗡打轉。

小龍女忍不住噗哧一笑，從樹後探身出來，叫道：「我來教你罷！」周伯通見把戲拆穿，賊贓給事主當場拿住，只羞得滿臉通紅，白鬚一揮，斗地竄出數丈，急奔下山，飛也似的逃走了。

小龍女忍不住好笑，心想這怪老頭兒當眞有趣得緊。她笑了數聲，空山隱隱，傳來幾響回聲，驀地裏只覺寂寞淒涼，難以自遣，忍不住流下兩行淸淚。這一晚和金輪國師鬥智鬥力，有老頑童陪著胡鬧，倒也熱鬧了半天，此刻敵人走了，朋友也走了，情郎卻要去娶別的姑娘，全世界便似孤另另的只賸下了她一個人。

她一路跟隨甄志丙和趙志敬，只覺這兩人可惡之極，雖將之碎屍萬段，也難解心頭之恨。她只消一出手，便能將兩人殺了，但總覺得殺了他們那又如何？在大榆樹下呆了半晌，自言自語：「我還是找他們去！」走下山來，跨上放在山下吃草的棗騮馬。

上得大路行了一程，忽見前面煙塵衝天，旌旗招展，蹄聲雷震，大隊軍馬向南開拔。小龍女心中躊躇：「在這千軍萬馬之中，卻如何去尋那兩個道士？」忽見三乘馬從山坡旁掠過，馬上乘者黃衫星冠，正是三個道人。小龍女心道：「怎地多了一個？」遙遙望去，最後一人正是甄志丙，趙志敬和另一個年輕道士並騎在前。小龍女一提韁繩，縱馬跟了下去。

甄志丙和趙志敬聽得蹄聲，回頭望去，又見到了小龍女，都不禁臉上變色。那年輕道人問道：「趙師兄，這女子是誰？」趙志敬道：「那是咱們教中的大敵，你別出聲。」那道人嚇了一跳，顫聲道：「是赤練仙子李莫愁？」趙志敬道：「不是，是她的師妹。」

那年輕道人名叫祁志誠，也是丘處機的弟子。他只知李莫愁曾多次與師伯、師父、師叔們相鬥，全眞諸子曾在她手下吃過不少虧，來者既是李莫愁的師妹，自然也非善類。

趙志敬舉鞭狂抽馬臀，一陣急奔，甄祁二人也縱馬快跑，片刻間已將小龍女遠拋在後。但小龍女那馬匹後勁極長，腳步並不加快，只不疾不徐的小跑。三匹馬奔出四五里，氣喘吁吁，漸漸慢了下來，棗騮馬又逐步趕上。趙志敬舉鞭擊馬，但坐騎沒了力氣，不論他如何抽打，只奔出數十丈，便又自急奔而小跑，自小跑而緩步。

祁志誠道：「趙師兄，我和你回頭阻擋敵人，讓甄師兄脫身。」趙志敬鐵青著臉道：「話倒說得容易，你不要命了嗎？」祁志誠道：「甄師兄身負掌教重任，咱們好歹也得護他平安。」原來他此番是奉師父丘處機之命前來，召甄志丙回重陽宮權攝代掌教。

趙志敬哼了一聲，不加理睬，心想：「也不知天多高，地多厚，憑你這點兒微末道行就想擋住她？」祁志誠見他臉色不善，不敢多說，勒住馬韁，待甄志丙上前，低聲道：「甄師兄，你千金之軀，非同小可，還是你先走一步。」甄志丙搖頭道：「由得他去！」

祁志誠見他鎮靜如恆，好生佩服，暗道：「怪不得師父要他權攝代掌教，單是這份氣度，第三代弟子中就無人能及。」他卻不知甄志丙此時心情特異，只盼小龍女能一劍殺了他，以解他心中無窮無盡的自責自悔。趙志敬見二人不急，究也不便獨自逃竄，好在見小龍女一時也無動手之意，走一段路便回頭望一眼，心中惴惴不安。

四人三前一後，默默無言的向北而行。這時蒙古大軍南衝蹄聲已漸漸隱沒，偶而隨風飄來一些金鼓號角之聲，風勢轉向，便即消失。百姓躲避敵軍，大道附近別說十室九空，簡直是鷄犬不留，絕無人跡。那日甄志丙與趙志敬慌不擇路的逃到了偏僻之處，還可找到一家小小飯店，這時沿大路行來，連完好的空屋也尋不著一所。

當晚甄志丙等三人便在一所門窗全無的破屋中歇宿。趙志敬和祁志誠偷偷向外張望，見小龍女在兩株大樹間懸了一根繩子，橫臥繩上。祁志誠見她如此功夫，暗暗心驚。甄志丙幾次想要走向大樹間，求小龍女殺己，總是給趙志敬拔劍攔住，自思雖然自刎極易，但遠不如死在小龍女手下。

次晨四人又行。趙志敬連晚未睡，全神阻攔甄志丙接近小龍女，自知甄志丙一死，自己圖謀全盤成空，加之受驚過甚，騎在馬上迷迷糊糊的打瞌睡。祁志誠和甄志丙並騎而行，落後了七八丈，祁志誠忍不住說道：「甄師兄，你和趙師兄的武功，每年大較小較，我都見識過的，兩位可說各有所長，難分高下。但說到胸中器度，那是不可同日而語了。」甄志丙苦笑了一下，問道：「師父和各位師伯叔這次閉關，你可知要有多少時日？」祁志誠道：「師父說快則三月，慢則一年，因此要急召甄師兄去權攝代掌教之職。」甄志丙呆呆出神，自言自語：「他老人家功夫到了這等田地，不知還須修練甚麼？」祁志誠低聲道：「聽說五位眞人要潛心鑽研，創制一門高強武功，重振全眞派聲威。」甄志丙「哦」了一聲，忍不住回頭向小龍女望了一眼。

當年小龍女生日，江湖羣邪聚集終南山，達爾巴與霍都兩人輕易攻入重陽宮，霍都數招之間就將郝大通打得重傷，若非郭靖適時到援，全眞教非吃大虧不可。饒是如此，全眞教總壇重陽宮，仍讓霍都等人燒成一片瓦礫。全眞教自重陽眞人威震天下以來，一直號稱武學正宗，全眞七子修爲深湛，也確不墮祖業，但蒙古密宗武功如此高深，金輪國師一出手便震動中原，郝大通與孫不二回觀說起，兀自心有餘悸，使得丘處機等人深感憂慮。大勝關英雄大會之中，小龍女與楊過出手氣走金輪國師師徒，武功精絕，郝大通、孫不二和甄趙二道都親眼得見。楊過在郭靖書房中，手不動、足不抬，便制得趙志敬狼狽不堪，後來小龍女只一招之間，更將趙志敬震得重傷。他二人使何手法，孫不二雖在近旁，竟便看不明白，倒似全眞派的武功在古墓派手下全然不堪一擊，思之實足心驚。後來又聽說小龍女和楊過雙劍合璧，將金輪國師殺得大敗虧輸，全眞派上下更大爲震動。

全眞七子之中，譚處端早死，馬鈺也已謝世，只剩下了五人。劉處玄任了半年掌教，交由丘處機接任。五子均已年高，精力就衰，第三、四代弟子之中並無傑出人才，眼下蒙古南侵，國難深重，日後金輪國師率弟子重來，古墓派再上山尋仇，倘若全眞五子尚在人間，還可抵擋得一陣，但如大敵十年後再來，外患內憂齊臨，那時號稱天下武學正宗的全眞派非一敗塗地不可。因此五人決定閉關靜修，要鑽研一門厲害武功出來，以保天下武功正宗的令譽，不僅興教，抑且保國衛民。教中俗務，暫且置之度外，是以趕召甄志丙回山權攝代掌教之位。

甄志丙等朝行晚宿，一路向西北而行。小龍女總是相隔里許，不即不離的在後相隨。這日到了陝西境內，祁志誠向甄志丙道：「甄師兄，咱們是回重陽宮去。難道這龍姑娘孤身一人，竟也敢涉險追來麼？」

甄志丙「嗯」了一聲，實猜不透她用意。這一路之上，日日夜夜，只翻來覆去的尋思：「她要向五位眞人揭發我的惡行麼？要仗劍大殺全眞教，以出心中惡氣麼？或許，她只不過要回到古墓故居，正好和我同路？又難道……又難道……她憐我一片痴心，終究對我有了情意？」想到最後一節，總不由得面紅耳赤，暗自慚愧，這自是痴心妄想，比之長生升仙，尤爲渺茫，反正此時生死榮辱全已置之度外，既求死不得，恐懼之心倒也淡了。

又過數日，到了終南山腳下。祁志誠取出一枝響箭，使手勁甩出，嗚的一聲響，衝天而起。過不多時，四名黃冠道人從山上急奔而下，向甄志丙躬身行禮，說道：「沖和眞人，您回來啦，大家等候多時了。」甄志丙道號「沖和」，但除了他的親傳弟子之外，向來無人如此稱呼。這四名道人都是全眞教的第三代弟子，和他一直師兄弟相稱，其中一人年紀比他還大得多。

這四人突然改口，甄志丙極感過意不去，忙下馬還禮，謙道：「四位師兄如此相稱，小弟何以克當。」那年紀最長的道人是馬鈺的弟子，說道：「五位師叔法旨，只待沖和眞人一到，即便權攝代掌敎，處理敎中一應大小事務。」甄志丙道：「師父和四位師伯叔已經閉關了麼？」那道人道：「已閉了二十多天。」

說話之間，只聽山上樂聲響亮，十六名道士吹笙擊磬，排列在道旁迎接，另有十六名道士拿著木劍、鐵缽等法器，見甄志丙來到，一齊躬身行禮，前後護擁，向山上而去，竟把趙志敬冷落在後。趙志敬又氣惱，又羨妒，內心卻又不禁暗暗得意：「待掌敎之位落入我手中，再瞧你們的嘴臉卻又如何？」

傍晚時分，一行人已到了重陽宮外。宮中五百多名道人從大殿直排到山門外十餘丈處，只聽得銅鐘鏜鏜，皮鼓隆隆，數百名道士躬身肅候。見到這般隆重端嚴的情景，甄志丙本來委靡頹唐，不禁精神爲之一振，在十六名大弟子左右擁衛下，先到三清殿叩拜元始天尊、太上道君、太上老君三清，再到後殿叩拜創敎祖師王重陽的遺像，又到第三殿全眞七子集議之所，向七張空椅叩拜，然後回到正殿三清殿。

丘處機的大弟子李志常取出掌教眞人法旨宣讀，命甄志丙權攝代掌教。甄志丙下拜聽訓，感愧交集，瞥眼見趙志敬站在一旁，臉上似笑非笑的滿是譏嘲之色，心中驀地大震。

甄志丙聽訓已畢，站起身來，待要向羣道謙遜幾句，忽見外面一名道士進來，朗聲說道：「啓稟代掌教眞人，有客到。」甄志丙一呆，想不到小龍女竟會這般大模大樣的正式拜會，實不知如何應付才是，事到臨頭，要逃也逃不過，只得硬著頭皮道：「請罷！」

那道士回身出去，引了兩個人進來。羣道一見，均大感詫異，甄志丙更是奇怪。進來的兩人一個蒙古官員打扮，另一個卻是在忽必烈營中會見過的瀟湘子。

那蒙古貴官阿不花朗聲說道：「大汗陛下聖旨到，敕封全眞教掌教。」說著在大殿上居中一站，取出一卷黃緞，雙手展開，宣讀道：「敕封全眞教掌教爲：特授神仙演道大宗師，玄門掌教，文粹開玄宏仁廣義大眞人，掌管諸路道教所……」宣讀到這裏，見沒人跪下聽旨，大聲道：「全眞教掌教接旨。」

甄志丙上前躬身行禮，說道：「敝教掌教丘眞人坐關，現由小道權攝代掌教，蒙古大汗的敕封，非對小道而授，小道不敢拜領。」

阿不花笑道：「大汗陛下玉音，丘眞人爲我成吉思汗所敬，年事已高，不知是否尚在人世。這敕封原本不是定須授給丘眞人的，誰是全眞教掌教，便榮受敕封。」甄志丙道：「敝教掌教仍爲丘眞人，現坐關修鍊，未克迎接大人聽旨。小道並非掌教，謹爲權代掌教，無德無能，不敢拜領榮封。」阿不花笑道：「不用客氣啦，快快領旨罷。」甄志丙道：「榮寵忽降，倉卒不意。請大人後殿休息片刻，小道和諸位師兄商議商議。」

阿不花神色不快，捲起了聖旨道：「也罷！卻不知要商量甚麼？」教中職司接待賓客的四名道人陪著貴官和瀟湘子到後殿用茶。甄志丙邀了十六名大弟子到別院坐下，說道：「此事體大，小弟不敢擅自作主，要聆聽各位師兄的高見。」

趙志敬搶先道：「蒙古大汗既有這等美意，自當領旨。可見本教日益興旺，連蒙古大汗也不敢小覷咱們。」說著神情甚是得意，呵呵而笑。李志常搖頭道：「不然，不然！蒙古侵我國土，殘害百姓，咱們怎能受他敕封？」趙志敬道：「丘師伯當年領受成吉思汗詔書，萬里迢迢的前赴西域，代掌教和李師兄均曾隨行，有此先例，何以受不得蒙古大汗的敕封？」李志常道：「那時蒙古和大金爲敵，既未侵我國土，且與大宋結盟，此一時彼一時，如何能相提並論？」趙志敬道：「終南山受蒙古管轄，咱們各處道觀也均在蒙古境內，倘若不領受敕封，眼見全眞教便是一場大禍。」

李志常道：「趙師兄這話不對。」趙志敬提高聲音，道：「甚麼不對，要請李師兄指點。」李志常道：「指點是不敢。請問趙師兄，咱們的創教祖師重陽眞人是甚麼人？

你我的師父全眞七子又是甚麼人？」趙志敬愕然道：「祖師爺和師父輩宏道護法，乃三清教中的高人。」李志常道：「他們都是頂天立地的大丈夫，愛國憂民，每人出生入死，都是曾和金兵血戰過來的。」趙志敬道：「是啊。重陽眞人和全眞七子名震江湖，武林中誰不欽仰？」

李志常道：「想我教上代的眞人，個個不畏強禦，立志要救民於水火之中，全眞教便算眞的大禍臨頭，咱們又怕甚麼了？要知頭可斷，志不可辱！」這幾句話大義凜然，甄志丙和十多名大弟子都聳然動容。

趙志敬冷笑道：「便只李師兄不怕死，旁人都是貪生畏死之徒？祖師爺創業艱難，本教能有今日的規模，祖師爺和七位師長花了多少心血？這時交付下來，咱們如處置不善，將轟轟烈烈的全眞教毀於一旦，咱們有何面目見祖師爺於地下？五位師長開關出來之時，又怎生交代？」這番話言之成理，登時有幾名道人隨聲附和。趙志敬又道：「金人是我教的死仇，蒙古滅了金國，正好爲我教出了口惡氣。當年祖師爺舉義不成，氣得在活死人墓中隱居不出，他老人家在天之靈知道金人敗軍覆國，正不知有多歡喜呢。」

丘處機的另一名弟子王志坦道：「蒙古人滅金之後，倘若與我大宋和好，約爲兄弟之邦，咱們自然待以上國之禮，倘若敕封，咱們自可領受。但今日蒙古軍大舉南下，急攻襄陽，大宋江山危在旦夕，你我都是大宋之民，豈能受敵國敕封？」轉頭向甄志丙道：「代掌教師兄，你若受了敕封，便是賣國求榮的漢奸，便是本教的千古罪人。我王志坦縱然頸血濺地，也決不能跟你干休。」說到此處，已聲色俱厲。

趙志敬倏地站起，伸掌在桌上一拍，喝道：「王師弟，你想動武不成？對代掌教眞人竟敢如此無禮？」王志坦厲聲道：「咱們自己師兄弟，便只說理。若要動武，又豈怕你來？」眼見雙方各執一詞，互不爲下，氣勢洶洶的便要大揮老拳，拔劍相鬥。

一名鬚髮花白的道人連連搖手，說道：「各位師弟，有話好好說，不用恁地氣急。」王志坦道：「依師兄說該當如何？」那道人道：「依我說啊，唔，唔……出家人慈悲爲懷，能多救得一個百姓，便助長一分上天的好生之德……唔，唔……咱們如受了蒙古大汗的敕封，便能盡力勸阻蒙古君臣兵將，不可濫施殺戮。當年丘師叔，豈非便因此而救了不少百姓的性命麼？」有幾名道人附和道：「是啊！是啊！」

一名短小精悍的道人搖頭道：「今日情勢非昔可比。小弟隨師父西遊，親眼見到蒙古兵將屠城掠地的慘酷。咱們若受敕封，降了蒙古，那便是助紂爲虐，縱然救得十條八條性命，但蒙古勢力一大，不知將有幾千幾萬百姓因此而死。」這矮小道人名叫宋德方，是當年隨丘處機西遊的十八弟子之一。

趙志敬冷笑道：「你見過成吉思汗，那又怎地？我此番便見了蒙古四王子忽必烈，這位王爺禮賢下士，豁達大度，又那裏殘暴了？」王志坦叫道：「好啊，原來你是奉了忽必烈之命，做奸細來著！」趙志敬大怒，喝道：「你說甚麼？」王志坦道：「誰幫蒙古人說話，便是漢奸。」趙志敬突然躍起，呼的一掌便往王志坦頭頂擊落。斜刺裏雙掌穿出，同時架開他這一擊，出掌的卻是丘處機的另外兩名弟子，其中一人便是祁志誠。趙志敬怒火更熾，大叫：「好哇！丘師伯門下弟子眾多，要仗勢欺人麼？」

正鬧得不可開交，甄志丙雙掌一拍，說道：「各位師兄且請安坐，聽小弟一言。」全眞教的掌教向來威權極大，他任代掌教，全教須得奉命。眾道人當即坐下，不敢再爭。趙志敬道：「是了，咱們聽代掌教眞人吩咐，他說受封便受封，不受便不受。大汗封的是他，又不是你我，吵些甚麼？」他想甄志丙有把柄給自己拿在手裏，決不敢違拗自己之意。李志常、王志坦等素知甄志丙秉性忠義，心想憑他一言而決，的確不必多事爭鬧，各人望著甄志丙，聽他裁決。

甄志丙緩緩道：「小弟無德無能，權攝代掌教的重任，想不到第一天便遇上這件大事。」說著抬起頭來，呆呆出神。十六名大弟子的目光一齊注視著他，道院中靜得沒半點聲息。過了良久，甄志丙緩緩的道：「本教乃重陽祖師所創，至馬眞人、劉眞人、丘眞人而發揚光大。小弟暫攝代掌教，只不過暫代此位，怎敢稍違王馬劉丘四眞人的教訓？五位眞人出關之後，大事便由五眞人決策。諸位師兄，眼下蒙古大軍南攻襄陽，侵我疆土，殺我百姓。倘若這四位前輩掌教在此，他們是受這敕封呢，還是不受？」

羣道聽了此言，默想王重陽、馬鈺、劉處玄、丘處機平素行事：王重陽去世已久，第三代弟子均未見過；馬鈺謙和敦厚，處事旨在清靜無爲；劉處玄城府甚深，衆弟子不易猜測他的心意；但丘處機卻性如烈火、忠義過人。衆人一想到他，不約而同的叫道：「丘掌敎定然不受！」趙志敬卻大聲道：「現下掌敎是你代任，可不是丘師伯。」

甄志丙道：「小弟才識庸下，不敢違背師訓。又何況我罪孽深重，死有餘辜。」說到這裏，垂首不語。羣道不知他話中含意，除趙志敬外，都以爲不過是自謙之辭，只覺得「罪孽深重、死有餘辜」八字，未免太重，有點兒不倫不類。趙志敬「哼」的一聲，站起身來，說道：「如此說來，你是決定不受的了？」

甄志丙淒然道：「小弟微命實不足惜，但我敎令譽，卻不能稍有損毀。」他聲調漸漸慷慨激昂，又道：「方今豪傑之士，正結義以抗外侮。全眞派號稱武學正宗，倘若降了蒙古，咱們有何面目再見天下英雄？」羣道轟然喝采，李志常、宋德方、王志坦、祁志誠等大聲道：「代掌敎師兄言之有理。」

趙志敬袍袖一拂，怒沖沖的走出道院，在門邊回過頭來，冷笑道：「代掌敎師兄，你說話倒好聽得緊啊，嘿嘿！此事後果如何，你也料想得到。」說著大踏步便行。

羣道紛紛議論，都讚甄志丙決斷英明。四五個附和趙志敬的道人覺得不是味兒，訕訕的走了。

甄志丙黯然無語，回到自己丹房，知道趙志敬受此挫折，決不干休，定要當衆揭發自己的醜行。他宣稱不受敕封之時便已決意一死，數月來擔驚受怕，受盡折磨，這時想到死後一了百了，心中反而坦然，既不能死於小龍女之手，自盡便了，閂上丹房房門，冷然一笑，抽出長劍便往頸中刎去。

突然書架後轉出一人，伸手一鉤一帶，甄志丙毫沒防備，長劍竟給他夾手奪去，一驚之下回過頭來，見奪劍的正是趙志敬，只聽他冷冷的道：「你敗壞我教清譽，便想一死了事，甚麼都不理了？龍姑娘守在宮門之外，待會她進來理論，教咱們如何對答？」甄志丙道：「好！那麼我出去在她面前自刎謝罪。」趙志敬道：「你便算自刎，此事還是不了。五位師長開關出來，定要追問。全眞教令譽掃地，你便是千古罪人。」

甄志丙再也支持不住，突然坐倒在地，抱著腦袋喃喃道：「你叫我怎麼辦？怎麼辦？就算死了，也是不成。」適才他在衆道之前侃侃而談，這時和趙志敬單獨相處，卻竟無半點自主之力。趙志敬道：「好，你只須依我一件事，龍姑娘之事我就全力跟你彌縫，本教和你的聲名均可保全，決無半點後患。」甄志丙道：「你要我受蒙古大汗的敕封？」趙志敬說道：「不，不！我決不要你受蒙古大汗的敕封。」甄志丙心頭一鬆，喜道：「甚麼事呢？快說，我一定依你。」

半個時辰之後，大殿上鐘鼓齊鳴，召集全宮道眾。李志常吩咐丘處機一系門下眾師弟與再傳弟子道袍內暗藏兵刃，生怕甄志丙拒受敕封，趙志敬一派人或有異圖。大殿上黑壓壓的擠滿了道人，各人神色均極緊張。

只見甄志丙從後殿緩步而出，臉上全無血色，居中一站，說道：「各位道兄，小道奉丘掌教之命，權攝代掌教，豈知突患急病，無法可治……」這句話來得太過突兀，羣道中有十餘人忍不住「啊、啊」的叫出聲來。甄志丙續道：「代掌教重任，小弟已不克負荷，現下我命玉陽子座下大弟子淸肅眞人趙志敬，權攝代掌教！」

這句話一出，大殿上登時寂然無聲。但這肅靜只是一瞬間的事，接著李志常、王志坦、宋德方等人爭著大聲反對：「丘眞人要甄師兄任代掌教，這重任豈能傳給旁人？」「代掌教師兄好好的，怎會患上不治之症？」「這中間定有重大陰謀，代掌教師兄可莫上了奸人的當。」第四代的眾弟子不敢大聲說話，但也交頭接耳，議論紛紜，大殿上亂成一片。李志常等怒目瞪視趙志敬，只見他不動聲色，雙手負在背後，對各人的言語便似全然沒聽見。

甄志丙雙手虛按，待人聲靜了下來，說道：「此事來得突兀，難怪各位不明其中之理。我教眼前面臨大禍，小道又做了一件極大的錯事，此刻追悔莫及，縱然殺身以謝，也已難以挽救。」說到這裏，神色極是慘痛，頓了一頓，又道：「我反覆思量，只有趙志敬師兄才識高超，能帶領本教渡過難關。各位師兄弟務須捐棄成見，出力輔佐趙師兄光大本教。」

李志常慨然道：「人孰無過？代掌教師兄當眞有甚差失，待五位師長開關之後，稟明領責便是。代掌教讓位之舉，我們萬萬不能奉命。」甄志丙長嘆一聲，說道：「李師兄，你我多年交好，情同骨肉。今日之事，請你體諒愚弟不得已的苦衷，別再留難了罷。」李志常滿腹疑團，瞧甄志丙的神色確有極重大的難言之隱，他言語中竟極意求懇，倒也不便再爭，當下低頭不語，暗自沉思方策。

王志坦朗聲道：「代掌教師兄便眞要謙讓，也須待五位師長開關之後，稟明而行，那才不誤了大事。」甄志丙黯然道：「事在急迫，等不及了。」王志坦道：「好罷，就算如此，咱們同輩師兄弟之中，德才兼備，勝過趙師兄的並非沒有。李志常師兄道力深湛，宋德方師弟任事幹練，何以要授給大衆不服的趙師兄？」

趙志敬性格暴躁，強忍了許久不語，這時再也按捺不住，冷笑道：「還有敢作敢爲的王志坦師兄呢？」王志坦怒道：「小弟不才，比諸位師兄差得太遠。可是跟趙師兄相比，自忖還略勝一籌。」趙志敬嘿的一聲冷笑，抬頭望著屋頂，神情極是傲慢。王志坦大聲道：「小弟的武功劍術，自非趙師兄敵手，但我至少不會去做漢奸。」趙志敬面色鐵靑，喝道：「你有種便把話說淸楚些，誰做漢奸了？」兩人言語相爭，越說越激烈。

甄志丙道：「兩位不須爭論，請聽我一言。」趙王兩人不再說話，但仍互相怒目對視。甄志丙道：「本教向來規矩，掌教之位，由上一代掌教指任，並非由本教同道互推，代掌教也是如此，這話可對麼？」衆人齊聲應道：「是！」甄志丙道：「我現在下指命趙志敬爲本教下一任代掌教，衆人不得爭論。趙師兄，你上前聽訓罷。」趙志敬得意洋洋，跨步上前，躬身行禮。

王志坦和宋德方還待說話，李志常一拉兩人袍袖，使個眼色，兩人素知他處事穩當，必是別有所見，於是不再爭議。李志常低聲道：「甄師弟定是受了趙志敬的挾持，無力與抗。咱們須得暗中查明趙志敬的奸謀，再抖將出來。現下甄師弟已有此言，若再爭辯，反顯得咱們理虧了。」王宋二人點頭稱是，隨著衆人參與交接代掌教的典儀。

全眞派一日之間竟有兩人先後接任代掌教，羣道或忿忿不平，或暗暗納罕。

接任典儀行畢，趙志敬居中一站，命自己的嫡傳弟子守在身旁，說道：「有請蒙古大汗陛下的天使。」這「天使」兩字一出口，王志坦忍不住又要喝罵，李志常忙使眼色止住。過不多時，四名知賓道人引著那蒙古貴官阿不花和瀟湘子走進殿來。

趙志敬忙搶到殿前相迎，笑道：「請進，請進！」阿不花等候良久，早已不快，又見甄志丙並不出迎，臉色更是難看。一名知賓的道人知他心意，說道：「本教代掌教之位，自此刻起由這位趙眞人接任。」阿不花一怔，轉惱爲喜，笑道：「原來如此，恭喜，恭喜！」說著拱手爲禮。瀟湘子站在他身後兩步之處，臉上始終陰沉沉的不顯喜怒之色。

趙志敬側著身子引阿不花來到大殿，說道：「請大人宣示聖旨。」阿不花微微一笑，心想：「原該由你這般人來代掌教才像樣子。先前那道人死樣活氣，教人瞧著好生有氣。」取出聖旨，雙手展開。趙志敬跪倒在地，只聽阿不花讀道：「敕封全眞教掌教爲……」他會說漢語，讀得倒也字正腔圓。

李志常、王志坦等見趙志敬公然領受蒙古大汗敕封，相互使個眼色，唰唰幾聲，寒光閃動，各人從道袍底下取出長劍。王志坦和宋德方快步搶上，手腕抖處，兩柄長劍的劍尖已指住趙志敬的背心。李志常朗聲喝道：「本教以忠義創教，決不投降蒙古。趙志敬背祖滅宗，天人共棄，不能攝任代掌教。」另外四名大弟子各挺長劍，將阿不花和瀟湘子圍住。

這一下變故來得突然之極。趙志敬雖早知李志常等心中不服，但想代掌教的威權極大，自來無人敢抗，自己既得出任此位，便是本教最高首領，所下法旨，即令五位師長也不能貿然反對，萬料不到對方竟敢對代掌教動武。這時他背心要害給兩劍指住了，又驚又怒，大聲道：「大膽狂徒，竟敢犯上作亂嗎？」王志坦喝道：「奸賊！敢動一動，便教你身上多兩個透明窟窿。」

趙志敬的武功原在王宋二人之上，但此時出其不意，俯伏在地時給人制住，已全然處於下風。他事先佈置了十餘名親信在旁護衛，道袍之中也暗藏兵刃，但李志常、王志坦等都是丘處機的親傳弟子，武功高強，平素在教中頗具威望，突然一齊出手，趙志敬的心腹大都不敢動彈。有幾人想取兵刃，均一伸臂便給人點了穴道。給孫婆婆擲傷了臉的張志光、在豺狼谷曾與陸無雙相鬥的申志凡、趙志敬的弟子鹿清篤均在其內。

李志常向阿不花道：「蒙古與大宋已成敵國，我們大宋子民，豈能受蒙古封號？兩位請回，他日疆場相見，再與兩位周旋。」這幾句話說得十分痛快，殿上羣道中不少人大聲喝采。阿不花白刃當前，竟無懼色，冷笑道：「各位今日輕舉妄動，不識好歹，全眞教大好基業，眼見毀於一旦，可惜，可惜。」李志常道：「神州河山都已殘破難全，我們區區一個教門又何足道？閣下再不快走，難免有人無禮。」

瀟湘子忽地冷冷揷口道：「如何無禮，倒要見識，見識！」猛地伸出長臂，左抓一把，右抓一把，隨手便將王志坦與宋德方手中長劍都奪了過來。趙志敬立時躍起，雙臂使招「白雲出岫」護住後心，站在阿不花身旁。瀟湘子將左手中長劍交了給他，右手劍唰的一聲向李志常刺去。李志常舉劍擋架，只覺手臂微微一麻，急運內功相抗，嗆啷一響，雙劍齊斷。瀟湘子奪劍、震劍，快速無倫，只一瞬間之事，接著袍袖拂動，雙掌齊出，將身邊四名全眞大弟子的長劍一齊震開。他連使三招，挫敗全眞教七名高手，殿上數百道人無不駭然，瞧不出這殭屍一般的人竟如此了得。

趙志敬素來瞧不起王志坦、宋德方等人的武功，這次在衆目睽睽之下，給兩人制得跪在地下抬不起頭來，心中如何不怒，這時一劍在手，順勢就向王志坦刺去。這一招「大江東去」乃全眞劍法中極凌厲的招數，劍刃破空，嗤嗤作響，直指王志坦小腹。

王志坦向後急避。趙志敬下手毫不容情，立意要取他性命，手臂前送，劍尖又挺進了兩尺有餘，眼見王志坦這一下大限難逃，殿上衆人一時驚得寂無聲息，斗然間斜刺裏一隻袍袖揮出，捲住劍刃向旁一拉，嗤的一聲，袍袖割斷，就這麼頓得一頓，王志坦向後躍開，旁邊兩柄長劍伸過來架住了趙志敬的劍，瞧那斷袖之人時，卻是甄志丙。

趙志敬大怒，指著他喝道：「你……你……竟敢如此！」甄志丙道：「趙師兄，你親口答應了不受蒙古敕封，我才把代掌教之位讓你，爲何轉眼之間，即便出爾反爾？」趙志敬道：「嘿，適才你問我道：『你要我受蒙古大汗的敕封？』我道：『不，我決不要你受蒙古大汗的敕封！』我怎麼說話不算了？受敕封的是我，可不是你。」甄志丙喃喃的道：「原來如此，原來如此，你好狡獪！」

這時李志常已從弟子手中接過一柄長劍，大聲道：「全眞教的好兄弟，咱們仍奉甄眞人爲代掌教。大家把這姓趙的漢奸擒下了，聽由代掌教眞人發落。」說著挺劍上前，和趙志敬鬥了起來。王志坦、宋德方與其餘五名大弟子列成天罡北斗陣法，登時將瀟湘子圍住。瀟湘子武功雖強，但這陣法一經催動，威力非常，他急從袍底取出鋼棒招架，但見陣法變幻，七名全眞道人左穿右插，虛實互易，不由得眼花繚亂。

那貴官阿不花早退在大殿角落，見情勢不對，忙從懷中取出號角，嗚都都的吹了起來。兩名道人搶上前去，奪下號角，將他反手擒住，但遲了一步，號角聲已經傳出。

甄志丙知他呼召外援，危難當頭，不由得精神大振，叫道：「祁志誠師弟，你看住這蒙古官兒。于道顯師兄、王志謹師兄，你們帶同三位師兄，快到後山玉虛洞去幫孫師兄守護，以防外敵騷擾五位師長靜修。陳志益師弟，你帶六個人防守前山；房志起師弟，你帶六個人防守左山；劉道寧師弟，你帶六人防守右山。」

防守前後左右的，都是丘處機門下他的同門師弟。守護玉虛洞的于道顯是劉處玄門下，王志謹是郝大通門下。劉處玄和郝大通都在玉虛洞中靜修，于王二人武功均高，爲人正直，縱有異心，也決不會危害親師。甄志丙於片刻之間，便分派得井井有條，各處要地都已有人把守，而且互相呼應救援，便有大批軍馬到來，一時也難攻打得進。衆弟子見他目光如電，指揮若定，發號施令中自有一股威嚴，竟無人敢予違抗，一一領命而出。

忽聽得門外喝罵喧嘩，兵刃撞擊之聲大作，羣道正錯愕間，牆頭一聲唿哨，跳進數十個人來。東邊是尹克西領頭，西邊是尼摩星領頭，正面是麻光佐領頭，所率領的都是蒙漢西域武士中的好手。原來忽必烈猛攻襄陽，連月不下，最後一陣猛攻無效，隨即退兵。金輪國師奉忽必烈之命收拾全眞教，他先請准忽必烈，呈請蒙古大汗下旨敕封全眞派掌教，先行分化教衆，再由金輪國師率領大批武林好手伏在終南山周圍，若全眞教違抗詔命，便以武力壓服。

終南山本來守護周密，但一日之中變易代掌教，重陽宮裏亂成一團，派在外面守衛的道人都撤了回來參與易立代掌教的大典，因此尹克西、尼摩星等來到重陽宮的宮牆之外，全眞教中各人竟未知覺。這時敵人突然現身，甄志丙派遣的各路人手倒有一大半還未離殿。但見前後左右均是外敵，全眞教道衆雖多，一來大都未攜兵刃，二來處在包圍之中，擠成一團，四下裏要害全落人手，眼見一敗塗地之勢已成。

那前來宣讀敕封的蒙古貴官阿不花本已給祁志誠拿住，這時高聲叫道：「全眞教的各位道長，快擲下兵器，聽由代掌教趙眞人發落。」

甄志丙喝道：「趙志敬背祖叛師，投降外敵，身負大罪，已非本教代掌教。」他雖見情勢極其不利，仍決意一拚，指揮羣道迎敵。但羣道大都赤手空拳，鬥不多時，已有十餘人屍橫就地。接著甄志丙、李志常、王志坦、宋德方、祁志誠等一一失手，或兵刃遭奪，或受傷倒地，或給點中穴道，餘下衆道爲尹克西率領的武士逼在大殿一隅，無法反抗。

阿不花官階甚高，尹克西、瀟湘子等均須聽他號令。他見已獲全勝，向趙志敬道：「趙眞人，瞧在你的面上，全眞教教衆謀叛抗命之事，我可以代爲隱瞞，不予啓奏。」趙志敬躬身連聲道謝，猛地裏想起一事，忙向瀟湘子低聲道：「有件大事尙須前輩相助。我的師父師伯叔等五個在後山靜修，他們如得訊趕來，這……這……」瀟湘子陰惻惻的道：「趕來便趕來，我給你打發便是。」趙志敬不敢再說，心中頗感不滿，一面又暗自擔憂：「你別小覷了我師父、師伯，他們當眞來此，你有得苦頭吃了。但若五位師長打退蒙古武士，我可要性命難保。」

阿不花道：「趙眞人，你先奉領大汗陛下的敕封，然後發落爲首的叛徒。」趙志敬道：「是！」跪下聽旨。甄志丙、李志常等手足遭縛，耳聽得阿不花宣讀敕封，趙志敬磕頭謝恩，大呼萬歲，不禁怒火塡膺。宋德方坐在李志常的身旁，在他耳邊低聲說道：「李師哥，你解開我手上的綁縛，我衝出去稟告師長。」李志常與他背脊靠著背脊，潛運內力，指上使勁，解開了縛在他手腕的牛筋，低聲道：「可千萬要緩緩稟報，裝作若無其事，別讓五位師長受驚，以致岔了眞氣內息……」宋德方緩緩點頭。

宣敕已畢，趙志敬站起身來，阿不花和瀟湘子等向他道喜。

宋德方見衆人都圍著趙志敬，突然躍起，搶到三清神像之後。尼摩星叫道：「站住的！站著不動的！」宋德方那裏理他，發足急奔。尼摩星雙足已斷，沒法追趕，左手一揚，一枚蛇形小鏢激射而出，噗的一聲，打中了宋德方左腿。尼摩星叫道：「躺下睡覺的！」宋德方身子一晃，卻不躺下睡覺的，而是忍痛奔跑的。重陽宮房舍重重疊疊，他只轉了幾個彎，幾名追趕他的蒙古武士便不見了他影蹤。

宋德方奔到了隱僻之處，起出小鏢，包紮好傷口，到丹房中取出一柄長劍，奔向後山。他轉過一排青松，剛望到玉虛洞洞門，不由得暗暗叫苦，只見數十名蒙古武士正在搬運山石，堵塞洞門。一個高瘦僧人站著督工，另有僧俗兩人在旁指揮，宋德方認得這兩人是曾來攻打重陽宮的達爾巴和霍都，武功與郝大通等不相上下。那高瘦僧人形貌清奇，顯然輩份武功尚在這二人之上，見玉虛洞門已給堵上了十之七八，不知五位師長性命如何，心道：「師父待我恩重如山，今日師長有難，自須捨命相救。」

他明知衝上攔阻只不過白送性命，決不能解救師父的困危，但全教遭逢大難，義不能獨自求全，從松樹後竄出，運劍如風，向那僧人身後刺去。他想擒賊擒王，這一劍若能僥倖得中，敵黨勢必大亂。

那僧人正是金輪國師。他已向趙志敬問明全眞教中諸般詳情，是以一上山便堵塞玉虛洞，知道只要制住全眞五子，餘下的第三四代弟子便無可與抗。

宋德方劍尖離他背心不到一尺，見他仍渾然不覺，正自暗喜，猛地眼前金光閃動，噹的一聲，那僧人手中一件圓圓的奇形兵刃迴掠過來，與他劍刃一碰。宋德方虎口劇痛，長劍脫手飛出，只這麼一震，牽動眞氣，哇的一口鮮血噴出，迷迷糊糊之中，隱隱聽得前面不少人雜聲吶喊，不知又出了甚麼事，心中一陣憂急，便昏暈過去。

金輪國師也聽到大殿上的叫聲，但想瀟湘子、尹克西等高手在場主持，全眞敎的第三代弟子定施展不出甚麼古怪，也不在意，只催促衆武士趕搬大石，及早將玉虛洞堵塞，以防丘處機等人忽然衝出，不免大費手腳。

大殿上自宋德方一走，情勢又變。阿不花向趙志敬道：「趙眞人，貴敎犯上作亂之輩，人數可不少啊，我瞧你這掌敎之位，有點兒坐不安穩呢。」

趙志敬也知衆道心中不服，只要瀟湘子等一去，羣道立時便要反擊，一不做，二不休，此時騎虎之局已成，大聲說道：「按照本敎敎規，叛敎犯上者該當何罪？」羣道默然不應，心中大都說道：「你自己才叛敎犯上。」趙志敬又問一聲，眼望弟子鹿淸篤，要他回答。鹿淸篤答道：「當在三淸神像之前自行了斷。」

趙志敬道：「不錯！甄志丙，你知罪了嗎？服不服了？」甄志丙道：「不服！」趙志敬道：「好，帶他過來！」鹿淸篤推甄志丙上前，站在三淸神像之前。趙志敬又問李志常、王志坦諸人，人人都大聲回答：「不服。」一一問去，遭擒衆道之中只三人害怕求饒，趙志敬便下令鬆綁。其餘二十四人個個挺立不屈，王志坦等性子火爆的，更罵聲不絕。

趙志敬道：「你們倔強如此，本代掌教縱有好生之德，也已無法寬容。鹿淸篤，你爲祖師爺行法罷！」鹿淸篤道：「是！」提起長劍，將站在左首第一個的于道顯殺了。

于道顯爲人謹厚和善，全教上下個個和他交好。衆道見鹿淸篤將他刺死，都大聲鼓噪起來。宋德方和金輪國師在後山聽到的喊聲，便是衆道人的呼喝。尹克西將手一擺，數十名蒙古武士各執兵刃，攔在衆道之前。

鹿淸篤見衆人叫得猛烈，頓感害怕。趙志敬道：「快下手，慢呑呑的幹甚麼？」鹿淸篤應道：「是！」手起劍落，又刺死了兩人。站在左首第四的已是甄志丙，鹿淸篤提起長劍，正要向他胸口刺落，忽聽得一個女子聲音冷冷的道：「且慢，不許動手！」

鹿淸篤回過頭來，只見一個白衣少女站在門口，卻是小龍女。只聽她說道：「你站開！這個人讓我來殺。」

神鵰俠侶(大字版) / 金庸作.　-- 二版.
-- 臺北市：遠流，2017.10
冊；公分. -- (大字版金庸作品集；17–24)

ISBN 978-957-32-8094-1 (全套：平裝).

857.9　　　　106016634